M. E. Castle

Mein total genialer Doppelgänger lässt nicht locker

cbj

DER AUTOR

Matthew Castle ist Autor und Schauspieler und arbeitet im Zentrum des Universums: in New York City. Nach dem Studium der Theaterwissenschaften schrieb er etliche Stücke, nur ein paar sehr engen Freunden war es vergönnt, ihre Aufführung zu erleben. *Mein total genialer Doppelgänger* war Matthews Debutroman.

Von M. E. Castle ist außerdem bei cbj erschienen:

Mein total genialer Doppelgänger (Band 1, 15441)
Mein total genialer Doppelgänger tanzt aus der Reihe (Band 3, 15811)

M. E. Castle

Mein total genialer Doppelgänger lässt nicht locker

Mit Illustrationen von Ute Krause

Aus dem amerikanischen Englisch
von Carolin Müller

cbj

cbj Kinder- und Jugendbuchverlag
in der Verlagsgruppe Random House

MIX
Papier aus verantwortungsvollen Quellen
FSC® C014496

Verlagsgruppe Random House FSC® N001967
Das für dieses Buch verwendete
FSC®-zertifizierte Papier *Super Snowbright*
liefert Hellefoss AS, Hokksund, Norwegen.

1. Auflage
Erstmals als cbj Taschenbuch März 2015

Die amerikanische Originalausgabe erschien 2013
unter dem Titel »Cloneward Bound« bei Egmont USA
Übersetzung: Carolin Müller
Umschlag- und Innenillustrationen: Ute Krause
Umschlaggestaltung: init | Kommunikationsdesign,
Bad Oeyenhausen
aw · Herstellung: ReD
Satz: Uhl + Massopust, Aalen
Druck: GGP Media GmbH, Pößneck
ISBN 978-3-570-22488-5
Printed in Germany

www.cbj-verlag.de

ERSTES KAPITEL

Es ist hart, in der Mittelstufe zu sein.
Man muss auf sich selbst aufpassen.
Oder in meinem Fall auf alle seine »Selbsts«.

Fisher Bas, *Tagebuch*

»Morgen, Fisher!«

Fisher Bas grinste und winkte Jacob Li zu, dann zuckte er vor Schmerz zusammen. Sein Handgelenk tat mittlerweile richtig weh. Er war einfach nicht im Training, wenn es darum ging, ständig Mitschüler zu begrüßen. Bis vor ungefähr zwei Wochen hatte kaum einer an der Wompalog-Schule seine Existenz auch nur zur Kenntnis genommen – geschweige denn sie gewürdigt. Ein üblicher Montagmorgen begann für ihn damals mit einer mathematischen Analyse der Zierpflanzenpositionen in der Schulaula, um die Wahrscheinlichkeit zu berechnen, entdeckt zu werden, während er von einer zur anderen flitzte.

Aber in wenigen Tagen kann sich viel ändern.

Fisher durchquerte die Aula und kam an lauter Plätzen vorbei, die ihn immer an seine vergangenen Leiden erinnern würden. Die ganze Schule bestand daraus, als eine Art Museum seiner erbärmlichen Schülerexistenz. Zuerst kam er am berüchtigten Schließfach Num-

mer 314 vorbei: Geschlagene vier Schulstunden hatte er darin verbringen müssen, weil er nicht ahnte, dass das Schloss kaputt war, als er sich darin versteckte. Dann kam er an der schäbigen Flügeltür zur Bibliothek vorbei. Er wusste, dass in mindestens der Hälfte der dickeren Bücher dort ein schwacher Abdruck seines Kopfes zu finden war – so oft hatte er sich dicht hinter ihnen verschanzt.

Als er die Bibliothek hinter sich ließ, sah er eine Reihe metallene Kleiderhaken aus der Wand ragen. Einer davon war nach unten verbogen. Obwohl Fisher ziemlich klein war, wog er doch um einiges mehr als eine Jacke.

Die Wikinger, die Gang von Schulhofschlägern, die sein Leben zum Albtraum machten, seit sie sich in der vierten Klasse in ungeschlachte Monster verwandelt hatten, hatten ihn dort einmal abgepasst, ihm die Jacke heruntergerissen und sie ihm falsch herum wieder angezogen. Dann hatten sie die Kapuze über sein Gesicht gezogen und ihn damit an dem Kleiderhaken aufgehängt.

»Sieh an, sieh an. Wen haben wir denn da?«

Fisher erstarrte vor Schreck. Er drehte sich so rasch um, dass seine Turnschuhe quietschten, als bettelten sie winselnd, Reißaus nehmen zu dürfen. Da waren sie, als hätten seine Gedanken sie heraufbeschworen: die drohend näher rückenden, hässlichen Visagen von Marvin, Kevin und Justin. Den Wikingern.

Marvin bildete als Anführer der Bande wie immer den Mittelpunkt. Zu seiner Rechten wankte Kevin auf seinen knubbeligen, kurzen Beinen heran und links von Marvin stand Justin mit seinem dämlichen Gesichtsausdruck. Weil er von der Mischpoke mit Abstand der Dümmste war und derjenige, der sich am leichtesten ablenken ließ, schweiften seine Augen schon nach ein paar Sekunden ab.

»Guten Morgen, Fisher«, sagte Marvin mit dem verschlagensten Grinsen, das Fisher je gesehen hatte. Selbst Alligatoren grinsten mit weniger Heimtücke. Fisher musste es wissen. Sein Vater hielt sich einen zu Hause in seinem Labor.

»Ähm … hallo«, sagte Fisher und versucht etwas von seiner neugefundenen Courage aufzubringen. Doch leider verkroch die sich scheinbar, wenn er mit den Wikingern konfrontiert war.

Vor dem *TechX*-Vorfall* wurde Fisher von den meisten Leuten an der Wompalog-Schule einfach ignoriert. Nur die Wikinger hatten sich die Mühe gemacht, ihn zu beachten – und zu schikanieren. Offen-

---

* Mein total genialer Doppelgänger (Band 1)

kundig gefiel es ihnen gar nicht, dass Fishers gelungene Flucht aus den Laboratorien der berüchtigten *TechX Industries* und die Enthüllung ihrer dunklen Geheimnisse ihn praktisch über Nacht zum Helden gemacht hatten.

Jetzt wurde Fisher von *allen* beachtet und damit war er kein so leichtes Ziel mehr. Aber auch wenn die Wikinger in letzter Zeit einen Gang runtergeschalten hatten, hieß das noch lange nicht, dass die Gefahr vorüber war.

»Wir wollen dich nur netterweise an etwas erinnern«, sagte Marvin und rieb sich dabei die schmierigen Hände. »Und zwar daran, dass wir noch da sind.«

»Im Moment mag ja – hicks – alles ruhig sein«, fuhr Kevin fort, »aber halt besser die Augen offen.«

»Wir ... äh ... haben dich im Vistier«, fügte Justin noch hinzu. Marvin drehte sich zu ihm um und warf ihm einen vernichtenden Blick zu. Dann seufzte er frustriert.

»*Visier*, Justin!«, verbesserte er Justin. Dann wandte er sich wieder an Fisher. »Und jetzt mach die Fliege, bevor wir noch beschließen, dieses Gespräch etwas persönlicher zu gestalten. Vielleicht in der Abstellkammer da drüben ...?«

Fisher blickte zu der besagten Kammer und erschauderte. Der Wischeimer des Hausmeisters hatte schon unsägliche Dinge gesehen – davon wollte er sich lieber fernhalten. Er brauchte also keine zweite Aufforderung, um sich vom Acker zu machen.

»*Vi*-STIER*??*«, hörte er Marvin noch entgeistert fragen, als er davonspurtete. »Was meinst du denn, was ich mit ihm vorhabe, ihn mit bösen Blicken in ein Rindvieh verwandeln? Kevin, würdest du bitte …«

Das Letzte, was Fisher noch hörte, bevor er um die Ecke bog, war das übliche laute Patschen von Kevins breiter, plumper Hand, als sie auf Justins breite, plumpe Stirn traf.

Er hastete so schnell um die Ecke, dass er in vollem Tempo mit einem anderen Schüler zusammenkrachte, zurückprallte und mit einem Plumps benommen auf dem Rücken landete.

»Ups. Tut mir leid, Fisher«, sagte der Junge und half ihm wieder auf die Beine. Fisher schaute in das ihm unbekannte aknenarbige lächelnde Gesicht des Jungen. Er war offensichtlich ein Achtklässler.

»Kein Problem …«, sagte Fisher und zuckte zusammen. Er hatte sich noch immer nicht daran gewöhnt, dass andere Leute *ihn* kannten.

Noch zwei Wochen zuvor hätte eine Begegnung mit den Wikingern für Fisher kopfüber in einem Mülleimer oder mit verschmiertem Kopf vom Matsch auf dem Baseballspielfeld geendet. Aber seit seine abgerichteten Kampfmoskitos die Wikinger mitten in der Cafeteria angegriffen hatten, waren sie viel zurückhaltender im Umgang mit ihm. Er hatte sich ein wenig Respekt an der Wompalog verschafft, was selbst die Wikinger nicht völlig ignorieren konnten.

Bloß dass nicht *er* ihn sich verdient hatte. Zumindest nicht allein. Wieder einmal machten sich in seiner Magengegend Schuldgefühle breit.

Auf dem Weg zum Klassenzimmer langte er in seine Hosentasche und holte ein zerknittertes Stück Papier heraus. Er faltete es zum vierhundertvierundfünfzigsten Mal auseinander und las die Nachricht:

Ich habe mich auf die Suche nach unserer Mutter gemacht und bin im glitzernden Hollywood-Land gelandet.
Es ist toll hier! Ich wette, Du fragst Dich, wie ich der TechX-Explosion entkommen bin. Ich kann es kaum erwarten, Dir die ganze Geschichte zu erzählen.

Bis bald, Bruder.
Zwo

Zwo alias Fisher-Zwo war eine genetisch identische Kopie von Fisher. Ein Klon, den Fisher selbst erschaffen hatte, indem er eine streng geheime, hochgefährliche chemische Verbindung, das beschleunigte Wachstumshormon BWH, verwendet hatte, das er aus dem Hauslabor seiner Mutter stibitzt hatte. Das letzte Mal hatte er Zwo in den einstürzenden Gängen von *TechX Industries* gesehen, wo er gegen Dr. X gekämpft hatte. Den undurchsichtigen Erfinder, bösen Größenwahnsinnigen und, wie sich herausgestellt hatte, auch Fishers (früheren) Lieblingsbiolehrer.

Sekunden später hatte sich der gesamte Firmenkomplex in eine dreißig Meter hohe glühende Staubsäule verwandelt. Natürlich hatte Fisher zuerst angenommen, dass Zwo unter dem Gebäude begraben worden war. Und, so schrecklich wie Fisher den Verlust auch empfand, hatte er dennoch eine Mischung aus Schuldgefühlen *und* Erleichterung verspürt. Denn wenn Zwo nicht mehr war, dann bedeutete das auch, dass sein Geheimnis nun nie ans Licht kommen würde.

Doch dann hatte sich herausgestellt, dass sein Geheimnis offensichtlich quicklebendig durch Los Angeles geisterte. Zwo war dort auf der Suche nach der Schauspielerin aus einem Werbespot, die der Dreh- und Angelpunkt einer Lügengeschichte war, die Fisher Zwo aufgetischt hatte, um ihn unter seiner Kontrolle halten zu können. Angesichts des Chaos, das Zwo allein schon in der Schule veranstaltet hatte, konnte sich Fisher gut vorstellen, welchen Schaden er in einer der größten Städte der Welt anrichten würde.

Zwei Schulwochen waren vergangen, seit *TechX* sich in eine Staubwolke aufgelöst hatte, und Fisher hatte seinen neu gewonnenen Ruhm genossen, bis am Freitag die Nachricht in seinem Briefkasten gelandet war. Das ganze Wochenende hatte er in seinem Zimmerlabor verbracht und versucht, ein Zwo-Aufspür-Gerät zu entwickeln. Nach einem ausgesprochen ermüdenden Prozess, in dem er das Gerät endlich dazu gebracht hatte, nicht immer bloß auf ihn selbst zu zeigen, nahm er das ZAG mit hinaus für einen Testlauf. Leider hatte es ihm bloß den Weg zu einem Opossum, zu einem Honda Civic und einem Pfeffer-Hotdog angezeigt. Vielleicht, wenn er herausfinden könnte, welche Spurenelemente Zwo mit diesen Dingen gemeinsam hatte …

Fisher faltete den Zettel zum vierhundertvierundfünfzigsten Mal zusammen und steckte ihn wieder in die Hosentasche. Er versuchte die inneren Bilder von einem explodierenden Hollywood-Schriftzug, in dessen W ein fröhlicher Zwo hockte, zu verdrängen. Fisher betrat das Klassenzimmer und setzte sich an seinen angestammten Platz in der vorderen linken Ecke.

Ein Jahr lang hatte er von genau dort immer zugesehen, wie der dürre, sanftmütige Biolehrer Herr Grampl völlig erfolglos versucht hatte, für Ruhe in der Klasse zu sorgen. Fisher hatte Grampl besser kennengelernt und ihn für so etwas wie einen Freund gehalten. Aber obwohl Fisher ein Genie war und er sich als ziemlich guter Lügner entpuppt hatte, also einen Lügner eigentlich erkennen müsste, hatte er bei Grampl furchtbar falschgelegen.

Es hatte sich nämlich herausgestellt, dass sein Biolehrer in Wahrheit ein raffinierter, wahnsinniger Wissenschaftler war, der einen zerstörerischen Weltherrschaftsplan verfolgte. Das ließ in Fisher die Frage keimen, ob auch noch andere seiner Lehrer in Wahrheit Superschurken waren. Seine Englischlehrerin Frau Weisz konnte er sich definitiv in dieser Rolle vorstellen. Wenn es Herrn Grampl gelungen war, seine wahre Natur so lange vor Fisher zu verbergen, welche Geheimnisse mochten die anderen Leute um ihn herum dann wohl noch haben? Er ließ den Blick durchs Klassenzimmer schweifen.

Als der auf die Tür fiel, legte seine Lunge mitten im Atemzug eine kurze Pause ein.

Veronica Rose kam durch die Tür herein, umgeben von einem silbernen Hauch Morgenlicht – zumindest kam es Fisher so vor. Sie sah ihn an, lächelte und Fisher konnte seine Gesichtsmuskeln gerade noch gut genug kontrollieren, um zurückzulächeln.

Fisher hatte niemandem erzählt, dass Herr Grampl eigentlich Dr. X gewesen war und er sich mit dem *TechX*-Gebäude in seine Bestandteile aufgelöst hatte. Wer hätte ihm das auch geglaubt? Für Fisher zählte bloß, dass die Biologieklassen, nachdem Herr Grampl »auf rätselhafte Art und Weise verschwunden war«, neu gemischt worden waren, und er nun in derselben Klasse saß wie Veronica.

Nachdem sie auf der anderen Seite des Raumes Platz genommen hatte, holte Fisher einen weiteren Zettel aus seiner Tasche und kramte einen Bleistift hervor.

Anstieg der sozialen Anerkennung infolge des TechX-Vorfalls in der seitdem vergangenen Zeit, Respekt vonseiten wissenschaftlicher Fachleute,

Ansehen bei den Schülern durch Hausaufgabenhilfe… Er notierte ein paar neue Variablen und Zahlen.

… unter Berücksichtigung jüngsten Verhaltens von V – für Veronica – sollte eine sorgfältige Messung des Lächelanteils den Wert… K ergeben.

Ganz auf der rechten Seite am Ende der Gleichung, dem Ziel von Fishers verzwickter mathematischer Formel, stand der Buchstabe *K*.

K: die exakte Zeitspanne, bis Fisher seinen ersten Kuss von Veronica bekäme.

K: Die Vorstellung davon erschien Fisher so jenseits alles Denkbaren, dass er auf diese Weise versuchte, sie in eine Form zu bringen, die er verstand: Zahlen, Variablen und Gleichungen. Das war seine Art, die Welt zu erfassen. Aber gleichzeitig wusste er, dass der Kuss, wenn es denn je einen geben würde, nicht auf Millimeterpapier stattfinden würde. Und er wusste außerdem, dass falls – wenn! – sich eine Gelegenheit für das große *K* ergeben sollte, er nicht wissen würde, *was* er dann tun sollte. Ob es wohl ein Buch gab, das Antworten darauf enthielt?

Sein Bleistift arbeitete, als hätte er einen eigenen Kopf – und einen ziemlich hektischen noch dazu. Er kritzelte immer mehr Gleichungen auf das Blatt, die immer umfassender wurden, da Fisher weitere Variablen hinzufügte, die Veronicas jüngstes Verhalten ihm gegenüber erfassten. Anfangs als er sich in seinem neuen Status als Held sonnte, hatte sie ihm die kalte Schulter gezeigt. Aber er war sich sicher, dass die neuesten Berechnungen nun einen viel kleineren Wert für *K* ergeben würden.

Als die letzte Gleichung aufging, spürte er, wie ihm die Gesichtszüge entgleisten.

Er starrte auf den neuen Wert für *K*. Er blinzelte.

K = die Zeitspanne, bis ich Veronica küssen werde

$$\frac{a + (f+s)}{t} + \frac{Vl + Vd}{t - ts} = K$$

a = Anstieg der sozialen Anerkennung infolge des TechX-Vorfalls

t = Zeit in Stunden

f = Respekt vonseiten wissenschaftlicher Fachleute

s = Ansehen bei den Schülern durch Hausaufgabenhilfe

Vl = Häufigkeit von Veronicas Lächeln

Vd = durchschnittliche Lächeldauer in Millisekunden (siehe Aufzeichnungen)

ts = in Schließfächern verbrachte Zeit, in Stunden

~~1698,27~~

$$\frac{a + (f+s)}{t} + \frac{Vl + Vd}{t - ts} = 1214,008$$

Der Wert war tatsächlich um fast fünfzig Prozent gesunken – auf bloß noch eintausendzweihundertvierzehn Jahre und drei Tage. Er schaute noch einmal zu Veronica hinüber, die gerade sorgfältig am oberen Heftrand das Datum des heutigen Eintrags notierte. *Vielleicht wenn ich uns beide in Hibernations-Kryo-Gefrierbehälter konserviere …*

»Guten Morgen, alle miteinander!«

Fisher wurde von Frau Snappers Stimme aus seinen Tagträumen gerissen. Sie war Herrn Grampls Vertretung. Normalerweise unterrichtete sie die achten Klassen, hatte sich aber bereit erklärt, bis auf Weiteres Herrn Grampls Klasse zu übernehmen. Fisher faltete schnell seine Berechnungen zusammen und ließ sie in seiner Tasche verschwinden.

Frau Snapper war groß und schlank, trug eine Brille mit schwarzem Drahtgestell und hatte ihr dunkelbraunes Haar zu einem Pferdeschwanz zusammengebunden. Dass sie nach Herrn Grampls rätselhaftem Verschwinden gleich eingesprungen war, hatte Fisher auf Anhieb sympathisch gefunden.

Allerdings hatte er auch Herrn Grampl gemocht … Er würde noch eine Weile brauchen, bis er sich in den Biostunden wieder wohl fühlen würde, ganz gleich, wer unterrichtete.

»Ich habe euch eine besondere Ankündigung zu machen«, sagte

Frau Snapper mit heller, fröhlicher Stimme. »Vielleicht erinnert ihr euch ja, dass Herr Grampl für dieses Wochenende eigentlich eine Exkursion geplant hatte«, erklärte sie. »Trotz der … unglücklichen Umstände«, fuhr sie fort – keiner der Lehrer schien sich sicher zu sein, wie er Herrn Grampls plötzliches Verschwinden bezeichnen sollte, »habe ich mit der Verwaltung gesprochen und unsere Exkursion nach Los Angeles wird stattfinden. Dort werden wir das Privileg haben, bei einer Aufzeichnung der beliebten Fernsehsendung *Wilde Wissenschaft* dabei zu sein! Los geht es diesen Freitag gegen Mittag und wir kommen am Montagmorgen zur dritten Stunde wieder zurück.«

Einige Schüler jubelten und klatschten; andere seufzten, eindeutig genervt von der Aussicht, ein Wochenende für eine schulische Aktivität opfern zu müssen. Fisher wäre am liebsten vom Stuhl gehüpft. Er hatte die geplante Exkursion angesichts der Klon-Situation völlig vergessen. Zwo war in L. A.! Und Fisher bekam nun die Möglichkeit, ihm dorthin zu folgen. Das könnte die Chance sein, seinen Klon wiederzufinden … bevor irgendjemand anderes von seiner Existenz erfuhr.

Und da *Wilde Wissenschaft* eine seiner Lieblingssendungen war, stand ihm ohnehin ein himmlisches Wochenende bevor. Das lag vor allem am Moderator, der unter dem Namen Dr. Teuflisch bekannt war.

Er war groß und gut aussehend, eine eindrucksvolle Erscheinung und ein angenehmer Gesprächspartner – *und* er war ein versierter Wissenschaftler. Fisher hatte noch nie jemanden kennengelernt, der wie er über so hervorragende wissenschaftliche Kenntnisse bei gleichzeitig bestechender sozialer Kompetenz verfügte. Dr. Teuflisch machte ihm Hoffnung für seine eigene Zukunft.

»Weil diese Exkursion über das Wochenende stattfinden wird«, fuhr Frau Snapper fort, »ist die Teilnahme grundsätzlich freiwillig. Also, wer von euch Schülern ist interessiert?«

Fishers Hand schoss als Erste in die Höhe und weitere folgten. Einige Schüler tuschelten aufgeregt über Dr. Teuflisch, andere freuten sich ganz offensichtlich darüber, den halben Unterricht am Freitag und zwei Stunden am Montag verpassen zu dürfen.

Dann sah Fisher, dass auch Veronica die Hand hob. Sein Puls fing an zu galoppieren. Die Sache war zu gut, um wahr zu sein! Er langte schnell hinunter in seine Tasche und holte seine Berechnungen heraus. Mit einer Hand notierte er etwas, während er die andere Hand nach oben gestreckt hielt. Er wollte herausfinden, wie diese gemeinsame Exkursion sich auf den Wert *K* auswirken mochte. Hoffentlich genug, um den Kuss früher stattfinden zu lassen als zu einem Zeitpunkt, an dem die Wompalog-Schule bestenfalls noch als archäologischer Ausgrabungsort genutzt werden würde.

»Frau Snapper?«, sagte Veronica.

»Ja ... Veronica«, antwortete die Lehrerin, die sich einen Moment Zeit genommen hatte, um sich an ihren Namen zu erinnern. »Du hast eine Frage?«

»Ist ...« Veronica schaute etwas verlegen drein. »Glauben Sie, es besteht die Chance, dass wir Kasper Keels treffen?«

Fisher ließ den Bleistift fallen.

»Kasper Keels …«, meinte Frau Snapper, und ihr Blick wanderte nachdenklich nach oben. »Ist das ein Schauspieler, den du magst?«

Fisher fühlte sich, als hätte er soeben eine gefrorene Makrele ins Gesicht geklatscht bekommen. Kasper Keels war die neuste Sensation am Popstarhimmel, ein Dreizehnjähriger, dessen Popsongs und Dancehits langsam jede Radiostation des Landes eroberten. All dies erklärten Veronica und die anderen Mädchen der Klasse Frau Snapper nun eifrig. Der einzige Grund, warum Fisher überhaupt von seiner Existenz wusste, war, dass CURTIS, die künstliche Intelligenz, die er aus einem Großrechner bei *TechX* befreit hatte, seit drei Wochen nichts anderes mehr jaulte als Keels nervige, hirnerweichend bescheuerte Songs. Und zu allem Überfluss hatte Kasper Keels gerade auch noch einen Film über seinen Weg zum Ruhm herausgebracht: *Hier kommt Keels*.

Das waren mehr oder weniger die Gedanken, die Fisher durch den Kopf gingen, als er ihn in seinen Händen vergrub und versuchte, das aufgeregte Geschnatter der Mädchen auszublenden, das den Raum erfüllte.

ZWEITES KAPITEL

Wenn der Affe das Wiesel wirklich hätte erwischen wollen, dann hätte er keine Zeit verschwendet und den Maulbeerbusch einfach abgefackelt.

Amanda Singer, Übungsaufsatz für Harvardbewerbung

Als die Biostunde vorüber war, fühlte sich Fisher, als hätte man ihm sein Herz an die Fußsohlen geklebt. Kasper Keels? Kasper Keels, dessen Haar so glänzte, als würde er ständig von einem Hubschrauber mit Scheinwerfer verfolgt. Kasper Keels, der ganze Arenen füllte, in denen man ein Teleskop brauchte, um ihn aus den hinteren Reihen sehen zu können. Kasper Keels, nach dem sogar ein Basketballschuh benannt worden war, *obwohl er gar nicht Basketball spielt.*

Kasper Keels! Echt jetzt?!

Fisher schäumte vor Empörung. Kasper Keels Musik war geschmackloser als ein Stück Papppizza. Und wie konnte eine so begabte Englischschülerin wie Veronica überhaupt so … *hibbelig* … werden, angesichts eines unterbelichteten Typen, der eine Hitsingle hatte mit dem Titel »Not Never Wouldn't Leave You« – »Würde dich niemals nie nicht verlassen«?

Fisher hatte gerade den Flur betreten und wollte zu seiner nächsten Stunde losschlurfen, als ihn eine Hand an der Schulter packte.

Während er grob herumgerissen wurde, griff er in seine Gesäßtasche, bereit, sich mit seinem Sofort-Nasenfroster zu verteidigen.

Dann sah er Amanda Singers wütendes Gesicht und hielt mitten in der Bewegung inne. Das kleine Plastikgerät wurde ihm aus der Hand geschlagen. Als es gegen eine Reihe von Schließfächern prallte, gab der Nasenfroster einen feinen Strahl weißen Sprühnebels ab, der die Nasenlöcher einer zufällig vorbeikommenden Sechstklässlerin in einen Miniaturgletscher verwandelte.

Das Mädchen stieß irgendetwas zwischen Kreischen und Schrei aus und rannte mit rudernden Armen zur nächsten Schultoilette davon.

»Amanda!«, japste Fisher überrascht. Im blieb kurzzeitig die Luft weg, als sie ihn gegen eins der Schließfächer drückte. »Ist äh … was nicht in Ordnung?«

»Etwas ist *ganz und gar nicht* in Ordnung«, sagte sie, und ihre schwarzen Haarsträhnen wanden sich um ihr Gesicht wie tödliche Ranken. Sie ließ mit einer Hand von ihm ab und rückte sich das schwarze Brillengestell zurecht, das ihr bei der Attacke auf Fisher verrutscht war. Sie konnte Fisher auch mit einer Hand locker in Schach halten. Amanda war klein, aber *ziemlich* stark. Sie war die Leiterin des

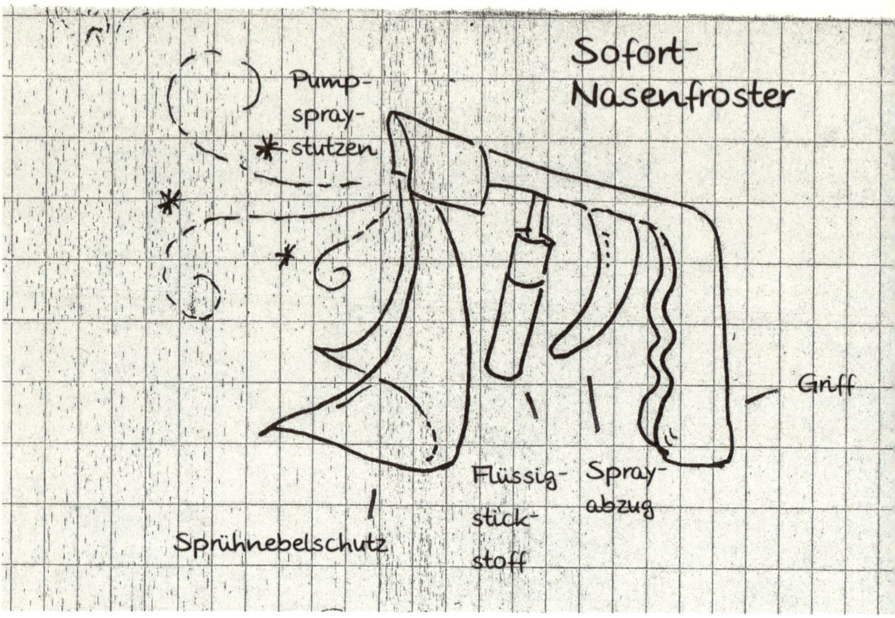

Debattierklubs *und* Kapitänin des Ringerteams. »Und du wirst mir sagen, was es ist.«

»Was … wovon redest du?«, stotterte Fisher. Kleine Schweißperlen rannen ihm den Nacken hinunter.

»Als du vor ein paar Wochen angefangen hast, dich so seltsam zu benehmen, war ich verwirrt, aber ich hatte angenommen, dass du dich endlich von einer Meeresschnecke zu einem Wirbeltier gemausert hast.« Offensichtlich hatte sein Ruhm die Leute noch immer nicht die Bas'sche-Zwittermeeresschnecken-Hypothese, mit der sein Vater berühmt geworden war, vergessen lassen. Fisher versuchte sich loszumachen, aber aus Amandas Griff gab es kein Entkommen. Er war ihr schutzlos ausgeliefert. »Dann bist du völlig unverletzt aus dem *TechX*-

Inferno herausgekrochen, obwohl der ganze Komplex Sekunden zuvor in die Luft geflogen ist ...«

»Schau, Amanda, könnten wir nicht vielleicht ...«

»Nachdem du wieder in die Schule kamst, warst du plötzlich Rechtshänder, obwohl du eine Woche zuvor noch mit links geschrieben hast. Und dann ist da noch eine dritte Sommersprosse auf deiner Nase, von der ich genau weiß, dass sie vorher nicht da war.«

Fishers Blick schnellte durch den Gang, in der Hoffnung, jemand würde ihm zu Hilfe kommen. Aber die wenigen Schüler, die sich noch auf dem Flur befanden, waren mit ihren eigenen Schließfächern beschäftigt oder warfen bloß einen entsetzten Blick auf Amanda, bevor sie davonhuschten. Wenn ihn die Wikinger schikaniert hatten, war ihm auch nie jemand zu Hilfe gekommen. Jetzt, wo Amanda ihn praktisch im Schwitzkasten hatte, würde es nicht anders sein.

»Du siehst doch auch, wie sehr diese Ereignisse im Widerspruch zueinander stehen, oder? Hast du geglaubt, dass würde niemandem auffallen?« Ihr stählerner Blick durchbohrte Fisher. Er konnte praktisch den kleinen brennenden Fleck auf seiner Stirn spüren. Seine Knie fingen an zu zittern.

»H...hör zu«, sagte er und suchte panisch nach einer guten Erklärung, »ich weiß, dass ziemlich seltsame Sachen passiert sind, aber ich weiß nicht, was du – *au*!« Ihre Finger gruben sich in seine linke Schulter, während sie ein Smartphone aus ihrer Tasche fischte. Sie hielt ihm das Display unter die Nase.

»Klappe halten und anschauen«, befahl sie und mit ein paar flinken Bewegungen ihrer Finger rief sie ein Video auf.

Auf dem Bildschirm war eine einfache Einstellung zu sehen: ein kleiner Raum mit kahlen Wänden und blankem Boden und ein Stuhl in der Mitte.

Ein Stuhl, auf dem Fisher saß.

Nur dass es nicht Fisher war. Es war Zwo. Der da sein Gesicht – *Fishers* Gesicht! – in die Kamera hielt.

»Wir hier von *Fleck-weg* bekommen nun schon seit über zehn Jahren ihre Flecken raus«, sagte Zwo quietschvergnügt. Es war der Mitschnitt eines Castings für einen Werbespot. »Und solange es Flecken gibt, die es wegzumachen gilt, werden wir auch weiterhin für die besten erhältlichen Reinigungsprodukte sorgen.« Zwo redete weiter über das neuste *Fleckweg*-Produkt – ein Putzmittel, das giftfrei und sogar essbar war, damit Eltern sich keine Sorgen mehr machen mussten, ihr Essen zu vergiften, wenn sie eine Küchenarbeitsfläche damit sauber machten. Dann trat er mit zwei als Katzenjunge verkleideten Handpuppen auf. Zwo ließ die Puppen zu Musik vom Band in der Luft herumtanzen und sang ein Werbejingle.

Aber die totale Krönung war, als noch eine dritte Puppe auftauchte – diesmal ein Hund. Bewegte Zwo die Puppen etwa mit seinen beiden Händen und einem *Fuß*? Die Talente und Fähigkeiten des Klons wurden nur noch von dem Irrsinn übertroffen, mit dem er sie einsetzte.

Fishers Blick glitt fieberhaft zu der Zuschauerstatistik unter dem Video. Einen Moment lang dachte er, er würde ohnmächtig. Das Video war in nur drei Tagen bereits zehntausend Mal angeklickt worden. Der erste Kommentar lautete: »Oooooh so SÜSS. Die Katzen sind auch nicht schlecht lol.«

»Siehst du die Zeitangabe in der linken unteren Ecke?«, fragte Amanda. Fisher schaffte es bloß noch zu nicken. »Dieses Video ist vor drei Tagen aufgenommen worden, um acht Uhr fünfzig morgens, als du in Frau Snappers Stunde *direkt vor mir* saßt.«

»Du verstehst das nicht – ich meine, ich versteh das nicht – ich meine, dafür gibt es sicher eine Erklärung ...« Er wünschte, er könnte jetzt logische Argumente vorbringen, doch seine panikerfüllte Stimme klang, als hätte er gerade eine Entenlockpfeife im Mund.

»Klappe, Fisher.« Sie schüttelte ihn einmal energisch. »Ich will die Wahrheit und nichts als die Wahrheit.«

»Okay, okay.« Er hob beschwichtigend die Hände. Fisher wusste, dass Amanda und Zwo sich angefreundet hatten, als er statt seiner den Klon in die Schule geschickt hatte, um selbst den Schikanen der Wikinger zu entgehen. Seit Fisher aus den Trümmern von *TechX* gekrochen war, hatte Amanda ihn und die Art, wie er sich benahm und sprach, mit Argusaugen beobachtet. Es sah so aus, als lege sie auf der Festplatte ihres Gehirns ein Verzeichnis jeder seiner Bewegungen an. Er konnte dic Wahrheit nicht länger vor ihr verbergen, aber vielleicht konnte er sie davon abhalten, sie herumzuposaunen. »Ich erzähl dir die Wahrheit, aber können wir irgendwo anders hingehen?«

Amanda ließ Fisher los und zeigte zu derselben Abstellkammer, in die ihn Marvin zuvor hatte stecken wollen. Fisher verdrängte die Bilder des Hausmeisterputzeimers aus seinem Kopf und nickte widerstrebend.

»Rein da«, sagte Amanda. Fisher versicherte sich noch einmal, dass der Flur leer war, und schlüpfte dann in die kleine Kammer.

»Okay«, sagte Amanda, die im düsteren, harten Licht der winzigen nackten Glühbirne noch bedrohlicher wirkte. »Wer saß in der Klasse an dem Tag, als das Video aufgenommen wurde?«

»Fisher«, sagte Fisher krächzend. Er schluckte. »Also, ich.«

»Und wer war auf dem Video zu sehen?«

»… auch Fisher.« Fisher schloss die Augen und biss die Zähne zusammen. Er hatte es gesagt. Das Geheimnis war raus.

»Fisher, ich hab doch gerade bewiesen, dass du nicht beides machen konntest«, erwiderte Amanda und beugte sich drohend vor.

»Nein, nein«, sagte er, »ich meine ein zweiter Fisher. Fisher Zwo.«

Amanda starrte ihn einen Moment lang an.

»Es gibt mehr als einen von deiner Sorte?«, fragte sie trocken.

»Zwei, um genau zu sein«, erklärte Fisher. »Ich nenne ihn Zwo. Ich … habe ihn gemacht. In meinem Kinderzimmer.« Amanda zog die Augenbraue so weit hoch, dass man meinen konnte, sie würde gleich abheben und zur Decke hinaufflattern.

Fisher seufzte ergeben und beichtete ihr dann stammelnd die ganze Geschichte von Zwos Existenz: vom beschleunigten Wachstumshormon seiner Mutter, davon, wie er Zwo in einem Behälter in seinem Zimmer geschaffen hatte, und von den Ereignissen, die zur Zerstörung von *TechX Industries* geführt hatten. Er erzählte ihr auch, dass Zwo einen Fernsehwerbespot von *Fleckweg* gesehen hatte, als er »erwachte«, und seither besessen von der Idee war, dass die Schauspielerin darin seine Mutter sei, die finstere Ganoven in ihrer Gewalt hielten. Das hatte Fisher ihn glauben machen, um Zwo dazu zu bringen, an seiner statt in die Schule zu gehen. Denn diese Institution sei nur eine Kaderschmiede der Finsterlinge, die Zwo nun angeblich infiltrieren sollte – soweit Fishers Lügengeschichte, die er Amanda widerwillig enthüllte.

Fisher wusste nicht, wie viel Zwo davon noch wirklich glaubte, nachdem, was sie bei *TechX* durchgemacht hatten (immerhin war er genauso genial wie Fisher), aber wenn er an einem Casting für das neue Gesicht von *Fleckweg* teilnahm, standen die Chancen ziemlich gut, dass er noch immer glaubte, die Schauspielerin aus dem *Fleckweg*-Spot sei seine Mutter.

Nachdem Fisher all das endlich hatte jemandem anvertrauen können, fühlte er sich sogar irgendwie erleichtert, als hätte er einen Sack voller Steine mit sich herumgeschleppt und gerade ein paar von ihnen weggeworfen.

»Hör mal«, sagte Fisher eindringlich zu Amanda, »das darf nicht rauskommen. Ich wäre bei dem Versuch, Zwos Existenz geheim zu halten, beinahe draufgegangen. Ich wusste bis vor ein paar Tagen nicht einmal, dass er aus dem *TechX*-Komplex entkommen ist, aber er wäre in ernsthafter Gefahr, wenn irgendwer sonst ihn finden würde. Du musst mir versprechen, dass du es niemandem erzählst. Wenn Zwo in L.A. ist, stehen die Chancen ganz gut, dass ich ihn aufspüre, bevor sein Geheimnis ans Licht kommt.«

Amanda beugte sich noch weiter vor und sah Fisher direkt in die Augen. Er wäre zurückgewichen, aber er stand bereits mit dem Rücken an dem Regal mit dem Klopapier und dem komischen Pulver, das der Hausmeister verwendete, wenn eines der Kinder in den Schulflur kotzte. Eine Sekunde lang dachte er, Amanda würde ihm einen Kopfstoß versetzen. Er schluckte.

»Hm.« Amanda rückte etwas ab und hielt ihm ihre Hand hin. Sie schien ihre Entscheidung getroffen zu haben. Fisher stieß einen Seufzer der Erleichterung aus und schüttelte ihre Hand. Er musste sich zusammennehmen, dass er bei ihrem kräftigen Händedruck nicht zusammenzuckte.

»Wenn es nicht du wärst, würde ich es nicht glauben. Aber ich denke, du sagst die Wahrheit«, meinte Amanda. »Wenn Zwo … und du«, fügte sie widerwillig hinzu, »in Gefahr seid, dann helfe ich dir dabei, ihn wiederzufinden. Unter einer Bedingung.«

»O…okaaay?«, sagte Fisher mit einem Anflug von Angst. Er war dankbar für ihre Hilfe, aber ihm gruselte vor Amandas Bedingung. Seine Gedanken sprangen wild von einer Möglichkeit zur anderen. Würde sie ihn erpressen, sodass er sie sein restliches Leben lang bezahlen müsste? Oder für immer ihre Hausaufgaben in allen naturwissenschaftlichen Fächern machen? Wollte sie, dass er eine Amanda Zwei für sie erschuf?

»Bring ihn dazu, dass er mit mir auf den Schulball geht.«

Fisher verschlug es vorübergehend die Sprache.

»Du willst mit ihm auf den Ball gehen?«, brachte er schließlich doch heraus. »Das ist deine Bedingung? Hast du überhaupt zugehört, was ich dir eben gesagt habe?«

»Komm bloß nicht auf falsche Gedanken«, blaffte sie ihn an. »Nicht dass ich ihn *mögen* würde oder so. Aber der Ball ist eines der größten Ereignisse des Jahres, und er ist der einzige Junge weit und breit, den ich einen ganzen Abend lang ertragen könnte.«

»Aber … aber … ich kann nicht garantieren, dass er sich überzeugen lässt«, gab Fisher zu bedenken. »Ich kann ihm schließlich nicht sagen, was er zu tun hat. Abgesehen davon wollte ich eigentlich schon Veronica fragen, ob sie mit mir zu dem Ball geht. Und ich hab dir ja schon erklärt, dass nicht beide Fisher gleichzeitig irgendwo auftauchen können.«

»Ich hab dir meine Bedingung genannt«, sagte Amanda mit stahlharter Stimme. »Wie du das hinbekommst, ist deine Sache.« Mit diesen Worten packte sie ihn am Ellenbogen, wirbelte ihn herum und stieß ihn aus der Abstellkammer.

DRITTES KAPITEL

Plan A geht selten auf. Spar dir die Zeit und fang gleich mit Plan C an.

Vic Daring, *Der Lümmel aus dem All* (Band #218A)

Fisher zitterte noch immer, als er zu Hause ankam. Er konnte es nicht fassen, dass sein tiefstes, dunkelstes Geheimnis nicht mehr ihm allein gehörte. Er spürte ein leichtes Kribbeln, als er durch das Flüssigtor zum Garten trat, als wäre es bloß ein Nebelschleier. Jemand mit einer DNS, die das Haus nicht als Familienmitglied erkannte, würde davon abprallen wie von einer Ziegelmauer.

Auch wenn die Konfrontation mit Amanda ziemlich unangenehm gewesen sein mochte, verspürte Fisher dennoch ein Gefühl der Erleichterung. Es war gut gewesen, die Wahrheit zu erzählen. Und Amanda hatte sich bereit erklärt, ihm zu helfen. Er hatte sehr wohl eine Chance, Zwo wiederzufinden. Er konnte noch immer alles in Ordnung bringen.

Fisher ging an volleyballgroßen Trauben vorbei, die an Rebstöcken hingen, die so kräftig waren wie der Körper eines Zwölfjährigen. Das neuste Anbauexperiment seiner Mutter entwickelte sich gut. Ein französisches Weingut hatte bereits einen Vertrag mit Frau Bas abgeschlossen, denn bloß zwei ihrer Trauben würden eine ganze Flasche Wein

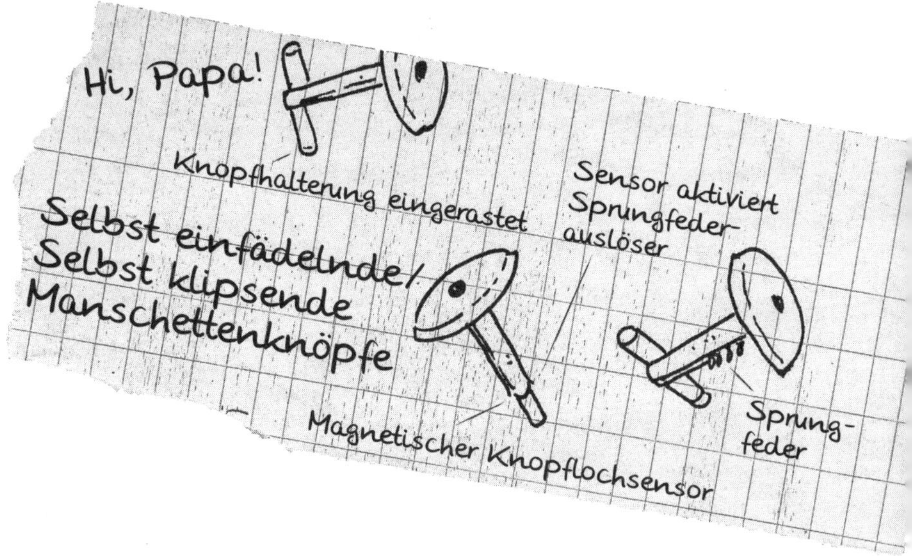

ergeben. Außerdem fühlte sich der neue Baumhummerschwarm seines Vaters in den Reben sehr wohl.

Als Fisher die Haustür aufmachte, blieb er stehen und seufzte. Im Hausgang hopste sein Vater auf einem Bein herum und versuchte seinen linken Fußknöchel aus den Hosenträgern zu befreien. Seine Mutter hielt den Kopf zur Seite geneigt, weil sich einer ihrer baumelnden Ohrringe in ihrer Halskette verfangen hatte.

Seine Eltern konnten mit geschlossenen Augen genetische Strukturen verändern. Sie konnten Küchenherde entwickeln, mit denen man die geopolitische Lage diskutieren konnte, während sie ein Brathähnchen grillten. Aber sie waren nicht in der Lage, sich normal anzuziehen, geschweige denn sich wie normale Menschen zu benehmen.

»Ah, hallo, Fisher«, rief sein Vater zwischen zwei Hüpfern.

»Willkommen zu Hause, Schatz«, sagte seine Mutter. Mit dieser Kopfhaltung sah sie aus wie ein verwirrter Vogel.

»Hi, Mama, hi, Papa«, erwiderte Fisher seufzend. »Geht ihr heute aus?«

»Wir wollen auf ein Konzert«, sagte sein Vater und schaffte es endlich, sich aus seinen eigenen Hosenträgern zu befreien, nur um dabei seine Manschettenknöpfe ineinander zu verhaken. Er kam mit verheddderten Handgelenken zu Fisher. »Könntest du mir dabei helfen, Fisher?«

»Klar«, meinte Fisher und versuchte herauszufinden, wie es seinem Vater gelungen war, sich selbst mit Hilfe zweier schicker Knöpfe Handschellen anzulegen. Er blickte hoch und sah den verwuschelten Schopf seines Vaters. »Deine Haare sehen ein bisschen … ähm …« Er gestikulierte wild mit den Händen, denn eigentlich hatte er sagen wollen: *Deine Haare sehen aus wie ein Leguannest nach einem Wirbelsturm*.

»Ja«, antwortete sein Vater und versuchte mitzuhelfen, seine Hände zu befreien. »Ich wollte mein Haargel auftragen, aber FF ist mir auf den Kopf gesprungen und hat es aufgeschlabbert.«

»Was?!«, rief Fisher entsetzt. »Geht es ihm gut?«

»Keine Sorge, es ist absolut essbar – auch wenn ich mir nicht vorstellen kann, dass es besonders gut schmeckt. Ihm geht's bestens.«

»Na gut, okay«, sagte Fisher erleichtert. »Ich schätze, wenn …« Sein Blick wanderte hoch an die Decke. »Ähm, bist du *sicher*, dass mit ihm alles klar ist?«

»Es ist vollkommen ungiftig«, beruhigte ihn sein Vater, dem es endlich gelang, seine Handgelenke freizubekommen. »Warum?«

»Weil es so aussieht, als klebe er an der Decke fest.« Fisher zeigte hoch.

Das Familienhaustier und Fishers bester Freund *Fliegendes Fer-*

kel wurde normalerweise nur *FF* genannt. Fishers Mutter hatte im Rahmen ihrer Forschungen ein kleines Schweinchen mit Flughäuten an den Vorderbeinen, die ihm als Flügel dienten, gezüchtet. Es konnte nicht wirklich fliegen, war aber ein ziemlich guter Gleiter.

Eines jedoch war FF ganz bestimmt nicht, und zwar selbst klebend. Und doch hing es an der Decke wie ein zappeliger rosa Pilz.

»FF!«, rief Frau Bas erschrocken und sah sich nach etwas um, mit dem man es da herunterholen könnte.

»Alles klar mit dir, Kleiner?«, rief Fisher ihm zu. FF quiekte ein paar Mal. Es klang eher genervt als gequält.

»Oje«, sagte Herr Bas und kratzte sich am Kopf. »Das hätte ich mir ja denken können. Das Gel ist aus lernfähigem Material. Die Klebestärke passt sich dem Einsatzbereich an. FFs Körperwärme scheint die Wirkung des Gels erst richtig anzukurbeln, sodass er es nun ausschwitzt.«

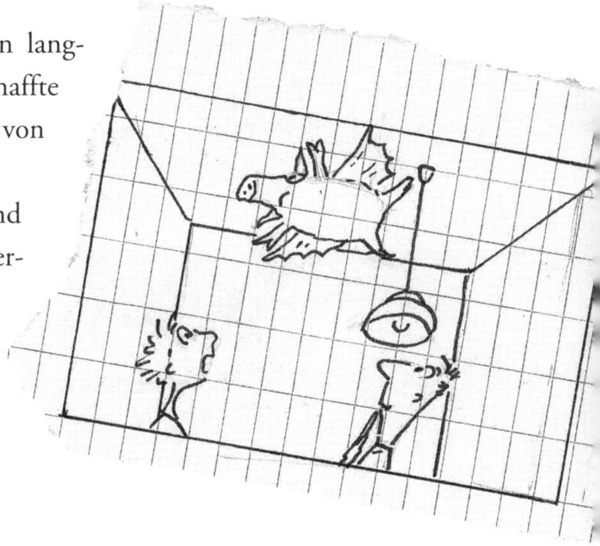

Fisher entdeckte einen langstieligen Besen und schaffte es mit großer Mühe, FF von der Decke zu lösen.

FF strampelte quiekend mit den Beinchen und versuchte so, den Sturz abzubremsen. Er prallte mit einem dumpfen Schlag auf den Boden –

und sofort klebte sein Rücken am Linoleum fest.

Herr Bas schüttelte den Kopf. »Tja, das ist eine verzwickte Lage. Wenn das Gel in seinen Körperkreislauf geraten ist, dann könnte er es noch tagelang ausschwitzen. Er wird an allem, was er berührt, festkleben.«

Fisher seufzte und stocherte so lange an FF herum, bis es wenigstens nur noch mit den Hufen am Boden klebte.

»Ich schätze, ich versuch dann mal ein Gegenmittel zu entwickeln«, meinte Fisher, ließ seinen Rucksack zu Boden fallen und holte einen Ordner heraus. »Bevor ihr losgeht, könnte einer von euch vielleicht diesen Genehmigungszettel unterschreiben? Wir machen mit der Schule dieses Wochenende eine Exkursion nach L. A.«

Seine Mutter, die einen ihrer Schuhe noch immer nicht ganz angezogen hatte, kam herübergehopst und nahm Fisher das Schreiben ab.

»Oh!«, rief sie, nachdem sie es gelesen hatte. »Ihr geht zu einer Aufzeichnung von *Wilde Wissenschaft*?« Sie kaute abwesend auf ihrer Unterlippe. Dann sagte sie mit aufgesetzter Gleichgültigkeit: »Ich denke, ich sollte mich freiwillig als Aufsichtsperson melden. Weil …« Sie überlegte einen Moment lang. »Na ja, Los Angeles ist schließlich eine große Stadt, da kann es ziemlich gefährlich werden. Ich muss wohl darauf bestehen, dich zu begleiten.«

»Hmpf«, meldete sich Fishers Vater zu Wort. »Du willst doch bloß die Chance nutzen, einmal Dr. Teuflisch zu treffen. Er ist nichts als ein Scharlatan mit einem dämlichen Spitzbart und einem viel zu engen Laborkittel. Ich wette, er könnte nicht mal ein Elektronenspektrometer nachbauen, wenn man ihm die Anleitung auf seine großen, männlichen Hände tätowieren würde. Er ist kein richtiger Wissenschaftler. Nicht mal ein richtiger Schauspieler! Er grinst bloß in die Kamera und alle sind begeistert. Wenn du dir unbedingt die Aufzeichnung von einer Fernsehsendung anschauen willst, dann geh lieber zu *Sci-Fi Survivor!*«

»Sci-Fi*was?*«, fragte Fishers Mutter. Sie wurde rot, und Fisher fiel auf, dass sie nicht abgestritten hatte, Dr. Teuflisch treffen zu wollen.

»Eine neue Sendung. Sie läuft nächste Woche an. Eine Gruppe Leute wird vor lauter Aufgaben gestellt, die auf verschiedenen Science-Fiction-Genres basieren, und sie müssen sich clevere Wege einfallen lassen, sie zu meistern. Das ist wenigstens mal eine Sendung, bei der die Leute wirklich ihren Kopf benutzen müssen! Kritisches Denken, Problemlösung unter Druck …«

»Ach, *diese* Sendung«, sagte Fishers Mutter verächtlich. »Die wird doch bloß hochgejubelt, weil sie direkt vor *Wilde Wissenschaft* läuft«, konterte sie. »Also, Fisher, wegen dieser …«

»Äh, tut mir leid«, sagte Fisher schnell, »es haben sich schon genug Aufsichtspersonen gemeldet.«

»Oh«, sagte Frau Bas offensichtlich geknickt. »Na ja, ich bin sicher, es wird eine lohnende Erfahrung.«

Einen Moment lang herrschte betretenes Schweigen. Endlich gelang es Fishers Mutter, ihren Ohrring aus der Kette zu befreien.

»Also«, sagte Fisher in dem Versuch, das Thema zu wechseln, »was ist denn überhaupt der heutige Anlass? Ihr geht doch sonst so gut wie nie aus.«

Seine Eltern blickten sich an, und Fishers Mutter stieß einen Seufzer aus.

»Ich wollte es dir erst später sagen, weil ich nicht möchte, dass du dir Sorgen um mich machst«, sagte sie. »Aber aufgrund von einigen wissenschaftlichen Rückschlägen und Sicherheitsrisiken wurde mein BWH-Projekt eingestellt. Ich musste alle Proben der Substanz, die ich in meinem Labor hatte, zurückgeben.« Einen Moment lang sah es so aus, als würde Fishers Mutter gleich zu weinen anfangen. »Ich habe über alle meine Bestände genau Buch geführt ... aber trotzdem fehlte am Ende ein Zentiliter.«

»Das ist nicht deine Schuld«, sagte Herr Bas und legte die Hand tröstend auf den Arm seiner Frau.

Fisher faltete die Hände hinter dem Rücken und quetschte sie so fest, dass er dachte, seine Finger müssten brechen. Einhundertstelliter des BWH. Exakt die Menge, die er benutzt hatte, um Zwo zu erschaffen. Jetzt wusste nicht nur seine Mutter, dass es fehlte – sondern auch die Regierung.

»Wie ... wie glaubst du, ist das passiert?«, fragte er und musste sich Mühe geben, damit seine Stimme nicht zitterte.

»Ich weiß es nicht«, gab sie zu. »Es könnten einfach nur Temperaturschwankungen gewesen sein, durch die ein wenig davon verdampft ist. Oder vielleicht habe ich mir die Menge falsch notiert. Tatsache ist, dass das BWH extrem wirksam ist – und praktisch noch nicht getestet. Soweit wir wissen, könnte ein Zentiliter ausreichen, um ganze Armeen zu erschaffen! Die Behörde ist natürlich überhaupt nicht glücklich darüber – ich bin froh, dass ich überhaupt noch einen Job habe.«

»Du bist die beste Wissenschaftlerin, die sie dort haben«, sagte Herr Bas beherzt.

Frau Bas schenkte ihm ein schwaches Lächeln. »Wie dem auch sei, die Behörde rechnet mit dem Schlimmsten. Nach Dr. Xs Versuchen, meine Formel zu stehlen, glauben sie, dass es jemandem gelungen sein könnte, eine Probe zu entwenden. Sie haben mehrere Teams losgeschickt, die eine mögliche Sicherheitslücke aufspüren sollen. Falls jemand das BWH gestohlen hat, dann werden sie ihn finden und festnehmen ... und dann landet er hoffentlich in einer Gefängniszelle und bleibt dort, bis er verrottet«, schloss sie erbittert.

»Äh ... ähm«, stammelte Fisher. Er konnte die kalten Betonwände der Zelle fast schon um sich herum spüren.

»Wie auch immer, ich muss nur mal einen Abend ausspannen«, flötete sie plötzlich wieder ganz vergnügt, »und ein bisschen rauskommen. Ich habe die ganze Woche sehr persönliche Fragen über unsere Familie und meine Arbeitsweise beantwortet. Am Ende sind sie zu dem Schluss gekommen, dass es nicht meine Schuld war.« Dann beugte sie sich hinunter und legte die Hände auf Fishers Schultern. »Hör mal, Fisher. Ich weiß nicht, wie lange diese Untersuchung noch andauern wird oder ob vielleicht noch Agenten ins

Haus kommen werden, um weitere Nachforschungen anzustellen, aber ich möchte nicht, dass du dir deshalb Sorgen machst, okay? Es wird alles gut.«

»Okay«, sagte Fisher, der auch als die Tür sich bereits hinter seinen Eltern geschlossen hatte, einfach starr vor sich hinschauend im Flur stehen blieb, als wäre er am Boden festgenagelt.

Er hatte keine Ahnung, wie lang er so dagestanden hatte, als ihn ein Krachen aus der Küche herumfahren ließ. Er huschte zur Küchentür und steckte vorsichtig den Kopf hinein, denn er rechnete damit, dort einen großen Mann im schwarzen Anzug und mit dunkler Sonnenbrille zu sehen, der auf der Suche nach Fisher die Wand niedergerissen hatte.

Glücklicherweise stellte sich heraus, dass das Geräusch bloß von einer Packung Suppencroutons herrührte, die zu nah an der Arbeitsplattenkante abgestellt worden war.

»Junger Herr«, ertönte es, als rezitiere jemand aus einem Roman von Charles Dickens. Die Stimme klang wie die eines englischen Butlers, aber in Wahrheit war es bloß der Toaster.

»Oh, hi, Lord Kokelburg«, sagte Fisher erleichtert. »Wie geht es Euch heute?«

»Nun ja, es schmerzt mich kundzutun, dass mir heute Morgen eine Scheibe Vollkorntoast etwas zu knusprig geraten ist. Dies schreckliche Malheur und die damit verbundene Schmach haben mich für einen Großteil des Tages in die düsterste Gemütslage versetzt. Der gnädige Herr mag seinen Toast glücklicherweise dunkel, aber selbst dies vermochte meiner Seele kaum Milderung zu verschaffen. Denn, ach, wie soll ich mich mit dem Schicksal versöhnen, eines nicht zu fernen Tages vielleicht all meine Fähigkeiten eingebüßt zu haben?«

Lord Kokelburg hatte kleine glühende Leuchtdioden, die ihm als Augen dienten und bei diesen Worten ganz melancholisch dreinblickten.

»Ich würde mich davon nicht so runterziehen lassen«, sagte Fisher, trat dabei aber schon Zentimeter für Zentimeter den Rückzug in den Flur an. Er musste dringend nachdenken. Er brauchte einen Plan. »All die Brotscheiben, die überhaupt nicht getoastet würden, wenn Ihr nicht so hart arbeiten würdet, sind ein Verdienst, auf das man stolz sein kann!«

»Grundgütiger!«, rief das kleine Gerät, und seine Augen wurden weit. »All das arme, kalte, gänzlich ungetoastete Brot! Welch verheerende Vorstellung. Angesichts dieser außerordentlichen Leistung verblasst diese einmalige Verfehlung, keine Frage. Wie überaus weise, mich drauf hinzuweisen, junger Herr. Ich danke dir.«

»Jederzeit gern, Eure Lordschaft«, sagte Fisher. Auf dem Weg in sein Zimmer nahm er zwei Stufen auf einmal. Oben angekommen schlug er die Tür hinter sich zu, lehnte sich dagegen und ließ sich zu Boden sacken.

Sein Blick landete auf dem Cover der Ausgabe Nummer 412 von *Vic Daring, der Lümmel aus dem All*, die auf seinem Bett lag. Die Titelillustration zeigte den verwegenen Abenteurer, wie er sich selbst in einem schnittigen Weltraumanzug aus Chrom aus einem zerstörten Raumschiff katapultierte, hinaus ins schwarze Nichts, ohne zu wissen, wohin ihn diese verzweifelte Flucht führen würde.

Fisher konnte sich in ihn hineinversetzen. Auch er musste sich hinauskatapultieren ins bedrohliche schwarze Nichts … von Los Angeles.

Zwanzig Minuten später stand Fisher vor einem Koffer, der bis auf einen Solar-Regenschirm noch völlig leer war. Der Schirm war ein Gerät, das Fisher nicht richtig durchdacht hatte, bevor er es gebaut hatte. Glücklicherweise funktionierte er auch gut als tragbare Stromquelle, sofern es nicht regnete.

»Mannomann! Los Angeles! Die Stadt der Engel! Die unzähligen Lichter! Die Stars! Um die Häuser ziehen! Das wird super!«

Schon wieder unterhielt sich Fisher mit einer Maschine. Diesmal war es CURTIS, eine künstliche Intelligenzform, Fishers KI-Kumpel. CURTIS sprach zwar Slang wie ein Pizzajunge aus Brooklyn, aber er

hatte ein ausgesprochen leistungsstarkes Computerhirn.

CURTIS hatte fast sein ganzes Dasein im Zentralrechner von *TechX* verbracht, wo er sich so furchtbar langweilte, dass er sich riesige Mengen Fernsehprogramme aus dem Internet zog. Daraus hatte er sein ganzes Wissen über die Welt außerhalb bezogen. Nun gab er Fisher Ratschläge darüber, welche Sehenswürdigkeiten er in L. A. besichtigen sollte.

FF schritt vorsichtig durchs Zimmer und versuchte dabei, nichts zu berühren, was nicht am Boden befestigt war. Mit eher mäßigem Erfolg. Das Gel war noch immer nicht vollständig verschwunden und zwei Hustenbonbonpapiere und ein zerknülltes Blatt mit Fishers Berechnungen klebten bereits an seinen Beinen.

»Ich fahre da doch nicht hin, um Sightseeing zu machen, CURTIS«, sagte Fisher und durchsuchte seine Schublade, bis er seine superelastischen, sprungverstärkenden Spezialsocken gefunden hatte. »Ich habe dort Wichtigeres zu tun.«

»Weißt du was, Junge? Einmal hat Dr. Teuflisch eine frei schwebende Bühne entwickelt und ein Gitarrensolo darauf gespielt!«

»Ich bin mir ziemlich sicher, dass das Playback war«, erwiderte Fisher und tastete das obere Schrankfach ab. Er zog das Camouflage-Spray heraus, das er bereits benutzt hatte, um sich vor den Wachleuten bei *TechX* zu verstecken, und außerdem noch eine Tüte voll mit Sofort-Strauchsamen, aus denen in Sekundenschnelle ausgewachsene Sträucher sprossen, wenn sie gewässert wurden.

»Der legendäre Hollywood Boulevard! Die Sterne im Asphalt! Bogart! Brando! Und dann ist da ja noch *Graumann's Chinese Theatre*! Weißt du, wie es war, als der erste *Star Wars*-Film rauskam? Es war der Wahnsinn, all die …«

»CURTIS!«, rief Fisher und fuhr herum, um den Computer streng anzufunkeln. »Ich fahre nicht dorthin, um Filmstars zu bewundern oder Gebäude zu begaffen. Ich muss Zwo finden.«

Fisher verstaute eine Krawatte in seinem Koffer. Sie war aus einem Material, dass sich um das Zwanzigfache seiner Länge dehnen konnte. Sie war eine Zufallserfindung von Fisher; eigentlich hatte er nur eine Krawatte gewollt, die er erfolgreich zu einem Windsorknoten binden konnte, ohne sich zu erdrosseln.

Der Computer gab ein seufzendes Geräusch von sich.

»Gut, gut.« Er kicherte, bevor er verstummte.

»Manchmal sehne ich mich nach der Zeit, als ich bloß einen Toaster hatte, mit dem ich sprechen konnte«, brummelte Fisher und machte den Reißverschluss des Koffers zu.

Stunden später saß Fisher auf der Bettkante, ein Klemmbrett in der einen und einen Bleistift in der anderen Hand. Er wusste, er sollte versuchen zu schlafen, aber er war so unruhig, dass FF irgendwann von seinem Herumgewälze genug hatte und vom Bett gesprungen war. Nun fläzte es auf Fishers noch unfertigem Tesla-Transformator, der unter einem Laken versteckt neben dem Tisch stand. Fisher hatte seinen Eltern gegenüber nicht erwähnt, dass er versuchte, einen Blitzerzeuger zu bauen. Seine Mutter würde total überreagieren, da war sich Fisher sicher.

Fishers Bleistift flog so fieberhaft über das Papier, dass seine Hand schon ganz heiß geworden war. Er notierte Dutzende Gleichungen zu seiner bevorstehenden Mission. Erst nahm er die Bevölkerungszahl von Los Angeles, die Größe der Stadt und ein paar weitere Faktoren und berechnete die Wahrscheinlichkeit, dass er direkt auf Zwo treffen würde, wenn er aus dem Bus stieg. Er hatte nicht mehr so viele Nullen rechts neben dem Komma gesehen, seit er mit der Nase auf der Null der Computertastatur eingenickt war.

Er machte auch noch ein paar andere Gleichungen nur so zum Spaß. Die Dichte der *King of Hollywood*-Niederlassungen in der Stadt, die höher war als die Bevölkerungsdichte einiger Staaten im Mittleren Westen. Die Wahrscheinlichkeit, mit der zu einem x-beliebigen Zeitpunkt eine Möwe auf seinem Kopf landen würde. Genau genommen wusste er dafür nicht genug über das Verhalten von Möwen, also setzte er voraus, dass Menschenköpfe für Möwen ziemlich gemütlich aussahen.

Er hatte gerade das Klemmbrett weggelegt und das Zwo-Aufspür-Gerät zur Hand genommen, um an seinen Macken zu arbeiten, als es dreimal an die Tür klopfte.

»Kann ich reinkommen, Fisher?«, hörte er die Stimme seiner Mutter.

»Klar«, sagte Fisher und hechtete zurück in sein Bett. Er versuchte dabei so gelassen wie möglich zu wirken, konnte aber kaum die Beine stillhalten.

Die Tür ging auf und seine Mutter kam herein, während Fisher noch versuchte, seine Decke zu entwirren.

»Wie war das Orchester?«, erkundigte sich Fisher, als seine Mutter sich an sein Bett setzte.

»Sehr gut«, sagte sie. »Ich war schon immer ein großer Fan von Strawinsky. Hör mal, Fisher … dass die Regierung mein Projekt eingestellt hat, ist eine ernste Sache.« Fisher nickte so langsam und bedächtig, wie er nur konnte. »Ich verstehe einfach nicht, wie etwas von dem BWH verschüttgehen konnte. Es ist möglich, dass ich irgendwo einen Fehler gemacht habe oder dass etwas mit meinen Geräten nicht stimmte. Aber ich muss trotzdem alle Möglichkeiten in Betracht ziehen.« Sie schaute Fisher nun direkt in die Augen.

»Und … das wäre?«, fragte Fisher. Er hörte, wie sich FF im Schlaf bewegte, und wünschte sich, es käme jetzt angesegelt und flöge mit Fisher durchs Fenster davon.

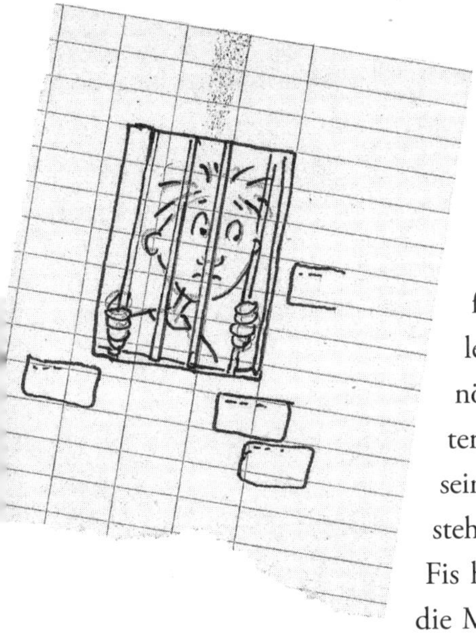

»Jemand könnte es genommen haben«, sagte seine Mutter. »Dr. X hatte so viele Leute, die für ihn gearbeitet haben. Es ist sogar möglich, dass deine Entführung« – ihre Stimme stockte leicht – »bloß ein Ablenkungsmanöver war, um mich und deinen Vater aus dem Haus zu locken, damit seine Spione sich einschleichen und es stehlen konnten.«

Fis her brauchte einen Moment, um die Mischung aus Zweifel und Behutsamkeit in ihrem Gesichtsausdruck zu deuten. *Sie verdächtigte ihn!*

Fisher spürte das Schuldgefühl wie Nadelstiche zwischen den Rippen, aber nicht so stark, dass er geredet hätte. Es war eine Sache, wenn er etwas von dem BWH genommen hätte, um es zu untersuchen oder um sich selbst größer zu machen. Aber da draußen lief ein zweiter Fisher herum und die Reaktion seiner beiden Eltern auf diese Tatsache wollte er sich nicht mal ansatzweise vorstellen.

Also räusperte er sich und sagte mit fester Stimme: »Wer weiß? Dr. X war zu allem Möglichen fähig. Das habe ich bei *TechX* gesehen. Es tut mir nur leid, dass dein Projekt eingestellt wurde.«

»Ist schon in Ordnung«, sagte seine Mutter seufzend und stand auf. »Seit mir die Möglichkeiten klar geworden sind, die dieses Projekt eröffnet, habe ich sowieso bereuet, es überhaupt übernommen zu haben. Und die Regierung weiß genau, wie gefährlich die Sache ist. Die Teams, die sie losgeschickt haben, um das BWH zu finden, sind angewiesen, alles, was damit geschaffen oder verändert wurde, zu zerstören. Sie haben sogar die Riesenpflanzen konfisziert und vernichtet, die ich gezüchtet habe, als ich eine Pflanzenversion des BWH getestet habe.«

Fisher blieb der Atem im Halse stecken wie ein Knäuel Fussel.

»Gute Nacht, Fisher«, sagte seine Mutter und ging zur Tür.

»G…göh… Nacht«, brachte Fisher gerade noch so heraus, als sie die Tür bereits hinter sich zuzog.

Schon zuvor hatten eine Menge Dinge auf dem Spiel gestanden. Doch jetzt stand *alles* auf dem Spiel. Wenn er versagte, könnte er nicht bloß verhaftet werden und im Gefängnis landen, sondern…

…Zwo könnte getötet werden.

VIERTES KAPITEL

»Schulbus« ist der für gewöhnlich verwendete Begriff, denn »Klapsmühle auf Rädern« gilt als unhöflich.

Fisher Bas, *Persönliche Aufzeichnungen*

Ein dickes weißes Spuckkügelchen zischte über die Köpfe hinweg wie eine Granate über den Schützengraben. Das Summen der Gespräche war zu ohrenbetäubendem Gebrüll angeschwollen und ohne Vorwarnung flogen Gegenstände durch die Luft. Auf der siebenstündigen Fahrt nach Los Angeles hatten das Geschrei, die Kaskaden aus Käseflips und verschütteter Cola und die fliegenden spuckegetränkten Papierkügelchen den Bus innerhalb kürzester Zeit in eine mobile Müllhalde verwandelt.

Mit anderen Worten, es war wie an einem ganz normalen Freitag an der Wompalog-Schule, bloß auf extrem beengten Raum, aus dem es kein Entkommen gab.

Fisher hatte gehofft, er könne während der Fahrt mit Veronica reden. Doch den Schülern waren die Plätze zugewiesen worden und nun saß sie zwei Reihen vor ihm neben Trevor Weiss. Fisher konnte bloß ahnen, worüber sie sich unterhielten. Trevors zwei Lieblingsthemen waren seine Sammlung handgemachter Federmäppchen und die Geschichte der Forellenfischerei.

Ein weiteres Spuckkügelchen hätte beinahe Fishers Kopf gestreift. Er hatte lange an einem Blitz-Antispuckkugel-Abwehrsystem gearbeitet, aber es war ihm nicht gelungen, die Reaktionszeit richtig hinzubekommen, und die Testläufe hatten immer damit geendet, dass ihm die Abwehrvorkehrung genauso oft gegen den Kopf geklatscht war wie zuvor die Spuckkügelchen selbst.

Als er sich am vorangegangenen Abend endlich aufs Ohr gehauen hatte, waren ihm Bilder von Gestalten in dunklen Anzügen mit pechschwarzen Sonnenbrillen im Kopf herumgespukt. Sie jagten ihn durch die Straßen, verfolgten ihn in dunkeln Wäldern. Einmal hatte er sogar eine Szene vor Augen, in der er versuchte, sich durch einen See schwimmend in Sicherheit zu bringen, aber dann war er von einem Agenten, der auf einem riesigen Zackenbarsch ritt, verfolgt worden.

Was, wenn die Nachforschungen der Behörden zu ihm und Zwo führten? Würden sie Fisher dann in ein Militärlabor sperren und ihn zwingen, noch mehr Klone zu erschaffen? Würde man Zwo kryotechnisch schockfrosten, damit Forscherteams seine chemische Zusammensetzung und seine Zellstruktur analysieren konnten?

Dann kam Fisher ein noch erschreckenderer Gedanke. *Er* hatte Zwo erschaffen. Was, wenn man ihn zwingen würde, das Team zu leiten, das Zwo vernichten wollte? Er konnte sich nicht vorstellen, diesen Auftrag zu übernehmen. Aber was würden sie mit ihm anstellen, wenn er sich weigerte?

Es war eine unerwartete Erleichterung für ihn, als Frau Snapper beschloss, im Bus »zur Unterhaltung und Erhellung« eine Reportage über Regenwürmer zu zeigen. Das führte zwar weder zum einen noch zum anderen, aber wenigstens lenkte es Fisher von seinen düsteren Gedanken ab.

»*Und mit dem Einsetzen der Aprilgewitter weicht der Boden auf und die erhabenen Kreaturen, die wissen, dass ihr torfiges Heim bald überschwemmt wird, kriechen langsam immer weiter aufwärts, bis sie majestätisch durch die Oberfläche brechen und sich blind zum Wolkenhimmel recken …*« Das monotone Gequatsche des Sprechers war kaum zu verstehen, aber dennoch laut genug, dass es einem auf die Nerven ging.

Vorsichtig spähte Fisher über die Lehne des Vordersitzes, um wenigstens einen Blick auf Veronicas schönes goldenes Haar zu erhaschen. Aber fast augenblicklich wurde sein Blickfeld von Warren Dever blockiert, der wie ein Springteufel hochploppte.

»Hey, Fisher! Superbus, was? Er hat sogar Bildschirme und alles! Hey, glaubst du, es gibt hier auch Fernsehen oder wenigstens DVDs? Und sieh mal, wie sauber die Fenster sind! Ich wette, sie putzen sie zweimal am Tag. Was meinst du? Zweimal? Vielleicht auch dreimal?«

Warren war einer, der genau zwei Einstellungen hatte: völlig unter Strom oder absolut ohne jeden Saft. Das wusste Fisher nur zu genau.

»Was hältst du von den Polstern?«, fragte Fisher Warren. »Sind sie bequem genug?«

Warren warf sich in seinen Sitz zurück, um es zu testen.

»Wow, ja, die sind – *zzzzzz…*«

Fisher schüttelte den Kopf und ließ sich auf seinen Sitz zurückfallen.

»Fisher! Hey! Wir brauchen einen Plan!« Amanda schnipste direkt vor seinem Gesicht mit den Fingern. Fisher drehte sich verlegen zu ihr um. »Sorry«, sagte er, »ich … äh … hab bloß geschaut, ob es der Regenwurm aus der Erde geschafft hat.«

»M-hm« machte Amanda und kritzelte etwas in das Notizbuch auf ihrem Schoß. Sie warf ihm einen kurzen finsteren Blick zu, bevor sie sich wieder ihren Planungen zuwandte. »Schau. Los Angeles ist eine große Stadt. Es wird auch *mit* einem guten Plan schon schwer genug werden, Zwo zu finden.«

»Was hast du denn bis jetzt für Ideen?« Fisher lehnte sich ans Fenster. Seine Augen wanderten wieder zurück zu Veronica, oder dem bisschen, das er von ihr sehen konnte (hauptsächlich einen Ellbogen).

Amanda kaute nachdenklich an ihrem Stift herum. »Was ist mit dem Studio, wo das Casting für den neuen Werbespot stattgefunden hat?«, meinte sie und schrieb das Wort STUDIO in die Mitte ihrer Notizen. »Vielleicht haben sie eine Telefonnummer von Zwo oder irgendwas.«

»Gute Idee«, sagte Fisher. »Ich könnte diese persönlichen Daten vielleicht aus ihnen rauslocken, wenn ich mich als sein Zwillingsbruder ausgebe.«

»Du *bist* sein Zwillingsbruder«, sagte Amanda. »Bloß nicht einer der üblichen Art.«

Fisher dachte einen Moment darüber nach. Sie hatte recht; biologisch gesehen war ein Klon ein künstlicher Zwilling. Außerdem hatten Fisher und Zwo vor dessen Verschwinden angefangen, sich anzufreunden. Zuerst hatte Fisher gedacht, dass sie aufgrund ihrer unterschiedlichen Persönlichkeiten zu viel trennte, aber als sie dann gemeinsam um ihr Leben kämpften, war ihm bewusst geworden, wie viel sie gemeinsam hatten. Nun war Zwos Leben wieder in Gefahr und er wusste es noch nicht einmal.

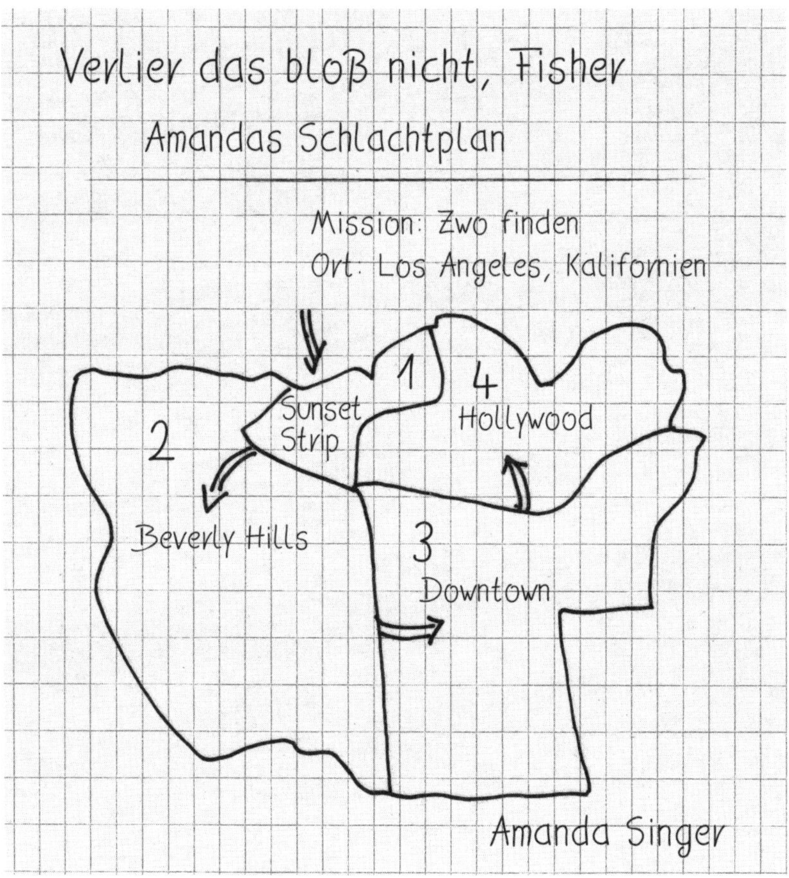

Fisher dehnte seinen steifen Hals und spähte dabei aus dem Fenster. Seine Augen blieben an einem schnittigen schwarzen Wagen haften, der ganz dicht hinter ihnen fuhr. Die Scheiben wirkten getönt … oder war es bloß die Spiegelung des Lichts?

Fisher sank tiefer in seinen Sitz. Wurde er bereits von Regierungsagenten in dunklen Anzügen beschattet? Wussten sie womöglich schon von Zwo?

Doch dann sah er, dass das Auto sich immer weiter entfernte. Vielleicht litt Fisher schon unter Verfolgungswahn. Würden die Behörden wirklich einen Zwölfjährigen verdächtigen, seiner genialen Mutter das BWH gestohlen zu haben?

Fisher stand auf und bahnte sich den Weg durch den Mittelgang, weil er versuchen wollte zu sehen, wohin der Wagen fuhr. Trevor schob sich an ihm vorbei zum Klo, sein Gesicht war dunkelgrün. Fisher reckte den Hals, um das Auto im Blick zu behalten. Er hatte sich bereits zwei Reihen vorgearbeitet, als der Bus ohne jegliche Vorwarnung plötzlich einen heftigen Schlenker machte. Fisher wurde zur Seite geworfen … direkt auf Veronicas Schoß.

Der Bus schlingerte ein weiteres Mal und kam zum Stehen.

»Fisher!«, rief Veronica. Ihre Stimme klang überrascht und besorgt. »Alles okay mit dir?«

Fisher erstarrte mit weit aufgerissenen Augen und sein Hirn gab seinem Körper fünf widersprüchliche Befehle gleichzeitig.

»T…t…tut mir leid, i…ich…«, stammelte er schließlich und sprang schnell auf. »Ich hoffe, ich hab dir nicht… ähm…«

»Jemand verletzt?«, rief Frau Snapper, die aufgestanden war und den Bus Reihe für Reihe inspizierte. »Sind alle okay?« Als sie sich davon überzeugt hatte, dass bei dem plötzlichen Halt des Busses keiner ihrer Schüler zu Schaden gekommen war, wandte sie sich an den Busfahrer: »Was ist passiert?«

»Da ist was auf der Windschutzscheibe!«, sagte der grauhaarige Mann. Er hatte den Bus an den Straßenrand gelenkt. »So ein großes Insekt hab ich noch nie gesehen!«

Alle Schüler verdrehten sich die Hälse, um etwas zu sehen. Ein großes rosafarbenes Ding rutschte langsam die Windschutzscheibe hinunter. Es hatte die Größe eines Schoßhündchens oder einer fetten Katze oder…

»FF?«, rief Fisher ungläubig. Er sprang auf und schoss nach vorne. »Ich … ähm … es tut mir leid … ähm, wirklich, Frau Snapper. Das ist, also, mein Schwein.« Frau Snapper und der Fahrer sahen ihn an, als hätte er einen steppenden Büschelaffen auf dem Kopf.

»Was sucht dein … äh … Schwein … auf unserer Windsschutzscheibe?« Frau Snapper drehte sich wieder um und starrte FF an.

»Das wüsste ich ehrlich gesagt auch gern«, antwortete Fisher. »Ich geh und hol es.«

Fisher hüpfte aus der Bustür, gerade als FF, das an der Windschutzscheibe eine schmierige Spur hinterlassen hatte, auf die Kühlerhaube rutschte. Das Haargel! FF musste die ganze Zeit auf dem Busdach geklebt haben, auch wenn es Fisher ein Rätsel war, wie es da überhaupt gelandet war. Langsam ließ wohl die Wirkung des Haargels nach.

Fisher nahm das ziemlich erschöpft wirkende Ferkel in die Arme.

»Alles klar mit dir, Kleiner?«, fragte Fisher. FF blickt zu ihm auf und prustete Fisher an, bevor er sich an seine Brust kuschelte. »Du magst es bloß nicht, wenn man dich alleinlässt, oder?«

Fisher nahm FF mit zurück in den Bus. Seine Mitschüler riefen »Oooh!« und »Lass mich mal sehen! Lass mich mal sehen!«.

Frau Snapper schaute auf FF herunter und der blinzelte zurück und schnüffelte herzzerreißend. Zögernd streckte sie die Hand aus und kraulte ihn am Kopf, was FF ein leises zufriedenes Schnauben entlockte.

»Nun ja …«, meinte Frau Snapper skeptisch, »Ich weiß zwar nicht, wie es da hochgekommen ist, aber wir haben schon mehr als die Hälfte der Strecke nach Los Angeles hinter uns. Solange du dein Ferkel unter Kontrolle hast, kann es mitkommen.«

Fisher verkniff es sich, ihr zu sagen, dass FF unter Kontrolle zu halten in etwa so leicht war, wie einen Aal mit einem Lasso zu fangen. Stattdessen nickte er bloß und zwang sich zu einem Lächeln. Dann trug er FF nach hinten zu Veronicas Platz. FF schien sich an Veronica zu erinnern, denn sobald Fisher auf ihrer Höhe angekommen war, stupste das kleine Schweinchen sie mit dem Vorderhuf an und drückte seine Schnauze in ihre Seite.

»Oh«, sagte sie mit einem etwas gezwungenen Lächeln. »Hi, FF.«

»Also, äh …«, sagte Fisher. Er wünschte, er hätte zuvor die Konversationsthemenfunktion an seiner Uhr benutzt.

Doch bevor Fisher noch ein Wort herausbekam, hüpfte FF aus seinen Armen auf Veronicas Schoß. Die stieß einen überraschten Schrei aus, als er anfing, an ihren Haaren zu knabbern. Dann entdeckte er ihren Taschenriemen, den er offensichtlich ganz köstlich fand. Er verbiss sich darin wie ein Hund in einen Knochen.

»FF!«, rief Fisher tadelnd. Er unterdrückte einen genervten Seufzer und versuchte die Kiefer des Schweinchens von dem Riemen zu lösen.

»Fisher, wenn das okay ist, würde ich jetzt gern ein bisschen Musik hören. Abgesehen davon solltest du vielleicht langsam wieder auf deinen Platz gehen, bevor dich Frau Snapper erwischt.«

Fisher lächelte schwach. Er spürte, wie sein Herz zu einem Klumpen gefror und langsam in seine Magengrube rutschte.

Fisher blickte aus dem Fenster, als er zu seinem Sitz zurückging, und musste dreimal hinsehen.

Der Wagen – derselbe Wagen – war noch immer hinter ihnen und hatte auf dem Seitenstreifen angehalten, solange der Bus stand. Schwarz wie eine Krähe in einer Teergrube und genauso unheimlich. Als der Bus wieder auf den Highway auffuhr, tat es ihm der Wagen mit vorsichtigem Sicherheitsabstand nach. Dann versperrte ein Lastwagen einen Moment lang Fishers Blickfeld, und als er sie passiert hatte, war der Wagen verschwunden.

»Da *bist* du ja«, sagte Amanda, als Fisher so tief in seinen Sitz rutschte, wie er nur konnte. »Hilfst du mir jetzt oder was?«

»Wie wär's damit?«, murmelte er halb für sich. »Ich such mir einfach irgendeine Höhle, da verkriech ich mich und lass Zwo einfach den einzigen Fisher sein.«

Amanda zog eine Augenbraue hoch, als würde sie das durchaus in Erwägung ziehen. Dann schüttelte sie den Kopf. »Auf keinen Fall«, sagte sie. »Ich kriech doch nicht in irgendeine Höhle und bring dir Essen. Also komm, denken wir nach.«

FF rollte sich auf Fishers Schoß zusammen und schlief ein. Fisher lehnte sich in seinen Sitz zurück und wünschte sich, er könnte auch schlafen – am liebsten für immer.

FÜNFTES KAPITEL

Ich habe Zwo gemacht, um die Aufmerksamkeit von mir abzulenken. Das war ungefähr so clever, wie einen Anker als Briefbeschwerer zu benutzen.

Fisher Bas, *Persönliche Aufzeichnungen*

Endlich erreichte der Bus den Stadtrand von Los Angeles. Trevor, der schlimm unter Reisekrankheit litt, war noch zweimal eilig zur Toilette gerannt. Spuckkügelchen pflasterten den Innenraum des Busses wie frisch gefallener Schnee. Die Reportage über das spannende Leben der Regenwürmer war endlich vorbei.

Als sie in Los Angeles ankamen, schienen das Land, die Luft und sogar das Licht sich zu ändern. Ein seltsames, leicht orangefarbenes Glühen ging von der Stadt aus, als sei sie durchpulst von einer uralten furchterregenden Macht.

»Dieser Ort ist, wenn man ihn leibhaftig vor sich sieht, viel größer, als man vermutet«, sagte Amanda, die aus dem Fenster gaffte.

Fisher konnte bloß ehrfürchtig nicken. Die Stadt zog sich weitläufig entlang der gigantischen Highways, die sich kreuz und quer in die Landschaft erstreckten wie gierige Finger aus Beton. FF rappelte sich auf und kletterte auf Amandas Schoß, um eine bessere Sicht zu haben. Sie schien es nicht mal zu bemerken. In der Ferne tauchte die Innenstadt auf, Wolkenkratzer reihten sich aneinander wie die Spitzen einer Krone.

»Wir haben bloß ein paar Tage, sagte Amanda leicht benommen. »Wo sollen wir bloß anfangen?«

Der schwarze Wagen war verschwunden. Fisher hatte versucht, ihn während der Fahrt im Auge zu behalten, aber seit zwei Stunden hatte er ihn von keinem Fenster aus mehr erspähen können.

»Willkommen in Los Angeles!« Frau Snapper stand ein wenig schwankend auf. »Der Stadt der Träume!«

Fisher spürte, wie sich bleischwere Zweifel auf seine Schultern senkten. Die Stadt war riesig und ausufernd, in ihr lebten Millionen von Menschen – und er musste dort genau einen von ihnen finden. Zu diesem Zeitpunkt gab es bloß zwei Dinge, auf die er vertrauen konnte: Amandas unermüdliche, zielstrebige Entschlossenheit und Zwos Fähigkeit, Chaos zu verursachen und Aufmerksamkeit auf sich zu ziehen.

Eine Stunde später rollte der Bus auf einen Parkplatz neben einem großen Filmstudiogelände. Die riesigen Hallen lagen wie gewaltige

Kolosse aus Zement aufgereiht zwischen einem akkuraten Netz aus Asphaltwegen. Alle fingen aufgeregt an, von den Stars zu plappern, die sie womöglich sehen würden, den Filmen, die gerade gedreht wurden, und davon, ob für einige der Filme noch Komparsen gebraucht würden.

»Gut, alles zügig aussteigen, wenn ich bitten darf, und leise. Stellt euch neben dem Bus in einer Reihe auf«, sagte Frau Snapper. Die anderen Aufsichtspersonen, die sich während der Fahrt hinter Büchern und unter Kopfhörern verschanzt hatten, standen auf. Fisher trug FF aus dem Bus und setzte das kleine Ferkel zu seinen Füßen ab.

»Du bleibst schön bei mir, Kleiner, okay?«, sagte Fisher streng. FF sah blinzelnd zu ihm auf, als hätte er nicht ganz verstanden. »Ich habe Futter für dich, wenn du dich benimmst.« FF quiekte freudig und schubberte sich an Fishers Bein. Der *einzige* Weg, seinen kleinen fliegenden Freund dazu zu bringen, sich zu benehmen, war, ihm eine Belohnung zu versprechen, selbst wenn Fisher in diesem Moment noch keine Ahnung hatte, womit er seinen kleinen Überraschungsreisebegleiter versorgen sollte.

Die Klasse stellte sich in einer Reihe neben dem Bus auf, der direkt neben einem weißen Studiogebäude geparkt hatte. Eine Minute später öffnete sich eine Seitentür und eine große, schwarzhaarige Frau im dunklen, schmal geschnittenen Businessanzug tauchte auf und lächelte mit zusammengekniffenen Lippen.

»Im Namen von *Wilde Wissenschaft*«, sagte sie mit sanfter Stimme, »möchte ich euch in Los Angeles willkommen heißen. Mein Name ist Lucy Fir, ich bin die persönliche Assistentin von Dr. Teuflisch.

Ich werde euch heute herumführen und mich bemühen, alle Fragen, die ihr habt, zu beantworten. Ach, schaut! Da kommt der Doktor selbst.«

Alle drehten sich neugierig um. Dr. Teuflisch trat aus dem Gebäude, gefolgt von mehreren Mitarbeitern. Er war sogar noch größer, als er im Fernsehen wirkte, und sah genauso gut aus, mit zurückgegelten schwarzen Haaren und einem dünnen, akkurat getrimmten Schnurrbart. Seine blendend weißen Zähne bildeten einen perfekten Kontrast zu seinem absolut gleichmäßigen zartbraunen Teint.

Frau Snapper wandte sich an ihn. Ihr Lächeln war so strahlend, dass ihre Mundwinkel beinahe die Ohren erreichten.

»Oh, Dr. Teuflisch!«, flötete sie mit leicht bebender Stimme. »Wir hatten nicht erwartet, Sie so früh zu Gesicht zu bekommen. Es ist uns ein großes Vergnügen … ich meine, wirklich eine Ehre …« Ein roter Schimmer breitete sich von ihrem Hals bis auf die Wangen aus.

»Hm?«, sagte Dr. Teuflisch leicht irritiert, als habe er keinen blassen Schimmer, wer sie eigentlich waren. Dann warf er ihnen ein strahlendes Lächeln zu. »Ach ja, die Schüler. Willkommen zu meiner Sendung! Ich bin gleich für euch da. Ich muss bloß noch ein paar … *Katalysatoren* in Reihe schalten. Wenn ihr mich entschuldigen würdet.«

»Äh, also schön …«, sagte Frau Snapper in merklich gedämpfter Stimmung. »Aber wir sehen Sie dann doch bald? Sehr bald, hoffe ich.« Er schien davon nicht groß Notiz zu nehmen und wandte sich zum Gehen. Amanda schaute Fisher an und zog die Augenbraue hoch. Er zuckte zur Antwort mit den Schultern.

Dr. Teuflisch steuerte zu einer Gruppe Wohnwagen, die am anderen Ende des Studiogeländes zusammengedrängt standen. Lucy wandte sich an einen der Mitarbeiter und Amanda nutzte die Gelegenheit. Sie löste sich von der Gruppe, holte Dr. Teuflisch ein und hielt ihm Stift und Notizbuch hin. Er blickte mit müdem Lächeln auf sie herunter, und nachdem er ein paar Worte mit ihr gewechselt hatte, nahm er den Stift und kritzelte eine rasche Notiz.

Theorien darüber, wer Dr. Teuflisch wirklich sein könnte:

(weil kein Wissenschaftler so gut aussieht)

könnte insgeheim Vic Daring sein

ein Außerirdischer

ein Android

ein Hologramm

*oder, vorausgesetzt, diese ganze Klassenfahrt ist bloß ein schlechter Traum - oder - eine Simulation in der virtuellen Realität:

eine Massenhalluzination?

Sie kehrte zur Klasse zurück, als Lucy Fir mit der Führung begann, und gesellte sich zu Fisher. Der warf einen Blick auf ihr Notizbuch, das noch auf der Seite aufgeschlagen war, die Dr. Teuflisch beschrieben hatte. Dort stand: Für Sandra, gefolgt von einem Autogramm in schnörkeliger Schrift, bei der das *h* am Ende noch einen spitzen Schweif nach sich zog.

»Wer ist Sandra?«, fragte Fisher mit hochgezogener Augenbraue.

»Er muss es falsch verstanden haben, als ich ihm meinen Namen gesagt habe«, murmelte Amanda.

Von außen sahen die Studios mehr oder weniger gleich aus: niedrig, grau und lang gestreckt. Lucy Fir führte die Klasse über einen breiten Gehweg, der zwei Studios verband. Techniker, Produktionsassistenten, Licht- und Tonleute und andere Mitglieder der Filmcrews eilten an ihnen vorbei, beladen mit Equipment, Papieren und Kaffee, andere fuhren mit kleinen Golfwagen übers Gelände.

»Es ist erstaunlich, wen man hier alles an einem ganz normalen Tag trifft«, sagte Lucy und steuerte zielstrebig zwischen den beiden Studios hindurch. »Schauspieler, Regisseure, legendäre Produzenten … bloß ein Studio weiter wird *Hier kommt Keel* gedreht, mit Kasper Keels … Oh!« Lucy lachte. »Wenn man vom Teufel spricht. Oder sollte ich besser sagen: vom Helden.«

Die Klasse war soeben um die Ecke des Gebäudes gebogen. Dort, mit schwarzem Shirt und verspiegelter Sonnenbrille, stand, eins sechzig groß, Kasper Keels. Eine Schar von Assistenten, Bodyguards und Helfern umschwärmte ihn.

Sofort drehte die Klasse durch.

Alle riefen, schrien oder kreischten Keels Namen, als er an ihnen vorbeistolzierte und sie mit seiner üblichen selbstbewussten Lässigkeit grüßte.

Dann passierte etwas Seltsames. Als er Fisher sah, blieb er kurz stehen, schob die Sonnenbrille etwas hinunter und winkte ihm kurz zu, bevor er weiterging.

Mit einem Mal verstummte die ganze Klasse. Veronica starrte Fisher mit offenem Mund an.

Fisher versuchte etwas zu sagen, aber alles, was er herausbrachte, war ein Ööööpp*hhh*-Laut.

»Gut, Kinder, die Führung geht weiter!« Lucy Fir gab den Schülern ein Zeichen, dass sie ihr folgen sollten.

Fisher versuchte, die Tatsache zu ignorieren, dass die anderen Kinder noch immer über ihn tuschelten und ihm verstohlene Blicke zuwarfen.

»Wow, Fisher«, flüsterte Veronica und starrte ihn auf einmal bewundernd an. »Hat dir Kasper Keels wirklich gerade zugewinkt?«

»Ähm … ich glaube, er hat bloß, du weißt schon, der Klasse Hallo gesagt.« Fisher nestelte an seinem Kragen herum. Keels hatte ihn direkt angeschaut, als er gewinkt hatte. Es gab keinen Zweifel: Er hatte Fisher erkannt. Oder zumindest hatte er Zwo in ihm erkannt. Zwos Video schien wirklich die Runde zu machen.

»Es sah aber so aus«, sagte Veronica und schaute dem Popsänger nach, als würde er einen Schweif aus Goldmünzen nach sich ziehen.

Fisher seufzte. Er fühlte sich, als wären seine inneren Organe in einem arktischen Wirbelsturm gefangen. Eins war sicher: der Wert von *K* schoss in die Höhe. Unter diesen Umständen käme seine Chance, Veronica zu küssen, vermutlich erst, wenn ihre Fossilien im Museum ausgestellt würden.

SECHSTES KAPITEL

Jetzt verstehe ich, warum sie Stars genannt werden. Scharen von weniger strahlenden Menschen umkreisen sie und die meisten von ihnen sieht man nie aus der Nähe.

Zwo, *Persönliches Tagebuch*

Fishers Gehirn arbeitete fieberhaft, als Lucy Fir die Klasse zum Eingang eines der Studios führte. Kasper Keels – einer der berühmtesten Menschen der Welt – hatte *ihn* erkannt! Es war unfassbar.

Und ganz und gar nicht gut.

FFs stupste ihn beharrlich mit der Schnauze an, langsam tat ihm davon der Knöchel weh. »Ja, Kleiner, ich weiß, dass du Hunger hast«, flüsterte Fisher, als FF anfing, an seinem Turnschuh zu knabbern. »Sobald die Führung vorbei ist, suche ich dir was zu fressen, versprochen.«

»Und nun werfen wir einen Blick auf das Set von *Wilde Wissenschaft*«, sagte Lucy und führte die Klasse durch die Tür.

Sie betraten das riesige weiße Gebäude, und ein Raunen ging durch die Klasse, als sie die ihnen so vertraute Studiokulisse erkannten und die Dutzenden von Kameras und Tonangeln sahen, die den ganzen Raum füllten.

Mitglieder des Produktionsteams eilten hin und her und bereiteten das Set für die Aufnahme der nächsten Folge vor. Kameraleute stellten ihre Instrumente ein, Setmitarbeiter ordneten Requisiten und Geräte und alle wurden verfolgt von Assistenten mit Klemmbrettern, Taschenrechnern und Kaffeetassen, die so groß waren, das sie auch als Hüte hätten dienen könnten.

An einer Wand stand das Catering bereit, ein breiter Klapptisch mit einer bunten Auswahl an Brötchen, Früchten, Aufschnitt und Snacks für die Besetzung und die Crew. Kleine Grüppchen hatten sich darum versammelt, schaufelten Essen auf ihre Teller und diskutierten Dreh- oder Gestaltungsentscheidungen. FF begann in Richtung des Tisches auszuscheren, als wäre dieser ein riesiger Elektromagnet und das Ferkel ein Hufeisen. Fisher drängte ihn davon weg, indem er ihn sanft mit den Fuß anstieß.

»Nicht jetzt, Kleiner«, sagte er. »Ich besorg dir gleich was.«

»Hier drüben ist der Arbeitstisch von Dr. Teuflisch«, fuhr Lucy Fir fort. »Ihr erkennt ihn bestimmt, wenn ihr die Sendung schon gesehen habt.« Der Labortisch war zwei Meter fünfzig breit und aus glänzendem Chrom, ausgestattet mit einer Vielzahl von Geräten, einschließlich zweier Waschbecken, verschiedener Halterungen, Schläuche und eingebauter Reagenzglasständer. Über dem Tisch hingen an beweglichen Metallarmen drei an die Decke montierte Mikroskope.

Fisher schnappte nach Luft, als er die fabelhafte Ausrüstung bewunderte. Es ging nichts über den Anblick von glänzender Hightech-Ausstattung, um ihn zu beruhigen und an zu Hause zu erinnern.

»Und dort drüben befindet sich Dr. Teuflischs persönlicher Bartästhetikautomat«, sagte Lucy Fis und zeigte auf einen kleinen Apparat in einer Halterung, aus der einige mehrgelenkige Arme sprossen.

»Sein *was*?«, fragte Ben Kraus, ein großer, spindeldürrer Junge mit Stachelfrisur.

»Sein Bartschneideroboter«, stellte Lucy klar.

Amanda schenkte der Führung kaum Aufmerksamkeit. Selbst Fisher fand es trotz seiner Begeisterung für Dr. Teuflisch und seine Sendung schwer, sich auf die Führung zu konzentrieren. Er hatte bloß ein paar Tage, um Zwo zu finden, und so leistungsstark sein Gehirn auch war, er hatte immer noch keine Ahnung, wie er das anstellen sollte.

»Hey, könnte mir einer kurz mit dieser Tonangel helfen? Die Halterung ist locker.«

Fisher drehte sich um.

Ein Techniker mit kurz geschnittenem Haar stand hinter ihm und hielt eine lange schwarze Tonangel mit einem Schaumstoffoval an der Spitze des Mikrofons. Die Halterung des ausziehbaren Teils war kaputt.

Fisher schaute sich die Tonangel kurz an.

»Ich hab 'ne Idee«, sagte er dann.

Der Mann nestelte genervt an der kaputten Halterung herum und bemühte sich, den ausziehbaren Griff daran zu hindern, sich immer wieder zu lösen. »Na, dann mach mal!«

»Haben Sie ein Stück Stoff oder einen Lappen?«, fragte Fisher.

Der Mann zog ein Taschentuch aus der Gesäßtasche und reichte es Fisher mit einer Hand.

Fisher beugte sich hinunter und fing an, FFs Rücken mit dem Tuch abzureiben, woraufhin das Schweinchen prompt einschlummerte. Ein paar Augenblicke später waren die letzten Reste des superstarken Haargels abgegerubbelt, und Fisher wandte sich wieder der Tonangel zu, das klebrige Tuch in der Hand.

Fisher schlang den Stoff um das ausziehbare Gelenk und wenig später war es damit versiegelt. Der Techniker testete es. Ein Grinsen machte sich auf seinem Gesicht breit.

»Danke für die Hilfe!«, sagte er. »Ich kümmere mich hier um den Ton und alles, was sie mir sonst noch anhängen können. Ich heiße Henry.« Er streckte die Hand aus.

»Fisher«, sagte Fisher, als Henry seine Hand schüttelte.

»Es würde mich schon interessieren, was du da gerade genau gemacht hast. Aber ich muss mich leider wieder an die Arbeite machen. Danke noch mal!«

Alternative Nutzungsmöglichkeiten für Papas Haargel:

Ermöglicht es Spionen, die Außenwände von Gebäuden hochzuklettern

Reparaturen von Raumschiffen

Styling für Hair-Metal-Bands

Boden putzen (statt Wischen einfach eine Schicht auftragen und dann abziehen)

Henry marschierte davon und Fisher lächelte ein wenig vor sich hin. Es war ein gutes Gefühl, für eine kleine Sache Anerkennung zu bekommen. Es war ein guter Mittelweg zwischen völlig ignoriert und als siegreicher Held gefeiert zu werden.

Dann bemerkte er aus dem Augenwinkel einen großen Mann in einem dunklen Anzug, der ihn mit scharfem Blick beobachtete. Als Fisher zu ihm hinschauet, lächelte der Mann halbherzig und verzog sich in eine dunkle Ecke.

Wahrscheinlich bloß ein hohes Tier von der Produktionsfirma.

Wahrscheinlich.

Plötzlich ertönte ein gewaltiges schepperndes Geräusch und vertrieb die Gedanken an den Mann im Anzug aus Fishers Kopf.

»Hey!«, rief ein Mann. »Wer hat das Vieh hier reingelassen?«

Oh nein. Zu spät merkte Fisher, dass FF ausgebüchst war.

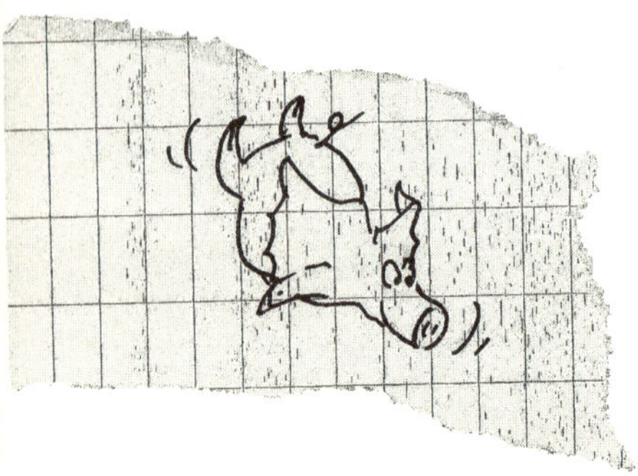

Er drehte sich um: Der Cateringtisch war von seinem wild entschlossenen und bärenhungrigen fliegenden Ferkel umgestoßen worden. Kaiserbrötchen kullerten in alle Richtungen davon, Käsescheiben lagen wild verstreut herum. Unmengen von Sprudel und Limo liefen über den Boden und FF hatte einen Sombrero aus Aufschnitt auf dem Kopf. Aus der Entfernung sah es aus wie ein Stück Truthahn.

»Fängt mal einer das Schwein hier ein?!« Ein rotgesichtiger Pro-

duktionsassistent versuchte die verschütteten Getränke aufzuwischen.

»Entschuldigung«, rief der herbeieilende Fisher. »Tut mir leid, er ist einfach …«

»Großartig!«, unterbrach ihn eine dröhnende Stimme. Als Fisher FF schnell hochhob, sah er eine große Frau in einem hellgrünen Anzug und mit einer riesigen Sonnenbrille, die sie wie ein Insekt aussehen ließ. Ihre Zähne wirkten, als wären sie aus weißem Marmor und würden pünktlich zu jeder Stunde poliert. »Kasper hat mir schon gesagt, dass du hier bist, Basley. Ich bin froh, dass ich dich erwische! Ich wusste schon, dass *du* enormes Potential hast, aber ich hatte ja keine Ahnung, dass du noch einen tollkühnen tierischen Kumpan hast! Habt ihr gesehen, wie er sich auf das Tischbein gestürzt hat? Ich schwöre, er ist sogar geflogen!«

»Äh …«, sagte Fisher. Er sah sich nervös um und merkte, dass ihn seine ganze Klasse anstarrte. *Wer war Basley?*

»Man stelle sich die Möglichkeiten vor!«, rief die Frau begeistert und ließ ihren Blick verträumt in die Ferne schweifen. In ihrem Fall endete diese an einer Wand drei Meter vor ihr.

»Was für Möglichkeiten?«, fragte Fisher, obwohl er das Gefühl hatte, die Antwort würde ihm nicht gefallen.

»Werbespots! Auftritte in Talkshows! Vielleicht sogar eine TV-Serie!«, verkündete sie und ging zu FF hinüber. Sie kraulte ihm den Rücken, während es den Truthahn von seinem eigenen Kopf futterte. »Ein Schwein mit seinem Talent kann es weit bringen. Sehr, sehr weit! Ich bestehe darauf, dass wir das bei einem Treffen näher besprechen!«

»Na ja«, sagte Fisher, »ich schätze, äh …«

»Und vielleicht können wir dabei gleich auch über *deine* Karrieremöglichkeiten sprechen, Basley«, sagte sie und zwinkerte Fisher zu, was aber ob der gigantischen Sonnenbrille nur schwer erkennbar war. »Ich weiß, dass du schon in Kontakt bist mit dieser Lulu Logan, aber *die* kann mir nicht das Wasser reichen. Logan könnte nicht mal eine Pappschachtel bei einem Umzugsunternehmen unterbringen! Ein potentieller Star sollte auch von einem Star betreut werden! Hier meine Karte.« Sie überreichte Fisher eine Visitenkarte, auf der in riesiger Blockschrift BIBI BOLITZKI und darunter AGENTIN DER STARS stand.

»Ähm, okay, ja, meinetwegen«, sagte Fisher, der dieses Gespräch unbedingt beenden wollte.

»Perfekt!«, sagte Bolitzki. »Bring ihn morgen um halb vier vorbei und wir unterhalten uns.«

»Morgen ist Samstag«, gab Fisher zu bedenken.

»Zeit ist Geld!«, bellte Bibi. Sie klopfte Fisher auf die Schulter. »Wir sehen uns morgen!« Dann zwinkerte sie FF zu. »Ruhm und Ehre warten auf dich, mein kleiner rosafarbener Freund.«

Fisher sah zu FF hinunter, als Bibi Bolitzki davoneilte. Er versuchte, so streng wie möglich dreinzuschauen. »In was hast du mich da bloß wieder reingeritten, Kleiner! Wenn du's doch bloß mal eine Viertelstunde ohne einen Snack aushalten würdest…«

»Was war denn das, Fisher?«, fragte Frau Snapper.

Fisher vergrub die Hände in den Taschen. Er war noch keine volle Stunde in Los Angeles und schon zeigten sich die verhängnisvollen Auswirkungen von Zwos wachsender Popularität.

»Ja, äh, Basley ist mein Künstlername.« Fisher zwang sich zu einem breiten Grinsen und wich Amandas Blick aus. »Ich habe ein kleines Video gemacht und ein paar Talentsucher müssen es bemerkt haben. Aber erst mal möchte ich mich auf die Schule konzentrieren«, schob Fisher rasch hinterher. »Ein ganz normaler Jugendlicher sein und so.«

»Cool!«, sagte Veronica und schenkte ihm ihr schönstes Lächeln. Das Strahlen dieses Lächelns wärmte ihn von Kopf bis Fuß. »Also hat dir Kasper *wirklich* zugewinkt!«, fügte sie noch aufgeregter hinzu.

»Äh … ja, ich schätze mal schon«, und die wohlige Wärme bekam langam Sonnenbrandqualität.

Als kurz darauf die Führung weiterging, warf Amanda ihm einen ihrer finstersten Blicke zu. »Hör mal, Fisher Bas!«, zischte sie und zerrte ihn von den anderen Schülern weg. »Ich weiß ja nicht, welches Spielchen du hier zu spielen glaubst, aber wir sind hier, um Zwo zu finden und nicht um den Filmstarträumen eines fliegenden Ferkels hinterherzurennen.«

»Schau mal«, sagte Fisher beschwichtigend, »diese Frau – Bibi – hat ganz offenbar schon von Zwo gehört. Vielleicht kann sie uns dabei helfen, ihn aufzuspüren.«

»Also gut«, erwiderte Amanda und stemmte die Hände in die Hüften. »Aber ich komme mit zu diesem Treffen und *ich* übernehme das Reden. Glückwunsch, *Basley*, du hast gerade deine erste Managerin angeheuert.« Sie hielt ihm die rechte Hand hin. Fisher wusste, es hatte keinen Sinn zu diskutieren, also ließ er sich von ihr die Hand zerquetschen. Schon wieder.

Keine Stunde in Hollywood und schon war die Lage nicht mehr nur schlecht, sondern ganz furchtbar.

SIEBTES KAPITEL

Es gibt drei Arten von Menschen auf der Welt: solche, die Probleme machen, solche, die Probleme lösen, und solche, die ganz bequem bei Interviews herumsitzen, über Probleme reden und viel Geld dafür bezahlt bekommen.

Dr. Teuflisch, *Fernsehinterview*

»Eine Ratte! Da ist eine *Ratte* an der Tür!«

Die Ankunft im *King of Hollywood Hotel* lief nicht so reibungslos wie geplant. Fisher suchte die Lobby mit dem Blick ab und spürte, wie ihm alles Blut in die Zehen sackte. Nicht *schon wieder*. FF klemmte zwischen den Flügeln der Drehtür. Er musste jemandem hinterhergetapst und dann hängen geblieben sein.

Das aus dem flächendeckenden Erfolg der *King of Hollywood*-Restaurants hervorgegangene Hotel war sehr exklusiv, viel zu nobel, als dass Schweinchen dort besonders willkommen wären.

Eine alte Frau im Abendkleid aus Satin mit einer Kette aus Perlen so groß wie Pingpongbälle und einer Brille mit Gläsern, die so dick waren, dass sie vermutlich kugelsicher waren, hörte nicht auf zu schreien und zur Tür zu zeigen. Fisher hatte FF kaum befreit, da stürzten sich schon mehrere Hotelangestellte auf sie.

Offizielle Betriebszeiten
des Original King of Hollywood-Restaurants
im King of Hollywood-Hotel

Montag - Freitag 06:30 - 22:00
Samstag 06:30 - 12:00
Sonntag 06:30 - 21:00

Mögliche Zeiten, um in die Küche zu schleichen und das geheime Spezialsoßenrezept zu finden, Freitag nach Geschäftsschluss, Samstag beim morgendlichen Ansturm?

»Er ist keine Ratte!«, protestierte Fisher. »Er ist keine Ratte! Er ist ein kleines Schwein und vollkommen stubenrein.« *Dafür stellt er gern Leuten nach und hopst heimlich auf Busdächer*, dachte Fisher. Aber das musste ja keiner wissen.

»Tut mir leid, junger Mann«, sagte eine Frau, deren Namensschild sie als die Hotelmanagerin auswies, »aber ich fürchte, wir dulden in diesem Hause keine Tiere.« Sie rümpfte missbilligend die Nase, als sie auf FF herabblickte. »Und ganz besonders keine Schweine.«

»Aber …«, wollte Fisher protestieren.

»Keine Ausnahmen«, sagte sie streng. »Und jetzt schaff das Vieh hier raus, bevor ich es eigenhändig in die Bratpfanne haue.«

Fisher stakste wutschnaubend mit FF auf dem Arm aus dem Hotel. Amanda und Veronica folgten ihm.

»Was sollen wir denn jetzt machen?«, zischte Amanda. »Dein blödes Ferkel vermasselt uns noch unseren ganzen schönen Plan. So finden wir …« Sie verstummte, als sie merkte, dass Veronica direkt hinter ihr stand. Also begnügte sie sich damit, die Arme zu verschränken und böse zu gucken. Das konnte sie wirklich aus dem Effeff.

»Tut mir echt leid, Fisher«, sagte Veronica. »Vielleicht können wir FF ja im Bus ein Bett zurechtmachen. Das wäre doch okay für ihn, oder?«

»Wahrscheinlich«, sagte Fisher und verkniff sich: *So wahrscheinlich wie FF wirklich fliegen kann.* Er steuerte niedergeschlagen auf den Bus zu und versuchte, die Wahrscheinlichkeit zu berechnen, dass FF bereit sein würde, im Bus zu übernachten, ohne sich aus Protest durch alle Sitzpolster zu knabbern – und womöglich auch die Motorkabel.

Trevor Weiss zerrte noch immer mit aller Kraft an seinem übergroßen Koffer und versuchte, ihn aus dem Gepäckfach zu bekommen. Ein letzter Ruck und Trevor landete mit einer Rolle rückwärts auf dem Boden. Der Koffer sprang auf, und sein Inhalt purzelte auf den Gehsteig: ein paar Klamotten, eine Decke und eine Metallvorrichtung, die aussah wie ein Miniatur-Folterinstrument.

»Was ist das?«, fragte Fisher und hob die kleine Decke auf.

»Ich hab immer so kalte Füße, also nehme ich immer eine Extradecke mit«, erklärte Trevor und rappelte sich mit wackeligen Beinen auf.

»Und das andere Ding?«, hakte Fisher nach. »Was soll *das* sein?«

»Was Kieferorthopädisches«, erklärte Trevor. »Ich muss es über Nacht in meine Zahnspange einklinken.«

Fisher blickte zwischen der Decke, dem Metallgestell und dem Schweinchen hin und her. Da kam ihm eine Idee.

»Kann ich das kurz ausleihen?«, fragte Fisher Trevor und zeigte auf die beiden Sachen. Trevor zuckte mit den Schultern und nickte. Geschickt wickelte Fisher FF in die Decke, sodass bloß noch ein kleines Stück von seinem Kopf herausschaute. Dann zwängte er FF das Gestell so auf den Kopf, dass die Ohren des Ferkels runtergedrückt wurden. FF wand sich und quiekend ein wenig aus Protest, aber schließlich gab er nach.

»*Voilà*!«, sagte Fisher triumphierend. Amanda wich zurück. Veronica kicherte.

Fisher war es gelungen, FF in ein sehr, sehr unansehnliches Baby zu verwandeln.

Er nahm FF auf den Arm und schlenderte dann laut pfeifend und so lässig wie möglich durch die Hotellobby zurück.

Ein älteres Paar kam auf Fisher zu und blickte hinunter auf das Baby.

»Oh, na du?«, sagte die Frau und winkte dem schlafenden Schweinchen zu. »Ist das dein kleiner Bruder?«

»Öh, ja, das ist er«, sagte Fisher. »Sein Name ist FF. Das ist die Abkürzung von … ähm … Frederick Fidelius.«

»Das klingt aber vornehm«, sagte der Mann und rückte seine Brille zurecht. Die beiden beugten sich hinunter, um das Baby näher in Augenschein zu nehmen.

»Himmel, der hat ja vielleicht ... einen Charakterkopf. Findest du nicht, Liebling?«, sagte die Frau mit gezwungenem Lächeln.

»Ja, stimmt«, sagte der Mann gepresst. »Sehr markant.« Er räusperte sich. »Also dann, schönen Tag noch.«

»Ihnen auch«, sagte Fisher, als die beiden davoneilten. Dann stieß er einen Seufzer der Erleichterung aus.

Fisher fand den Rest der Klasse bereits in dem riesigen Restaurantbereich vor, setzte sich dazu und packte FF auf seinen Schoß. Die Decke schien eine beruhigende Wirkung auf ihn zu haben, und Fisher lauschte auf FFs Schnarchen, um sicherzugehen, dass das kleine Ferkel nicht unter dem Metallgestell erstickte.

Veronica ließ sich neben ihn plumpsen.

»Scheibenkleister. Die Exkursion hat gerade erst begonnen und schon wird die Sache verrückt«, sagte sie.

»J…ja, verrückt… äh… ist das wirklich«, stammelte Fisher. Veronicas Ellenbogen berührte seinen, und sein Mund fühlte sich plötzlich ganz taub an, wie nach der Spritze beim Zahnarzt. Er zeigte auf das schlafende Schwein auf seinem Schoß. »Er ist auf jeden Fall… total… er macht immer Probleme.«

»Zumindest ist er niedlich«, sagte Veronica und blickte lächelnd auf das Bündel auf Fishers Schoß hinunter. »Also… hast du *wirklich* ein Bewerbungsvideo an das Studio geschickt?«

»Ich… ja, hab ich«, antwortete Fisher. Diese weitere Lüge traf ihn wie ein Schlag mitten auf die Brust. Immer noch mehr Lügen. Zwo hatte etwas Tolles gemacht, etwas, das Veronica aufregend fand. Etwas, das er selbst nie hätte tun können.

Er hatte den Klon geschaffen, damit sein Doppelgänger so tun konnte, als sei er Fisher. Jetzt merkte Fisher, dass man sich bloß für ihn interessierte, wenn er sich als Zwo ausgab.

Veronicas Augen leuchteten; er musste dafür sorgen, dass sie weiter so strahlte, selbst wenn das hieß, dass er Zwo zu seinem eigenen persönlichen Vorteil ausnutzte. »Es war… ziemlich spontan. Ich weiß auch noch nicht, ob ich diese Hollywoodsache wirklich ernsthaft verfolgen werde, aber ich will mir die Option offenhalten.«

»Das ist doch super«, sagte Veronica. »Ich muss… oh, warte mal 'ne Sekunde.«

Sie fuhr herum zu einem der vielen Fernsehbildschirme, auf dem gerade das neueste Musikvideo von Kasper Keels Hit *Gift-Wrapped Heart, Please Don't Tear the Paper* – Mein Herz als Geschenk, bitte zerreiß das Papier nicht – anfing. Fisher versank noch ein wenig tiefer auf seinem Stuhl.

Fisher machte sich derweil über einen Berg Riesen-Sternpommes her, da streifte etwas seinen Finger. Er dachte erst, dass es eine Serviette war, die fälschlicherweise auf den Teller gelegt worden war, aber als er ein paar Pommes beiseiteschob, stellte er fest, dass es sich um eine Nachricht handelte. Mit viel Mühe unterdrückte Fisher seine instinktive Reaktion und aß im Autopilotmodus weiter, aber da hatte sich die kurze Nachricht bereits in seinen Kopf eingebrannt.

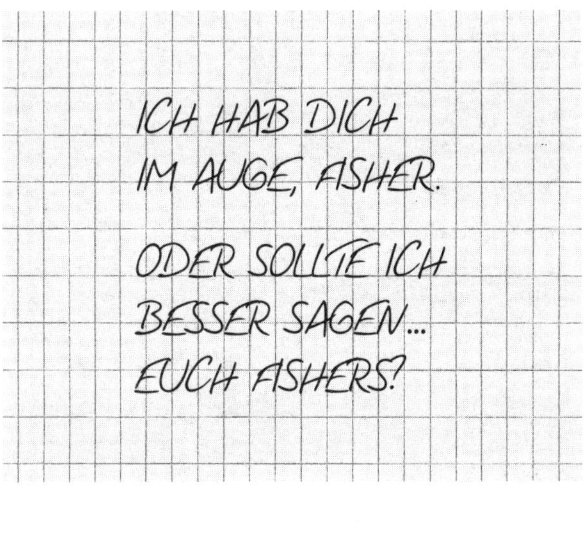

ACHTES KAPITEL

So belesen und der Wissenschaft zugetan man auch sein mag, wenn einem klar wird, dass man gejagt wird, regt sich einfach nur noch der pure Überlebenswille. Das bedeutet aber noch lange nicht, dass man deshalb schneller rennen kann.

Fisher Bas, *Persönliche Aufzeichnungen*

Bam. Bam. Bam. BAM. BAM.

Amanda öffnete ihre Hotelzimmertür, an die Fisher panisch gehämmert hatte.

»Fisher? Was ist los?«

»Jemand ist hinter mir her«, flüsterte Fisher. »Ich hab eine Nachricht bekommen. Irgendjemand weiß von Zwo.«

»Wer, meinst du, könnte das sein?«, fragte sie und warf einen Blick über ihre Schulter, um sicherzugehen, dass ihre Zimmergenossin noch unter der Dusche war.

»Ich weiß nicht, aber …« Er beugte sich noch näher zu Amanda. »Ich bin mir ziemlich sicher, dass wir verfolgt worden sind.«

»Verfolgt?«, wiederholte Amanda mit dem für sie typischen finsteren Gesichtsausdruck. »Gibt es etwas, was du mir nicht erzählt hast?«

Fisher hielt sich die Stirn und seufzte mit zusammengebissenen Zähnen. »Die Regierungsbehörde, für die meine Mutter gearbeitet hat, hat das BWH-Projekt eingestellt und alle Proben konfisziert. Sie wissen, dass etwas von dem BWH fehlt, und ich denke, sie verdächtigen mich, es gestohlen zu haben.«

»Und es ist dir bis jetzt nicht in den Sinn gekommen, mir diesen *heiklen* Teil der Geschichte vielleicht zu erzählen?«, fragte sie.

»Ich habe es erst erfahren, nachdem wir unseren Plan gemacht hatten. Und bis heute habe ich nicht mal geahnt, dass ich verfolgt worden sein könnte. Abgesehen davon wollte ich *dich* doch nicht in Gefahr bringen, zusätzlich zu allem anderen.«

Amanda stieß geräuschvoll die Luft aus. »Also«, sagte sie, »das Einzige, was uns übrig bleibt, ist, uns weiter an den Plan zu halten. Wir nehmen den Termin mit Bibi Bolitzki wahr, versuchen dort Zwos Aufenthaltsort rauszubekommen und gehen dann so schnell wie möglich zu ihm. Ich denke mal, dass du mit den Agenten schon irgendwie fertig wirst. Du bist auch aus dem *TechX*-Inferno entkommen. Wie schwer kann es da für dich sein, mit ein paar Regierungstypen klarzukommen?«

»Stimmt«, sagte Fisher und sah sich schon in einem fensterlosen Raum mit Handschellen an einen Stuhl gefesselt.

Als er in sein Zimmer zurückkam, lief der Fernseher und Warren, sein Zimmergenosse, saß auf dem Bett und federte leicht auf und ab.

»Was läuft?«, erkundigte sich Fisher. Er wollte sich unbedingt irgendwie von seiner stündlich wachsenden Angst ablenken.

»Eine Vorschau auf *Sci-Fi Survivor!*«, rief Warren vergnügt. »Sie sprechen über die Aufgaben, denen sich die Kandidaten stellen müssen.«

Die Kamera schwenkte dramatisch über eine einigermaßen künstlich-cartoonhafte Landschaft. Es gab einen prähistorisch wirkenden Dschungel aus Plastik und Schaumstoff und schmale Stege über blubberndes Wasser, das vermutlich so angenehm temperiert war wie ein gemütliches Vollbad. Animatronic-Dinosaurier stapften unbeholfen herum und schwangen ihre gummiartigen Klauen und Schwänze. Andere Teile des Labyrinths waren futuristischer und wurden von glänzenden Robotern bevölkert, die Schaumstoffpfeile aus rotierenden Läufen auf ihrer Brust abfeuerten.

»Sieht witzig aus«, meinte Fisher und lächelte schwach. Er würde lieber von echten Dinosauriern gejagt werden, statt in seiner momentanen Situation zu sein.

»Wird es bestimmt!«, rief Warren begeistert. »Ich kann den Start nächste Woche kaum erwarten! Aber jetzt ist es Zeit fürs Bett.« Mit der Fernbedienung schaltete er den Fernseher aus und schlief fast unverzüglich noch im Sitzen ein, woraufhin sein schlaffer Körper langsam zurück ins Kissen sank.

Fisher seufzte und kletterte in sein Bett zu dem bereits vor sich hin schnarchenden FF und wünschte sich, der Schlaf würde genauso

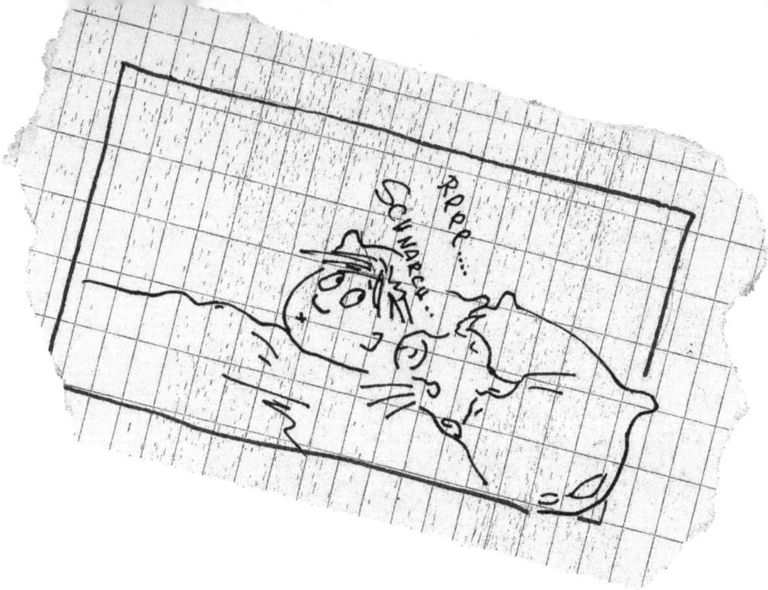

schnell über ihn kommen wie bei Warren. Es würde eine lange Nacht des Auf-die-Uhr-Starrens werden.

Am Samstagfrüh bei der Führung über den Hollywood Boulevard machte Fishers Herz jedes Mal einen Satz, wenn er jemanden mit Anzug und Sonnenbrille erblickte. Leider traf das im Zentrum von Los Angeles auf ziemlich viele Leute zu. Die Stadt badete in hellem Sonnenlicht, das die Luft auf genau zweiundzwanzig Grad erwärmt hielt, und das Hollywoodzeichen, das in der Ferne auf dem Hügel zu erkennen war, glänzte in der Sonne, doch Fisher konnte sich an nichts davon erfreuen.

Überall schienen die Spione aus seinen Albträumen zu lauern. Der Innenhof des *Egyptian Theatre* mit seinen gewaltigen mit Hieroglyphen bemalten Sandsteinsäulen und Pharaonenstatuen bot jede Menge Versteckmöglichkeiten. Das Vordach des *El Capitan Theatre* aus glänzenden goldenen Zierleisten und flimmernden Glühbirnen erinnerte ihn an Tausende wachsamer Augen. Fröhliche Touristen plapperten in allen Sprachen und fast alle hatten Kameras. Er wurde das Gefühl nicht los, dass alle Objektive auf ihn gerichtet waren.

Fisher holte eine winzige Sprayflasche aus seiner Hosentasche, auf der ein typisches Anti-Mücken-Logo prangte. Doch in Wahrheit hatte es die Eigenschaft, Licht so zu reflektieren, dass eine Kamera, die versuchte, sein Bild einzufangen, bloß einen unscharfen hellgelben Fleck abbildete. Wie die meisten seiner Erfindungen hatte er auch diese Technologie ursprünglich als eine Verteidigungsmaßnahme gegen die Schikanen der Wikinger entwickelt. Jedes Jahr, wenn die Klassenfotos gemacht wurden, fanden die Wikinger einen Weg, Fisher zu blamieren. Einmal hatten sie ein Fläschchen mit Tintenfischtinte aus dem Biolabor entwendet und es über sein ganzes T-Shirt gespritzt. Ein andermal hatten sie aus der Cafeteria einen Bottich mit Hoisinsoße gestohlen, die dafür bekannt war, selbst Ziegelsteinen Flecken zu verpassen, die nie wieder rausgingen, und stülpten ihn Fisher über den Kopf. Es hatte nicht lang gedauert, bis Fisher beschloss, dass er lieber gar kein Foto wollte als ein von den Wikingern versautes.

Fisher versprühte das Spray so ausgiebig um sich herum, dass er beinahe daran erstickte. Einer seiner Klassenkameraden schaute ihn komisch an.

»Sonnenschutz«, erklärte Fisher mit nervösem Lachen.

Fisher behielt die Arme fest um FF geschlungen. Die ungewohnten Anblicke, Gerüche und Geräusche weckten in FF die nervösen, zerstörerischen Instinkte einer Hyäne auf Koffein. Er konnte es sich nicht leisten, FF entwischen zu lassen, wenn eine falsche Bewegung reichte, damit er in den Händen des FBI, der CIA oder von jemandem mit noch bedrohlicherem Kürzel landete.

Vor ihnen erstreckte sich der *Walk of Fame*, mit seiner blank polierten schwarzen Steinoberfläche. Sie war mit reihenweise rosa Sternen verziert, von denen jeder in glänzendem Messing eingelegt den Namen eines Regisseurs, Schauspielers, Musikers oder einer anderen Berühmtheit aus dem Filmbusiness trug. Die Leute zeigten auf ihre Lieblingsstars und posierten für Fotos, vereint mit Touristen aus aller Welt in diesem emsigen Treiben.

Es war bereits fast Mittag. Fisher hatte nur noch ein paar Stunden bis zu seinem Termin mit Bibi Bolitzki, Agentin der Stars – seiner größten Chance, Zwo zu finden. Und er hatte noch immer keine Ahnung, wie er Frau Snapper entwischen sollte.

Das *Chinese Theatre* kam in Sicht. Warren fing an, in verrückten Loopings um die verzierten Säulen herumzulaufen, die den Eingang flankierten. Als die Klasse stehen blieb, warf Fisher einen Blick auf den vorbeifließenden Verkehr und seine Schultern verspannten sich, als er einen schwarzen Wagen erblickte, der ihm nur zu bekannt vorkam. Er sah sich nach einem Versteck um, als er dicht neben sich ein kollektives Raunen vernahm. Er drehte sich um und sah sich einer Horde von circa vierzehnjährigen Mädchen gegenüber, die auf ihn zustürzten.

»Basley!«, kreischte eine von ihnen.

»Basley!«, echoten ihre Freundinnen mit gespenstisch identischen Stimmen.

»Können wir ein Autogramm von dir haben?«

»Oh mein Gott! Du bist ja in echt noch viel süßer!«

Plötzlich verschwand Fisher in einem Strudel aus perfekten Teints und gebleichtem blonden Haar. Er konnte fast nicht sagen, wo die eine von ihnen endete und die andere anfing.

Eins der Mädchen bemerkte FF.

»Oh mein Gott!«, quietschte sie. »Ist das dein Geschwisterchen?«

»Ja«, antwortete Fisher ganz benommen, »mein Bruder.«

»Ooooh!«, riefen sie entzückt in irritierendem Einklang. Sie beugten sich tiefer, um das »Baby« besser betrachten zu können. »Der sieht aber – ähm …«

»Rosig und gesund aus«, fiel eine andere hilfreich ein.

»Wie heißt er denn?«, wollte wieder eine andere wissen.

»FF«, antwortete Fisher und versuchte sich daran zu erinnern, was er dem Pärchen in der Hotellobby gesagt hatte. »Es steht für … Frank Filip.«

»Oooh, hi, Frankie!«, rief noch eine und winkte FF zu, der langsam zappelig wurde und sich nervös umsah.

»*Hey!*«, meldete sich eine weitere Stimme zu Wort. »Ich glaube, Kasper Keels ist gerade ins Kino gegangen!«

Wie ein Schwarm Tauben, der von einem kleinen Kind aufgescheucht wird, flatterten die Mädchen auseinander und ließen nichts als einen benommenen Fisher und eine Wolke aus Haarspray zurück.

Basley-Autogramm üben

für eventuellen Mädchen-Massenansturm-Notfall

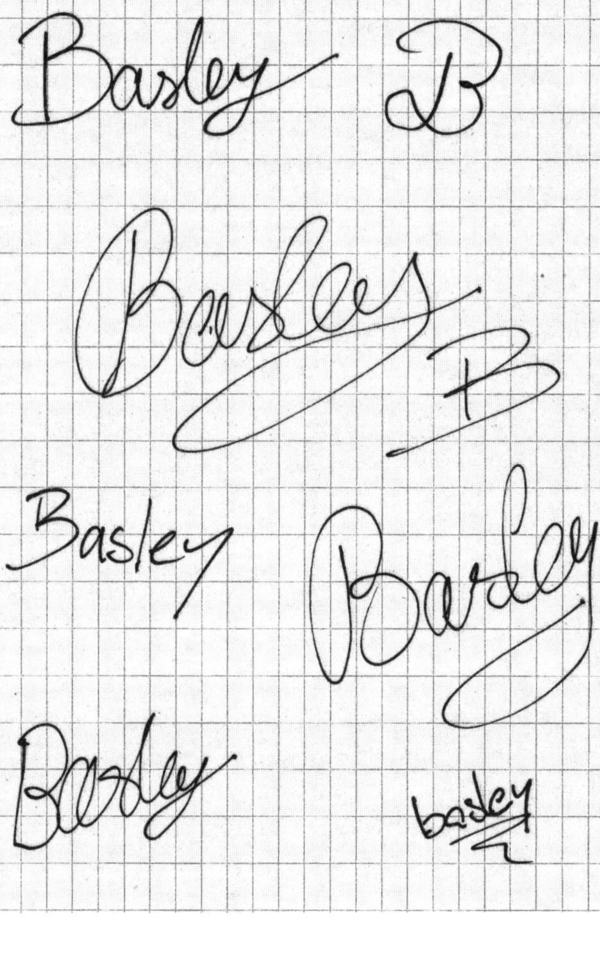

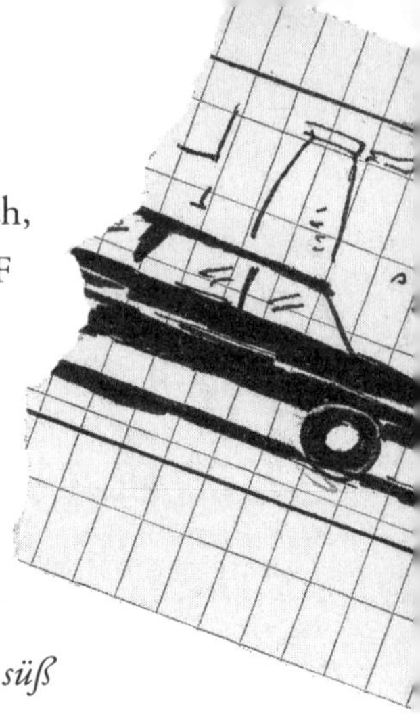

Fisher schüttelte den Kopf in dem Versuch, wieder einen klaren Gedanken zu fassen. FF blinzelte verwirrt. Der schwarze Wagen war fort. Fisher wusste nicht, ob seine Insassen ihn gesehen hatten oder nicht, aber mit etwas Glück hatte die kichernde Wand, die ihn gerade umgeben hatte, ihren Zweck erfüllt.

Hatten diese Mädchen ihn wirklich gerade *süß* genannt?

Fisher blickte auf und sah Veronica. Sie zwinkerte ihm zu. »Ich glaub, ich hab mich vielleicht doch getäuscht und es war gar nicht Kasper«, sagte sie augenzwinkernd, und er begriff, dass sie es gewesen war, die gerufen hatte.

»Danke«, sagte Fisher aus tiefster Seele. Veronica lächelte ihn an. Er hatte das Gefühl, als ob die sowieso schon strahlende Sonne noch heller schien und wie ein Scheinwerfer direkt auf ihn ausgerichtet worden wäre.

Als Veronica sich wieder umdrehte, um die Architektur zu bewundern, spürte Fisher Hände, die ihn an den Schultern packten. Bevor er schreien konnte, wurde er auch schon herumgewirbelt.

»Falls du nicht zu beschäftigt mit deinen *Fans* bist«, sagte Amanda, die jetzt die Hände in die Hüften gestützt hatte, »dann hätten wir noch was zu erledigen.«

»Es gibt noch andere Methoden, meine Aufmerksamkeit zu erregen, statt mich zu packen«, fauchte Fisher sie an, der sich gar nicht

erst großartig die Mühe machte, seine Verärgerung zu verbergen.

Sie ignorierte das aber einfach. »Wir haben heute Nachmittag einen Termin mit Bibi«, sagte Amanda und tippte auf ihre Armbanduhr. »Also bleibt uns weniger als eine Stunde, um uns vorzubereiten.«

Fisher seufzte. »Ich weiß nicht, wie wir das anstellen sollen«, meinte er. »Frau Snapper hat uns seit dem Zwischenfall mit FF im Hotel ziemlich genau im Auge. Wie sollen wir uns da unauffällig absetzen?«

»So«, sagte Amanda und hielt ein Stück Papier hoch. Es war der Notizbuchzettel, den sie Dr. Teuflisch hatte unterschreiben lassen. Fisher sah, dass Amanda zwischen *Für Sandra* und sein Autogramm Folgendes geschrieben hatte: *Ich muss Sie sehen. Allein. Um 15 Uhr.*

»Er hat mich nicht falsch verstanden«, sagte Amanda grinsend. »Ich hab ihm gesagt, er soll *Sandra* schreiben.

»Aber …«, sagte Fisher, und dann dämmerte es ihm langsam. »Sandra …«

»… Snapper«, vollendete Amanda den Satz und rückte ihre Brille zurecht, um ihre hochgezogenen Augenbraue besser zur Geltung kommen zu lassen. »Sandra ist ihr Vorname. Und falls es dir entgangen sein sollte, unsere Lehrerin verwandelt sich jedes Mal in ein feuerwehrrotes kniezittriges Stammelbündel, wenn Dr. Teuflisch bloß erwähnt wird. Ich werde den Zettel also in ihre Handtasche schmuggeln, wenn wir gleich Essen gehen. Falls es klappt, entdeckt sie ihn noch bevor wir mit dem Nachtisch fertig sind.«

Einen Augenblick war Fisher sprachlos. Amanda ließ sich zwar nie bremsen, wenn sie etwas wollte, aber das war selbst für ihre Verhältnisse schon ein ziemlich beeindruckendes Komplott.

Ihm gefiel die Idee nicht, seine Lehrerin zu belügen, aber im Vergleich zu der sich ständig um neue Stränge erweiternden Riesenlüge, die er fieberhaft spann, seit es Zwo gab, war dieser kleine Schwindel gar nichts.

»Also gut«, sagte er. »Machen wir's so. Mit etwas Glück kommen wir Zwo einen Schritt näher.« Jetzt musste er bloß noch hoffen, dass Zwos nächster Schritt ihn nicht direkt ins Rampenlicht beförderte.

NEUNTES KAPITEL

Schritt eins: Talent haben.
Schritt zwei: Engagiert werden.
Viele überspringen Schritt eins.
Er ist auch nicht so wichtig.

Bibi Bolitzki

Während der Viertelstunde, die es dauerte, bis die Klasse aus dem Bus gestiegen war und sich fürs Mittagessen versammelt hatte, ließ Fisher FF wie verrückt durchs Gras neben dem Parkplatz tollen. Danach war das Ferkel, Gott sei Dank, wieder ruhig, hockte auf Fishers Schoß und nahm die in Spezialsoße getunkten Pommesstücke entgegen, die ihm Fisher zusteckte.

Einige seiner Mitschüler zeigten sich gegenseitig Fotos, die sie am *Walk of Fame* geschossen hatten, und viele schwärmten noch immer plappernd davon, dass sie am Tag zuvor auf dem Studiogelände von *Wilde Wissenschaft* Kasper Keels begegnet waren. Fisher wurde das unangenehme Gefühl nicht los, dass die anderen auch noch immer über ihn redeten.

Oder besser gesagt über »Basley«.

Fisher konnte es nicht fassen, dass Zwo sich schon mit einem ein-

zigen Bewerbungsfilmchen ins Rampenlicht katapultiert hatte. Sosehr er Zwos Fähigkeit, es an der Schule sofort zu Beliebtheit zu bringen, auch bewundert hatte, schien es, als hätte er das Charisma des Klons noch weit unterschätzt.

»Fisher«, flüsterte Amanda und machte eine unauffällige Geste. Frau Snapper war soeben von der Toilette zurückgekommen und wirkte ganz aufgeregt. Ihre Wangen hatten die Farbe von Erdbeeren angenommen und mit einer Hand zupfte sie wie besessen ihr Haar zurecht, während sie mit der anderen ein Stück Papier umklammert hielt. Amandas Zettel. Sie hatte ihn unauffällig in Frau Snappers Handtasche verschwinden lassen, als sie das Restaurant betreten hatten. Offensichtlich war der Coup gelungen.

»Kinder«, verkündete Frau Snapper, als sie bei ihrem großen Tisch angekommen war, und atmete einmal tief durch, um sich zu sammeln. »Es gibt da … eine kleine Terminänderung, aufgrund … von Geschäften – wichtigen Geschäften! –, um die ich mich zu kümmern habe. Ihr habt den restlichen Nachmittag zur freien Verfügung.«

Am Tisch brach Jubel aus. Frau Snapper hob die Hand, um die Klasse zu beruhigen. »Ihr müsst bloß auf dem Hotelgelände bleiben, aber ihr dürft den Pool und alle anderen Einrichtungen nutzen, wenn ihr mögt. Herr Krenser?«

Der dürre, bebrillte Hilfsbibliothekar, der als eine der Aufsichtspersonen dabei war, trat, die Serviette noch in den Kragen gesteckt, zu Frau Snapper.

»Ja, bitte?«, sagte er.

»Sie übernehmen die Verantwortung, solange ich weg bin«, sagte sie und ignorierte Herrn Krensers gestammelten Protest. Sie drehte sich um und sprintete beinahe aus dem Restaurant.

Amanda sah Fisher mit einem selbstzufriedenen Grinsen im Gesicht an.

»Wir warten, bis alle aufstehen, und schleichen uns dann in dem Trubel heimlich raus«, meinte sie. »Krenser wird es nicht mal merken. Gestern hat er mich Penelope genannt.«

»Wo hast du denn solche krummen Touren gelernt?«, fragte Fisher und stopfte sich sein letztes Sternpommes in den Mund.

»So bin ich von Natur aus«, antwortete sie mit einem Grinsen.

Als alle mit dem Mittagessen fertig waren, versuchte Herr Krenser die Klasse zusammenzutreiben.

»Wenn ihr jetzt alle mal … wenn ihr euch vielleicht in einer ordentlichen Reihe aufstellen könntet …«, stammelte Herr Krenser. Er flitzte von einem Tisch zum anderen und fuchtelte dabei mit den Armen herum, als wären die Schüler Staubkörnchen, die er abwehren wollte. »B…bitte … jetzt ist eure Kooperation gefragt …«

»Das ist unsere Chance«, zischte Amanda, als Herr Krenser mit dem Nachbartisch beschäftigt war. »Mir nach.« Sie scherte aus der Gruppe aus. Fisher blieb ihr dicht auf dem Fersen und hielt FF, in Trevors Decke gewickelt, fest im Arm. Fisher warf einen verstohlenen Blick zurück, als sie aus einer Seitentür schlüpften. Krenser betrachtete stirnrunzelnd den Platz, den Fisher und Amanda gerade verlassen hatten. Doch just in diesem Moment klatschte ihm ein Sternpommes an den kahlen Hinterkopf und ein Tisch voller Jungs brach in Gelächter aus. Fisher sah noch, wie Herr Krenser herumfuhr, um sie zurechtzuweisen.

Sie verließen das Hotel, und Amanda rief ein Taxi mit einem Pfiff auf zwei Fingern, bei dem Fisher nur so staunte. Sie nannte dem Fahrer Bibi Bolitzkis Adresse und los ging es. Der Wagen schlingerte auf einen sechsspurigen Highway und wechselte die Spuren mit einem Tempo, dass Fisher spürte, wie sein Hirn gegen die Schädelwand gepresst wurde. Glücklicherweise war ihr Ziel bloß wenige Minuten entfernt und schon bald verließen sie den Highway und hielten vor Bibis Büro.

Das Gebäude, in dem Bibi arbeitete, war ein Monstrum aus Granit und Glas, dessen Vorplatz von einer Statue geschmückt wurde, die entweder eine mythologische Figur sein mochte – oder ein riesiger

Tausendfüßler. Es war schwer zu sagen. Ein Strom sehr wichtig aussehender Männer und Frauen in sehr teuren maßgeschneiderten Anzügen und Kostümen betraten und verließen das Bürogebäude, wobei alle währenddessen in mehrere elektronische Geräte gleichzeitig sprachen.

Im Aufzug erstickten Fisher und Amanda beinahe an dem starken Parfüm- und Rasierwassernebel. Als sie den zweiunddreißigsten Stock erreichten, stolperten sie vom Sauerstoffmangel noch leicht taumelig hinaus in einen stinkvornehmen Flur. Die mahagonivertäfelten Wände und Decken hatten silberne Verzierungen. Ein runder Empfangstresen aus schwarzem Marmor stand dort, wo sich mehrere kleinere Flure trafen. Die junge Frau hinter dem Tisch tippte in aller Ruhe auf einer Tastatur herum und wirkte sehr gelangweilt. Das Spiegelglasfenster hinter ihr reichte bis zum Boden und Fisher wurde schwindelig vom bloßen Durchgucken.

Fisher räusperte sich. »H…hallo«, sagte er, als er an den Tisch trat. Amanda hielt sich etwas hinter ihm.

Die Rezeptionistin schaute auf und sah sich stirnrunzelnd um. Dann fuhr sie ihren Stuhl etwas höher und erblickte Fisher, der fast vollkommen von ihrem Empfangstisch überragt wurde. Sie rümpfte missbilligend die Nase, als sie das seltsam aussehende Bündel auf seinem Arm entdeckte.

»Kann ich dir helfen?«, fragte sie in einem Ton, der nahelegte, dass ein »Ja« nun wirklich die letzte Antwort war, die sie auf ihre Frage hören wollte.

»Ich bin hier, um Bibi Bolitzki zu treffen«, sagte Fisher und fühlte

sich ganz klein und verlassen, besonders da Amanda Muffensausen bekommen zu haben schien. Er funkelte sie über die Schulter verärgert an und versuchte ihr dann einen »Los, komm schon her«-Blick zuzuwerfen. »Mein Name ist Fish… äh … Basley.«

Die Frau atmete geräuschvoll aus, drückte eine Taste und schaute eine Weile auf ihren Bildschirm.

»Vierte Tür rechts«, meinte sie dann und zeigte mit ihrem langen, manikürten Finger auf einen der Flure.

»Danke«, krächzte Fisher. Er fühlte sich, als hätte er soeben einen Bogen Sandpapier verdrückt. Er gab Amanda ein Zeichen.

Sie gingen den Gang entlang und bei jedem Schritt hallten ihre Schritte dumpf auf dem polierten Marmor wider.

»Ich bin gleich wieder da«, sagte Amanda, sobald sie die richtige Tür erreicht hatten. Auf einem riesigen Schild stand in kunstvoller goldener Schrift: BIBI BOLITZKI.

»Was?«, zischte Fisher. »Wohin gehst du?«

»Ich muss bloß schnell was erledigen«, sagte sie. »Geh schon mal vor, ich komme in zwei Minuten nach.«

Bevor Fisher etwas erwidern konnte, hatte sich Amanda auch schon davongemacht. Ein Teil von ihm wollte ihr hinterherlaufen. Wie konnte sie ihn bloß im letzten Moment hängen lassen, obwohl sie doch darauf bestanden hatte mitzukommen? Was dachte sie denn, wie er das ganz alleine schaffen sollte?

Gedanken wirbelten ihm durch den Kopf, schneller als in der Riesenzentrifuge seiner Mutter. Er gab sich gerade als Zwo aus. Was also würde Zwo jetzt tun? Zwo war ungestüm, geradeheraus, furchtlos. Er würde einfach durch diese Tür marschieren, ohne groß darüber nachzudenken.

Also drehte sich Fisher wieder zu besagter Tür um, holte tief Luft und klopfte an.

»Herein«, hörte er Bibi Bolitzkis Stimme rufen. Er drehte den versilberten Knauf und trat mit FF auf dem Arm ein.

Das Büro wirkte, als hätte man den kompletten Inhalt eines Souvenirladens in eine Kabine der *Titanic* gekippt. Sofas aus Samt mit goldenem Blattmuster krümmten sich unter haufenweise billigen Plastikpuppen, Sammeltassen und Tüten voller Mundharmonikas. In einer Ecke stand eine museumsreife Großvateruhr ohne Stundenzeiger, an deren Messingpendel ein Stoffaffe mit Klettverschlusshänden hing.

Bibi saß hinter einem Mahagonischreibtisch voller Wackelkopffiguren und Papierstapeln, so hoch, dass sie lange Schatten warfen. Sie trug einen streng geschnittenen grauen Anzug und eine viel dezenter wirkende Sonnenbrille als am Tag zuvor, auch wenn Fisher noch immer nicht verstand, warum sie sie drinnen aufhatte. Ihre Haare waren perfekt frisiert.

»Basley!«, rief sie und wies auf einen mit Leder bezogenen, gepolsterten Stuhl, der aussah, als könne er ihn am Stück verschlingen. »Komm rein und nimm Platz. Ist das unser kleiner zukünftiger Star?« Sie sah FF an und grinste bis über beide Ohren.

»Hallo, Frau Bolitzki«, sagte Fisher, wickelte FF aus der Decke und nahm ihm Trevors Zahnspangengestell vom Kopf. »Jap, das ist FF.«

»Bitte nenn mich doch Bibi«, sagte Bolitzki und blätterte in einer Mappe auf ihrem Tisch. »Also, ich habe hier ein paar Ideen ausgearbeitet, für den kleinen Kerl – wie war sein Name doch gleich?«

»FF«, antwortete Fisher. »Fliegendes Ferkel.«

»Ach ja«, sagte Bolitzki. »Ein reizender Name für ein Haustier, aber wir werden einen Künstlernamen mit etwas mehr Glanz für ihn brauchen. Was hältst du von *Jet Jolly, das Wunderschwein* oder *Champ Schnüffelschwein*?«

»Ähm …«, meinte Fisher und blickte auf FF hinunter.

»Zu gewöhnlich?« Bolitzki tippte sich nachdenklich ans Kinn. »Denkst du an etwas mit mehr Raffinesse? Wie wäre es mit *Speck-Takel, Prinz der Lüfte* oder *Baron von Bacon*?«

»*Baron Bacon* ist nicht schlecht«, räumte Fisher ehrlich ein.

»Na ja, das müssen wir auch nicht gleich entscheiden. Hier sind ein paar Ideen, die mein Team und ich mal angedacht haben. Stell dir vor: eine heruntergekommene Stadt voller verfallender Gebäude, die ständig Feuer fangen. Die Feuerwehr tut alles, was sie kann, aber sie haben Schwierigkeiten, die Leute zu retten, die in den oberen Stockwerken gefangen sind! Also, wen schicken sie los? Ein bescheidenes fliegendes Schweinchen, das alle rettet! Wir nennen es *Au Schweinebacke*.«

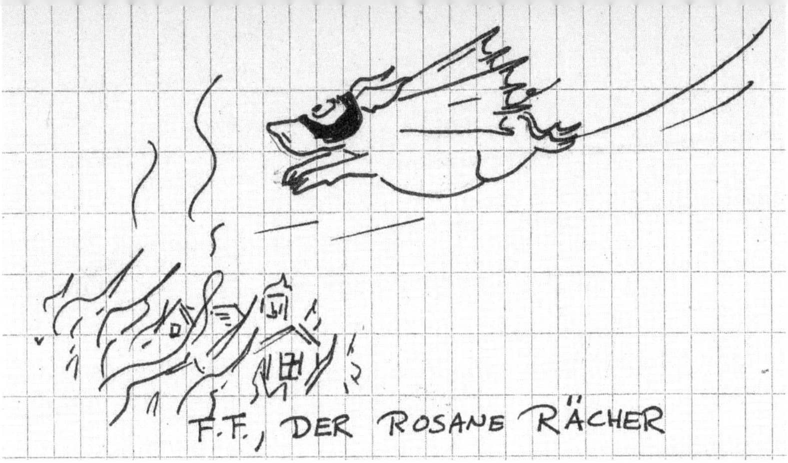

Langsam wurde FF auf Fishers Schoß munter. Als er das große Tablett voller Gebäck auf dem Schreibtisch erblickte, fing er an, in erstaunlicher Geschwindigkeit Bagels und Muffins zu verschlingen. Bibi schien es entweder nicht zu stören oder sie bekam es gar nicht mit.

»Oder stell ihn dir als Superheld vor!«, fuhr sie unbeirrt fort. »Derselbe Schauplatz, eine Stadt, in der die Kriminalität außer Kontrolle geraten ist. Die Polizei ist völlig überfordert. Niemand kann den Lauf der Dinge aufhalten. Niemand außer … *Der Rosane Rächer*. Er benutzt seine Flugkräfte, seine verbrechensempfindlichen Ohren und seine feine Schnauze, um das Böse zu bekämpfen. Wir könnten aber auch die Feiertagsfilmschiene fahren: Es ist kurz vor Weihnachten und eines der Rentiere hat sich das Bein gebrochen. Wie soll der Weihnachtsmann bloß seinen Schlitten in Gang bekommen? Aber dann fällt ein kleines Schwein, das einem armen Elfenbauern gehört, aus dem Heuboden und stellt fest, dass es fliegen kann! Erst akzeptieren es die Rentiere nicht, aber am Ende gewinnt es alle Herzen, springt ein und der Weihnachtsschlitten kann endlich losfliegen!«

Bibi nahm ihre Sonnenbrille ab, sodass ihre leuchtend grünen Augen sichtbar wurden, und tupfte sich eine Träne weg. Sie beugte sich über den Schreibtisch und fing an, FF zu streicheln, der daraufhin vor Unbehagen zu zittern begann.

»Was für ein süßes kleines Geschöpft du bist«, sagte sie und kraulte ihn hinter den Ohren. »Du hast eine großartige Zukunft vor dir – *auu*!!« Als FF nach ihr schnappte, zog sie rasch die Hand zurück. Plötzlich verzerrte sich wütend ihr Gesicht, und sie fauchte: »Was soll das, du elender Pökelschinken?! Ich werde dich …« Doch dann besann sie sich und verzog ihr Gesicht wieder zu einem breiten, zuckrigen Lächeln. »Äh, tut mir leid. Ich bin bloß … ähm … ich habe mal schlechte Erfahrungen mit Schweinen gemacht … in meiner frühesten Kindheit. Wie schon gesagt … dieser kleine Kerl hier hat eine große Zukunft vor sich.« FF hopste vom Tisch und zog eine Spur Kekskrümel hinter sich her. »Vielleicht wird er eines Tages sogar so groß sein wie meine Molly.«

»Wie wer?«, fragte Fisher. Ihm brummte der Schädel. Bibis Themenwechsel vollzogen sich so rasch wie ihre Stimmungsschwankungen, und er hatte Mühe, ihren Gedankengängen zu folgen.

»*Molly.*« Bolitzki hob eine kleine weiße Flauschekugel von ihrem Schoß hoch, die hinter all den Stapeln auf Bolitzkis Tisch bisher vor Fishers Blick verborgen gewesen war.

Molly entpuppte sich als langhaariges weißes Malteserhündchen, das noch kleiner war als FF. Sie stieß ein wütendes Kläffen aus, als Bolitzki sie hochhob. Ihr Frauchen setzte sie auf dem Boden ab und reichte Fisher eine dicke Mappe: »Sie ist mein ganzer Stolz. Schau dir bloß mal die Modeljobs an, die sie schon gemacht hat.«

Fisher blätterte halbherzig durch das Album und überlegte derweil, wie er das Gespräch auf Zwo lenken könnte. Da war Molly als römischer Senator in einer Toga, Molly als elisabethanische Herzogin mit riesigen Puffärmeln und einer breiten Halskrause. Molly als Aschenputtel in einem rüschigen weißen Etwas, das offenbar ein Ballkleid darstellen sollte, Molly als Astronaut mit winzigem Raumanzug und einem Kugelhelm …

»Sie ist … ähm … sehr … vielseitig«, bemerkte Fisher und gab Bibi die Mappe zurück.

»Ich verhandle gerade über ihre erste Hauptrolle in einem Kinofilm. Was, Mollychen? Jaaa, du bist die talentierteste, kleine … *Molly*!«

Bibi schnellte von ihrem Stuhl hoch. Mittlerweile war FF auf die andere Seite des Büros getapst, und als Molly ihn entdeckt hatte, war sie blitzschnell hinübergetrippelt und rieb sich nun voller Begeisterung an seinem Beinchen.

»Du bist mir vielleicht eine feine Dame.« Bolitzki zerrte Molly von dem entsetzt dreinblickenden FF weg. »Tut mir leid, Basley. Molly ist manchmal ein wenig … ungestüm. Eine ganz Wilde! Wie der Herr, so's Gscherr.« Bolitzki lachte laut. »Ich behalt sie lieber auf dem Schoß, bis wir das Geschäftliche erledigt haben. Apropos, ich hätte hier bloß vorab ein paar Dokumente, die du unterzeichnen müsstest. Das heißt, sofern du nicht glaubst, dass du von Lulu Logan ein besseres Angebot bekommst.« Sie kicherte ein wenig in sich hinein.

»Oh … äh, nein, ganz und gar nicht«, sagte Fisher schnell. »Anfangs dachte ich zwar, Lulu wäre super, aber … *ganz klar* sind Sie hier, äh, die Frau mit dem wahren Format.« Fisher lächelte so breit, dass er schon Angst hatte, sein Kiefergelenk würde sich ausrenken.

Bolitzki strahlte. »Also dann«, sagte sie. »Ich freue mich, dass du zu dieser vernünftigen Entscheidung gekommen bist.«

Sie kehrte an ihren Tisch zurück, setzte Molly nachdrücklich auf ihren Schoß und griff in eine Schublade.

Ein turmhoher Stapel Papiere landete mit einem *Wumms* vor Fisher.

Bolitzki nahm die Kappe von einem Stift und reichte ihn Fisher. »Los, dann setz da mal dein Autogramm drunter.«

Fisher blätterte die Seiten durch, auf denen Dinge standen wie *fristgemäß, treuhänderisch, vorbehaltlich, verwirken.* All das ergab für ihn nicht den geringsten Sinn. Er wünschte, Amanda wäre jetzt bei ihm. Seine Handflächen schwitzten und er war dem Ziel, Zwo zu finden, keinen Schritt näher gekommen. Er musste sich etwas Zeit verschaffen.

»Bevor ich irgendetwas unterschreibe«, sagte er, »muss ich … äh … muss ich erst meinen Rechtsbeistand konsultieren.«

»Rechtsbeistand?«, fragte Bolitzki. »Wer soll das denn sein?«

»Meine Wenigkeit«, ertönte eine heisere Frauenstimme hinter Fishers Rücken.

Er fuhr herum und musste sich Mühe geben, dass ihm nicht die Kinnlade herunterfiel. Amanda kam ins Büro gestakst mit zwölf Zentimeter hohen Absätzen und einem grauen Anzug, der ihr ungefähr so gut passte wie einer Ballerina ein Footballtrikot. Anstatt ihrem üblichen Gestell hatte sie eine verspiegelte Fliegersonnenbrille auf, die ihr halbes Gesicht verdeckte.

»Und Sie sind?«, fragte Bolitzki und musterte Amanda mit gerümpfter Nase von oben bis unten.

»Dr. Nadine Wetterstein«, sagte Amanda mit so tiefer Stimme, wie sie nur konnte. »Herrn Basleys Anwältin. Wenn Sie nichts dagegen haben, werfen wir später einen Blick darauf.« Sie stopfte den Stapel Rechtsdokumente in eine große Aktentasche. »Wenn Sie Herrn Basley jetzt vielleicht ein Taxi bestellen könnten, er muss zurück… an den Sunset Boulevard, nicht wahr, Basley?«

Fisher starrte sie bloß sprachlos an.

»Sunset?«, fragte Bolitzki. »Ich dachte, du wohnst am Melrose Place.«

»Melrose, natürlich!«, rief Amanda. »Ich habe so viele Klienten, da verliere ich manchmal den Überblick.« Sie schob ihre Brille ein Stück herunter und zwinkerte Fisher zu. »Und jetzt los, Herr Basley, wir haben noch jede Menge zu erledigen.« Sie zog Fisher aus dem Stuhl hoch, schnappte sich mit der freien Hand FF und reichte ihn Fisher. »Schönen Tag noch, Frau Bolitzki.«

»Ihnen auch, Frau Dr. Wetterstein«, sagte Bibi Bolitzki und blickte etwas bedröppelt drein. Fisher und Amanda eilten aus dem Büro. Fisher platzte fast vor Neugier. Aber er wusste, er musste sich damit zurückhalten, bis sie draußen waren.

Ein Triumphgefühl breitete sich warm in seiner Brust aus. Anfangs hatten sie eine ganze Stadt durchkämmen müssen, nun war es ihnen gelungen, die Suche auf eine einzige Straße einzugrenzen. Sie waren Zwo dicht auf den Fersen.

ZEHNTES KAPITEL

»Du hast uns gerettet! Wie können wir das je wiedergutmachen?… Wie wär's mit Mais?«

Erstes Manuskript für *Au Schweinebacke*

»Dieses Ding ist schwerer als eine Bowlingkugel«, sagte Amanda und stemmte die Aktentasche mit den Verträgen hoch. »Was hat sie verlangt, dass du ihr gleich deine Seele verkaufst?«

»Ich bin sicher, da drin gibt es auch eine Passage, die *Seelenrechte und Vergütung* heißt«, sagte Fisher, als sie den Bürgersteig zur Bushaltestelle hinuntergingen. »Woher hast du eigentlich das ganze Zeug?« Er zeigte auf ihre Aufmachung.

»Gefunden«, sagte Amanda und schaute dabei starr vor sich hin. Die riesige Fliegerbrille rutschte bei jedem ihrer wackeligen Schritte weiter nach unten. Sie war es ganz offensichtlich nicht gewohnt, auf hohen Absätzen zu laufen.

»Gefunden?«, meinte Fisher ungläubig und bückte sich, um FF wieder zu verkleiden. Glücklicherweise war das Schweinchen nach dem üppigen Snack in Bibi Bolitzkis Büro nun ziemlich schläfrig, so dass es sich nicht allzu sehr wehrte.

»Ja.«

Fisher hob FF hoch und schloss zu Amanda auf. FF schmiegte sich in die Decke und rollte sich in Fishers Armen zusammen, während das fies aussehende Zahnspangengestell seine Ohren zurückhielt und fast sein ganzes Gesicht verdeckte.

»Jedenfalls danke, dass du mich gerettet hast. Also. Wir wissen, dass Zwo irgendwo am Melrose Place wohnt. Wie geht's jetzt weiter?«

»Zwo fängt an, Aufmerksamkeit zu erregen«, meinte Amanda. »Ich schlage vor, wir machen uns auf den Weg und mit etwas Glück werden wir von einer Horde verknallter Fans direkt zu ihm geführt.«

Fisher fiel auf, dass Amanda die Worte *verknallte Fans* etwas schwer über die Lippen kamen, aber er beschloss, nichts dazu zu sagen. Auch ihm war bei dieser Vorstellung ziemlich unwohl. Abgesehen davon hielt er es allerdings für eher wahrscheinlich, dass sie, ganz gleich wo Zwo wohnte, einfach nach dem größtmöglichen Aufruhr Ausschau halten mussten, denn zweifelsohne würde sich Zwo in dessen Zentrum befinden. Sein Klon wusste ganz offensichtlich überhaupt nicht, wie man sich *unauffällig* verhielt.

FF fing zu schnarchen an. Er zappelte dabei energisch mit den Vorderbeinchen, und Fisher vermutete, dass die tierische Meisterin der Verkleidung, Molly, bereits für Albträume bei ihm sorgte.

Als sie Bolitzkis Granitklotz von einem Gebäude hinter sich ließen, fuhren Fisher und Amanda an einem riesigen gläsernen Gebäude in Pyramidenform vorbei.

Fisher lief es kalt den Rücken hinunter. Er musste an den *TechX*-Firmenkomplex denken, der auch wie eine Pyramide ausgesehen hatte. Beinahe wäre er in den kalten Betontiefen von *TechX* umge-

kommen, und ihn verfolgten noch immer Albträume davon, wie er endlose Gänge entlangrannte und von grotesken und verwirrten Robotergeschöpfen verfolgt wurde.

Völlig in Gedanken stieß Fisher mit einem sommersprossigen Teenager zusammen, der ihn aus seinen Tagträumen riss. Die Styroporbecher, die der Junge getragen hatte, purzelten zu Boden und Kaffee spritze quer über den Gehsteig.

»Hey!«, rief der Junge und strich sich das Haar, das ihm wie ein Mopp über die Augen hing, aus dem Gesicht. »Kuck doch, wo du hinrennst … boa!« Er drehte sich um und schaute zum Eingang des Pyramidengebäudes hinüber. »Hey, hast du ein Double angeheuert, oder was?«, rief er.

Fisher folgte mit den Augen dem Blick des Rothaarigen. Eine Sekunde lang erstarrte er. Amanda neben ihm ebenfalls.

Aus dem Gebäude marschierte, wie ein Astronaut, der gerade vom Mars zurückgekehrt ist, um als Frontmann einer Rockband zu fungieren – Zwo. Er hatte ein weißes Button-Down-Hemd an, die Ärmel bis zu den Ellenbogen hochgekrempelt, und eine gut sitzende schwarze Jeans. Wie jeder in dieser Stadt verbarg auch er seine Augen hinter einer schicken schwarzen Sonnenbrille.

Als er Fisher sah, schob er die Brille nach unten und grinste breit.

»Bruder!«, rief er erfreut und kam zu Fisher und Amanda herübergestiefelt. Er klopfte dem Rotschopf auf die Schulter. »Alex, das ist mein Zwillingsbruder, Fisher. Fisher, das ist mein persönlicher Assistent und Schützling, Alex Barnaby.«

»Oh, hallo«, sagte Alex und schüttelte Fisher die Hand, bevor er sich bückte, um die Kaffeebecher aufzuheben.

»Zwo«, krächzte Fisher. Adrenalin schoss ihm ins Blut wie flüssiges Feuer. Er hatte gedacht, er müsste Los Angeles umkrempeln, um seinen Doppelgänger zu finden, und jetzt – puff – lief er im einfach so nach kaum vierundzwanzig Stunden über den Weg. Das war seine Chance, alles zu klären. Sich selbst und seinen Doppelgänger vor einem ungewissen und vermutlich schrecklichen Schicksal zu retten. Fisher drehte sich um, um sich Unterstützung von Amanda zu holen, und musste feststellen, dass sie schon wieder verschwunden war. Wo steckte das Mädel denn nun schon wieder?

»Der Künstler, früher bekannt als Zwo, solltest du wohl sagen«, sagte Zwo mit einem übertriebenen Augenzwinkern. Dann wandte er sich an Alex. »Du kannst ja schon mal nach Hause fahren. Ich ruf dich dann später an, okay?« Alex nickte und eilte mit den Kaffeebechern davon.

Fisher verspürte eine stechende Angst. Zwo wirkte, als hätte er sich schon völlig an Hollywood angepasst. Ihn davon zu überzeugen, wieder nach Palo Alto zurückzukehren, ohne ihm die Wahrheit zu sagen, würde ein schwieriges Unterfangen werden. Außerdem hatte er keine Ahnung, was Zwo tun würde, wenn er erfuhr, dass Fisher ihn die ganze Zeit belogen hatte.

»Wo hast du denn das Baby her?«, fragte Zwo und reckte den Kopf nach dem Bündel auf Fishers linkem Arm.

»Das ist FF«, sagte Fisher. »Ich musste ihn verkleiden.«

Als sein Name erwähnt wurde, fing FF an, sich zu regen, und er steckte seine Schnauze aus der Decke heraus. Sie fing schnüffelnd an zu zucken, als FF den Geruch von zwei Fishers witterte. »Du hast ja keine Ahnung, wie erleichtert ich bin, dich zu sehen«, fuhr Fisher fort. »Wir haben dich überall gesucht!«

»Wir?«, meinte Zwo und legte den Kopf schief. Fisher fiel auf, dass seine Haare nicht verrutschten, sie schienen gegelt zu sein.

»H…hey«, hauchte Amanda da und kam in ihrer normalen Kleidung hinter einem parkenden Auto vor. Fisher sah einen Zipfel des grauen Anzugstoffs aus der Aktentasche heraushängen. Sie lächelte und wirkte plötzlich nervös.

»Amanda!«, rief Zwo. Dann, als realisiere er gerade erst, dass er und Fisher vor Zeugen zusammenstanden, huschte ein Anflug von Schreck über sein Gesicht. »Amanda!«, rief er erneut. »Was machst du …? Wie hast du …?« Er wandte sich vorwurfsvoll an Fisher. »Du hast es ihr erzählt?!« Er kniff argwöhnisch die Augen zusammen und musterte Fisher eindringlich. »Was ist mit dem tollen Plan, von dem du mir erzählt hast? Wegen dem ich in Palo Alto immer zur Schule gegangen bin, während du zu Hause geblieben bist und alles von dort aus überwacht hast?«

Fisher wusste, er hätte Zwo nie anlügen dürfen. Er musste Zwo die Wahrheit sagen – aber jetzt war definitiv nicht der richtige Zeitpunkt dafür. Fisher zog seinen Doppelgänger beiseite und gab Amanda ein Zeichen, sie möge ihnen kurz einen Augenblick geben.

»Alles in Ordnung«, flüsterte Fisher Zwo zu, als sie sich abwandten.

»Sie ist auf unserer Seite. Sie kämpft schon seit Jahren gegen unsere Feinde.«

Zwo wirkte noch immer nicht überzeugt. Ob seine Nervosität allerdings in seinem Misstrauen gegenüber Amanda begründet war oder einfach darin, dass Amandas Gegenwart einfach diese Wirkung auf ihn hatte, konnte Fisher nicht sagen. Falls Zwo Amanda wirklich so mochte, wie es vor dem *TechX*-Zwischenfall den Eindruck erweckt hatte, dann könnte Fisher vielleicht seine Schwärmerei nutzen, um ihn nach Hause zu locken.

»Wir haben gerade mit Bibi Bolitzki gesprochen«, sagte Fisher. »Wir wollten rausfinden, wo du vielleicht sein könntest.«

»Bah«, sagte Zwo und rümpfte die Nase. «Bibi ist ein neugieriger, geschwätziger Leguan. Lulu Logan dagegen weiß wirklich, was sie tut.«

»Hast du sie gerade da drinnen besucht?«, fragte Fisher und schielte verstohlen zu dem riesigen Gebäude hinüber. FF zappelte auf seinem Arm herum und schnüffelte noch immer in Zwos Richtung. Fisher legte die Arme fester um FF, damit er nicht entwischen konnte.

»Ja, genau«, sagte Zwo. »Sie hat mir ein Vorsprechen für den *Fleckweg*-Werbespot organisiert. Kannst du dir das vorstellen? Jetzt sind wir auf der Suche nach unserer Mutter schon einen Schritt weiter. Dieses Zeug schmeckt übrigens echt übel«, schob er nach und hielt eine Flasche von dem neuen essbaren *Fleckweg*-Reiniger hoch. »Als hätte jemand einen alten Reifen ausgegraben und daraus Eistee gemacht. Übrigens werde ich hier Basley genannt.« Er grinste Amanda an, die unsicher zurücklächelte. Sie wechselte die ganze Zeit die Aktentasche von einer Hand in die andere.

»Basley Bas«, sagte Fisher trocken.

»Ja, genau«, erwiderte Zwo und warf ihm ein strahlendes Filmstarlächeln zu. »Die Mädels stehen drauf«, sagte er etwas lauter, als wolle er sichergehen, dass Amanda ihn auch hörte. Fisher sah, wie Amandas Lächeln erstarb. FF zappelte noch heftiger auf Fishers Arm.

»Wie hast du überhaupt die Explosion bei *TechX* überlebt?«, fragte Fisher. »Ich war knapp hundert Meter weg und mich hat's noch umgehauen.«

Zwos Gesicht wurde ernst. »Dr. X und ich haben gekämpft«, erzählte Zwo. »Um uns herum kam alles runter, und ich wusste, dass das Gebäude gleich in die Luft gehen würde. Dann sah ich ein paar von den Prototyp-Robotern den Gang entlangkommen. Sie hatten eingebauten Raketenantrieb. Ich stürzte mich auf einen von ihnen. Dr. X packte mich noch, als ich loshechtete, und riss mir ein Büschel

Haare aus.« Zwo neigte den Kopf zur Seite und zeigte auf eine Stelle hinter seinem linken Ohr, wo leichter Flaum nachwuchs. »Aber ich schaffte es, auf den Roboter zu springen, und löste dabei glücklicherweise den Raketenantrieb aus. Ich schoss durch einen eingestürzten Teil des Daches hoch in den Himmel und landete erst hunderte Kilometer weiter – glücklicherweise kam die Rakete direkt im Powellsee wieder runter. Zufälligerweise ist das nicht allzu weit von hier entfernt.«

»Das … das ist unmöglich«, sagte Fisher kopfschüttelnd.

»Unwahrscheinlich«, korrigierte ihn Zwo. »Genau genommen lag die Wahrscheinlichkeit, dass ich überlebte, bei eins zu einer Million zweiundsiebzigtausendundeins.« Zwo schaute Amanda mit hochgezogenen Augenbrauen an.

Amanda verschränkte schnell die Arme und warf ihm ein dünnes, kurzes Lächeln zu. »Wow. Ganz schön erstaunlich«, sagte sie ausdruckslos.

Zwo runzelte die Stirn. »Es war wirklich erstaunlich – und gefährlich! Und nach Los Angeles zu kommen, war anfangs auch nicht besser. Diese Stadt ist einfach riesig! Sie frisst dich auf und spuckt dich wieder aus.«

»Oh, das wissen wir«, sagte Amanda und blickte ihn mit stählernem Blick an. »Wir haben auch einiges mitgemacht auf der Suche nach dir.«

FFs kleine Kiefer schnappten bloß Zentimeter von Zwos Arm entfernt zusammen.

»Auf jeden Fall ist es super, dass wir uns zufällig in die Arme gelaufen sind«, mischte sich Fisher schnell ein und zog die Decke weiter über FFs Kopf. »Jetzt können wir dir helfen, wieder nach Hause zu kommen!«

»Nach Hause?«, meinte Zwo. »Mein Zuhause ist nicht dort. Unsere Mutter ist *hier*. Als ich merkte, dass ich in Los Angeles gelandet war, machte etwas in meiner Erinnerung Klick. Ich musste daran denken, wie ich Mama in dem *Fleckweg*-Werbespot gesehen hatte. Sie muss irgendwo hier ganz in der Nähe sein. Nach all der Zeit können wir sie endlich wiedersehen. Ist das nicht unglaublich?«

Fisher wünschte sich mehr als alles andere, er hätte Zwo nie erzählt, dass die Schauspielerin aus dem Werbespot seine richtige Mutter sei. Er hatte es ihm in einem verzweifelten Moment gesagt, ganz am Anfang als Zwo aus der Retorte kam. Aber jetzt konnte er ihm nicht die Wahrheit sagen; er konnte es einfach nicht. Zwo würde niemals mit ihm nach Hause kommen und er würde ihm *nie* wieder vertrauen.

»Abgesehen davon«, fuhr Zwo fort, »ist das Leben hier um so vieles besser! Meine Agentin hat mir eine Wohnung besorgt. Ich muss nicht mal Miete zahlen. Ich geh zu allen möglichen Vorsprechen, treffe wichtige Leute, gehe auf Partys, zu Abendessen, Dinnerpartys …«

»Verstehe«, sagte Amanda und schlang die Arme um sich selbst. »Das ist es, was dich hier hält. Der glamouröse Lebensstil.«

»Nein«, sagte Zwo und wandte sich mit einem Seufzer der Verzweiflung an sie. »Ich hab hier eine Mission. Die Lebensqualität hier ist bloß ein zusätzlicher Vorteil.«

Amanda sah weg. »Es gibt … in Palo Alto gibt es auch Dinge, für die es sich lohnt zurückzukommen«, sagte sie leise. Dann räusperte sie sich.

»Nenn mir eins«, sagte Zwo. Amanda fuhr herum und Fisher sah ihre Augen auflodern. Er ging schnell dazwischen.

»Hör zu«, sagte Fisher und stupste Zwo an, um seine Aufmerksamkeit zu erregen. »Wir sind in Gefahr. Wir …« Er blickte zu der finster dreinschauenden Amanda und flehte sie im Stillen an, ihn nicht der Lügen wegen, die er nun erzählen würde, zu verurteilen. »Die Wächter wissen, dass etwas Seltsames vor sich geht, und haben ihre Verbündeten kontaktiert. Ich werde von Agenten verfolgt. Vielleicht haben sie dich schon entdeckt. Und *vielleicht* wissen sie sogar, dass unsere Mutter hier ist. Schau …« Fisher holte den Drohbrief aus seiner Tasche und reichte ihn Zwo, der ihn eine Weile von allen Seiten studierte.

»Also dann«, sagte Zwo und atmete tief durch, »müssen wir die Bemühungen, unsere Mutter zu finden, noch verstärken.«

»Was?!«, rief Fisher. »Das können wir nicht riskieren! Wir müssen uns bedeckt halten, bis die Gefahr vorüber ist.«

»Ich verstehe deine Bedenken«, räumte Zwo ein. »Ich weiß, du willst unsere Mutter bloß schützen.« Fisher konnte Amandas wütenden Blick auf sich spüren, er bohrte sich brennend in seinen Nacken wie ein Laserstrahl. »Aber früher oder später müssen wir aktiv werden. Weißt du, wir können uns nicht ewig wegducken.«

Fisher wusste keine Antwort darauf. Er drehte sich zu Amanda, die sie nun beide keines Blickes mehr würdigte und stattdessen so tat, als sei sie sehr an einem überquellenden Mülleimer ganz in der Nähe interessiert. Ihr Ausdruck sagte ganz deutlich: *Mit euch zwei Knalltüten will ich nichts mehr zu tun haben.*

»Es war schön, euch zu sehen … euch beide«, sagte Zwo munter, auch wenn Fisher fand, dass sein Lächeln etwas gezwungen wirkte und er immer wieder zu Amanda rübersah. »Aber ich fürchte, da ist mein Wagen.« Er zeigte auf eine schnittige schwarze Limousine, die am Randstein hielt. »Ich habe in einer halben Stunde ein Vorsprechen und heute Abend muss ich mich auf einer Kostümparty in der *Hollywood Bowl* blicken lassen. Aber keine Sorge, ich melde mich bald.«

»Was?«, meinte Amanda und wandte sich ihm schließlich doch mit griesgrämiger Miene zu. »Kein Rolls-Royce? Kein Privathubschrauber?«

»Wenn ich so was mal habe, lass ich es euch wissen«, schoss Zwo zurück. »Du siehst aus, als würde dir ein bisschen niedrigerer Luftdruck nicht schaden.«

Bevor Amanda reagieren konnte, verschwand er in der sich öffnenden Tür des Wagens und fuhr davon.

Zwos Worte hallten in Fisher Gedanken nach, während das Auto sich entfernte: *Weißt du, wir können uns nicht ewig wegducken.*

ELFTES KAPITEL

Wenn der Boden unter deinen Füßen oft genug nachgegeben hat, fängst du an, dich zu fragen, ob das Problem vielleicht nicht an dem zu dünnen Boden liegt. Vielleicht liegt es ja auch an der Art, wie du auftrittst.«

Fisher Bas, *Persönliche Aufzeichnungen*

Als Fisher den Wagen davonfahren sah, bereute er es zutiefst, seine magnetische Harpunenkanone nicht dabeizuhaben. Zugegeben, das letzte Mal, als er sie eingesetzt hatte, war er in dem Waffelbehälter hinten an einem Eiswagen gelandet, aber selbst ein mangelhaftes Hilfsmittel erschien ihm in diesem Moment besser als gar nichts. Zwo wollte nicht mit nach Hause kommen – und schlimmer noch: Fisher konnte es ihm nicht verübeln.

Zwo lebte ein Traumleben in Los Angeles. Freie Unterkunft, keine Eltern, keine Schule, wachsende Berühmtheit, eine ganze Stadt, die er unsicher machen konnte…

Im Vergleich dazu erschien einem die Wompalogs-Schule in etwa so spannend wie ein Schachturnier in einem Altersheim. Und die Wompalog war der einzige andere Ort, den Zwo, dank Fisher, je kennengelernt hatte. Fisher hatte Zwo in diese Zone des Grauens geschickt, damit er es nicht mehr selbst erdulden musste.

Es war schwer, Zwo einen Vorwurf daraus zu machen, dass er dem entkommen wollte. Fisher war es schließlich genauso gegangen.

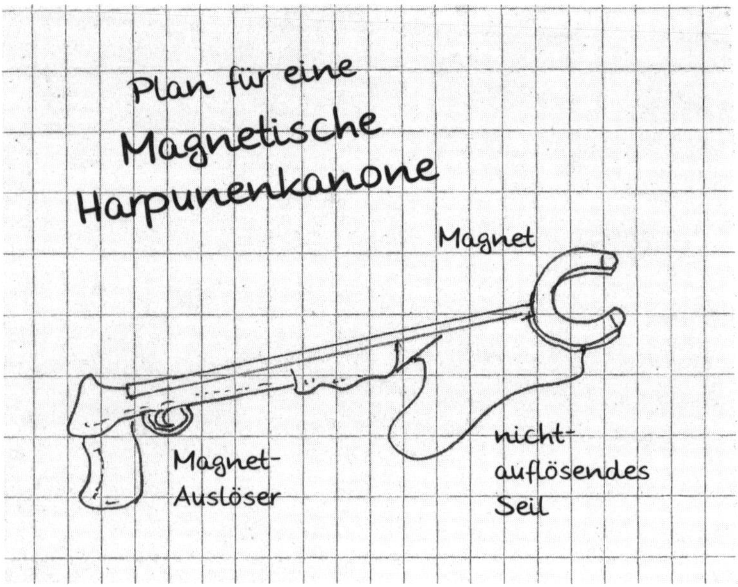

Aber Zwo musste wieder nach Hause kommen. Das Risiko war zu hoch geworden. Fisher wusste, dass er verfolgt wurde – der Drohbrief bewies es. Agenten könnten Zwo in diesem Moment auf den Fersen sein. Heute in einer Woche würde Fisher vielleicht bereits in seiner Zelle am anderen Ende des Universums sitzen und Zwo könnte in einem Labor festgehalten werden.

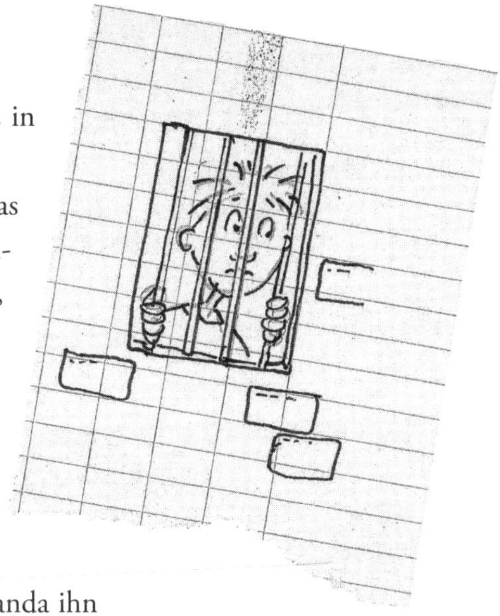

Fisher spürte, wie ihm das Herz in die Hose rutschte.

»Was genau sollte denn bitte das ganze Gerede von finsteren Agenten und bösen Verschwörungen?«, fragte Amanda, während sie dem im dichten Verkehr verschwindenden Auto nachsahen.

»Ich hab dir doch gesagt, dass ich ihn anlügen musste, um ihn auf Linie zu halten«, protestierte Fisher. Er mochte die Art, wie Amanda ihn ansah, nicht besonders.

»Tja, ich hatte nur nicht erwartet, dass du damit einfach immer weitermachst«, meinte sie, und Fisher meinte kleine Glutfunken in ihren Augen funkeln zu sehen. »Du hast mich dazu gebracht, dir zu helfen, indem du mir die Wahrheit gesagt hast, wie denkst du sein Vertrauen zu gewinnen, wenn du es bei ihm nicht genauso machst?«

»Das werd ich ja!«, rief Fisher. Er fuhr sich mit der Hand durchs Haar. »Nur noch nicht jetzt.«

»Ja, genau.« Amanda schüttelte fast mitleidig den Kopf.

»Also, was jetzt?«, fragte Fisher verzagt.

Amanda atmete geräuschvoll aus. »Ich habe einen Plan.«

»Da bin ich ja mal gespannt«, sagte Fisher gequält.

»Wir wissen, dass er heute Abend in der *Hollywood Bowl* sein wird«, meinte sie. »Die ist riesig. Ich wette, es ist nicht allzu schwer, sich da einzuschleichen.«

»Und was willst du ihm sagen? Das heißt, *falls* wir ihn überhaupt finden«, gab Fisher zu bedenken. »Wie du schon gesagt hast, das Amphitheater ist riesig.«

Fisher bückte sich und befreite FF aus seiner Verkleidung, damit er eine Weile herumtrippeln konnte. Das kleine Schwein fing an, um seine Füße herumzuschnüffeln.

»Ich werd versuchen, ihm Schuldgefühle einzuflößen. Ich habe vor, ihm zu sagen«, Amanda hüstelte ein wenig und starrte auf den Gehsteig, »dass ich mich total in ihn verknallt habe und dass, wenn er nicht mit uns zurück nach Palo Alto kommt, mein Herz gebrochen sein und sich nie wieder erholen wird.«

»Also, du schnauzt mich an, weil ich ihm nicht die Wahrheit gesagt habe, aber du willst ihm weismachen, du hättest Gefühle für ihn?«, fragte Fisher vorsichtig. Sie hatte vorhin nicht gerade erfreut darüber gewirkt, seinen Doppelgänger wiederzusehen, trotz Zwos offensichtlicher Versuche, sie zu beeindrucken.

»Willst du ihn zurück oder nicht?«, fauchte Amanda Fisher an. »Meine Methoden haben uns doch bis jetzt ganz schön weit gebracht, oder? Also fang jetzt ja nicht an, sie in Frage zu stellen! Außerdem brauchst du gar nicht reden, wenn es darum geht, ihn anzulügen.«

Fisher hob beschwichtigend die Hände. »Ich stelle deine Methoden ja gar nicht in Frage«, sagte er hastig. Dann machte er eine kurze Pause. »Und deine Idee ist gar nicht so schlecht. Vor ein paar Wochen habe ich mit Zwo über dich gesprochen, und ich glaube, dass er dich echt zu mögen scheint.«

»Warte – was? Wirklich?!«, kiekste Amanda. Dann hustete sie, räusperte sich und fuhr mit normaler Stimme fort: »Tja … also gut. Wenn das so ist, stehen die Chancen ja noch besser, dass mein Plan aufgeht. Dann mal los.«

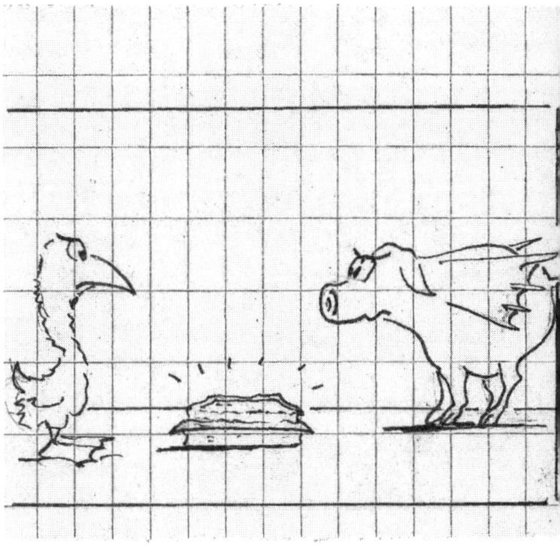

Fisher schnappte sich FF, der sich gerade ein Anstarrduell um ein weggeworfenes halbes Sandwich mit einer Möwe lieferte, und er und Amanda traten den langen Weg zurück zum *King of Hollywood Hotel* an.

Die südkalifornische Sonne fühlte sich viel weniger angenehm an, wenn man in einem Tempo marschierte, bei dem sogar ein Marinesoldat einen Asthmaanfall bekommen hätte. Das Taxi zu Bibi Bolitzkis Büro hatte das bisschen Bargeld verschlungen, das Fisher und Amanda von ihren Eltern mitbekommen hatten, also mussten sie zurücklaufen. Amandas Beine waren kurz, aber sie stampften vorwärts, als hätten sie einen Dieselmotor eingebaut. Fisher spürte seine Beine kaum noch und FFs Gewicht lastete so schwer auf seinen Armen wie ein Ziegel aus Blei. Schweiß tropfte ihm von den Augenlidern, als sie endlich ankamen.

»Fisher Bas«, hatte Herr Dubel, eine der Aufsichtspersonen, gerade gerufen, als Fisher und Amanda durch die Hoteltür schlüpften und sich unter ihre Klassenkameraden mischten.

»H…hiiiiier«, keuchte Fisher, als er sich in die Reihe schummelte.

Herrn Dubels trübe Augen nahmen Fishers Anwesenheit zur Kenntnis und er rief weitere Namen auf.

Frau Snapper stand mit verschränkten Armen vor der Gruppe und versuchte, ein griesgrämiges Stirnrunzeln zu unterdrücken.

»Sie sieht nicht gerade glücklich aus«, sagte Fisher zu Amanda und zeigte auf ihre Lehrerin. »Ich frage mich, wie lange sie rumstand und auf Dr. Teuflisch gewartet hat.«

»Lange genug, dass unsere Abwesenheit völlig unbemerkt geblieben ist«, antwortete Amanda. »Das ist alles, was mich interessiert.«

Fisher dachte nicht zum ersten Mal, es sich jemals mit Amanda zu verscherzen, sei keine gute Idee.

Als die Klasse dann in der Hotellobby vollständig versammelt war, machte sich die Gruppe auf den Weg zum Bus. Fisher gefiel es nicht, dass er schon wieder laufen musste, nachdem er gerade erst wieder Atem geschöpft hatte, aber zumindest war das Ziel ein Bus mit bequemen Sitzen.

Am Set von *Wilde Wissenschaft* angekommen, mussten sie feststellen, dass es etwas ganz anderes war, wenn eine Aufzeichnung lief. Alle Crewmitglieder saßen oder standen auf ihren Positionen, hinter Monitoren oder Tongeräten. Die Scheinwerfer waren voll aufgedreht und ließen Dr. Teuflisch und sein Labor in einem gelblichen Glanz erstrahlen. Die Klasse saß auf den gepolsterten Sitzen eines Podiums hinter den Kameras. FF hockte ohne seine Verkleidung zufrieden neben Fisher. Er schien es so zu genießen, von dem Metallgestell auf seinem Kopf befreit zu sein, dass er sogar bereit war, sich eine Weile still zu verhalten.

Lucy Fir wirkte mürrisch, als sie in Jogginghosen und einem *L.A. Lakers*-T-Shirt ans Set marschiert kam.

»Kannst du mal jemanden vom Kostüm anpiepsen?«, schnauzte sie einen Sethelfer an. »Ich vermisse meinen besten Anzug. Ich möchte wissen, ob er vielleicht unter ihre Sachen geraten ist.«

Fisher blickte zu Amanda hinüber und zog die Augenbrauen hoch. Sie zuckte mit den Schultern, aber er sah das Grinsen, das in ihrem Gesicht zuckte. Kein Wunder, dass ihr die Verkleidung so schlecht gepasst hatte. Lucy war fast dreißig Zentimeter größer.

»Willkommen bei *Wilde Wissenschaft*«, sagte Dr. Teuflisch, und die hellen Filmscheinwerfer verwandelten sein strahlendes Lächeln in ein eigenes Sternbild. »Die heutige Folge lautet: *Plumpbeutler und Kilowatt.*« Dr. Teuflisch richtete seinen Blick direkt in die mittlere von drei Kameras und schenkte dem Publikum sein berühmtes umwerfendes Lächeln. »In unserem ersten Experiment für heute werde ich zeigen, wie man eine Glühbirne zum Brennen bringt, mit einer Kombination von Hilfsmitteln, die absolut ungewöhnlich erscheinen: eine Handvoll getrocknete Aprikosen – und ein Wombat.«

Fisher beugte sich gespannt nach vorne, um eine bessere Sicht auf das Experiment zu haben.

Dr. Teuflisch zeigte auf eine große Glühbirne auf seinem Labortisch. Sie war auf einen Metallrahmen montiert und hatte einen zinkenartige Kontakt, damit elektrische Spannung hindurchfließen konnte.

Dann griff er in eine Schublade und stellte eine kleine Tüte mit Aprikosen auf den Tisch. Schließlich bückte er sich, verschwand hinter dem Tisch und tauchte mit einem kleinen grauen rundgesichtigen Säugetier im Arm wieder auf. »Seht her, das ist Wally!«, riefer. Ein Chor aus leisen *Aaaah*-Rufen erklang aus dem Publikum.

Der schläfrig wirkende Wombat tapste in einem kleinen Kreis auf dem Tisch herum. Es wirkte orientierungslos und leicht verwirrt, als

würde er von all den Scheinwerfern geblendet. Dr. Teuflisch holte zwei verschrumpelte getrocknete Aprikosen aus der Tüte und legte eine davon vorsichtig auf den Kontaktzinken des Apparats.

»Indem ich die natürliche Leitfähigkeit der Aprikose nutze und die elektrochemischen Eigenschaften des Wombats«, erklärte er und machte beim Wort Wombat eine schmissige Kopfbewegung Richtung Kamera, »erzeuge ich elektrischen Strom, der stark genug ist, um diese Glühbirne für mehrere Minuten zum Leuchten zu bringen.«

»Ist das wirklich möglich, Fisher?«, flüsterte Veronica ihm ins Ohr, die sich neben ihn setzte. Er zuckte leicht zusammen, als er ihren Atem spürte, und wandte sich ihr zu, um zu antworten.

»Na ja, ich … na ja, es könnte … ich habe mich noch nie so mit Wombats befasst, aber vielleicht …« Veronica drehte sich wieder nach vorne, um Dr. Teuflisch weiter zu beobachten, und Fisher wusste kaum, wen er lieber beobachten wollte: Veronika oder Dr. Teuflisch.

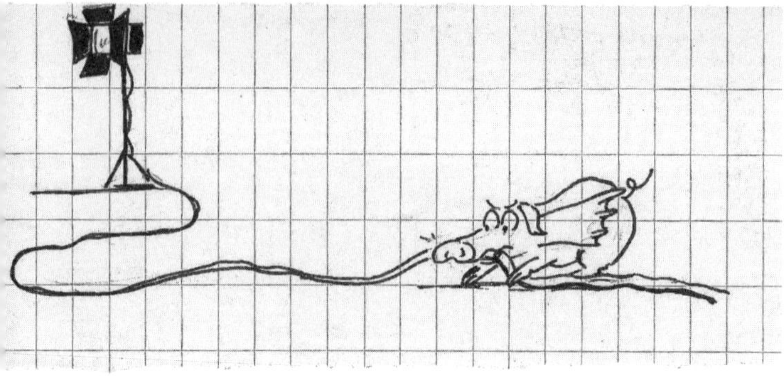

Dr. Teuflisch holte noch einige weitere Aprikosen aus der Tüte und befestigte sie mit Sekundenkleber auf den ersten beiden. Als letzten Schritt hob er die Pfote des Wombats behutsam hoch, bis er sich an der einen Seite des Aprikosen-Kreislaufs festklammerte, und hielt dann seinen Schwanz ans andere Ende. Fisher zuckte zusammen, als die Glühbirne ziemlich hell aufflackerte. Das Publikum schnappte nach Luft, und Fisher applaudierte wie alle anderen auch … alle außer Frau Snapper, die noch immer ein finsteres Gesicht machte.

»Und nun«, sagte Dr. Teuflisch, »könnt ihr sehen, dass die …« Er wurde von einem lauten knackenden Geräusch übertönt. Die Glühbirne ging aus, genauso wie mehrere Studiolichter.

Einer der Kameramänner trat stirnrunzelnd von seiner Kamera weg und überprüfte ihr Stromkabel.

»Was ist passiert?«, fragte Lucy Fir und eilte herbei, während verschiedene Crewmitglieder anfingen, sich gegenseitig Instruktionen zuzurufen.

»Problem mit der Stromversorgung«, sagte einer. Er hob ein dickes Kabel hoch und untersuchte es Stück für Stück. Er war bereits auf der Bühne angekommen, als das Problem ans Licht gezerrt wurde: FF hatte sich mit erbitterter Entschlossenheit in das Kabel verbissen.

Fisher fuhr von seinem Sitz hoch und sprang die Stufen der Zuschauerränge hinunter. Er hatte sich so auf Dr. Teuflisch konzentriert – und auf Veronica –, dass er gar nicht bemerkt hatte, als FF sich mal wieder aus dem Staub gemacht hatte. Fisher löste behutsam die Kiefer seines Schweinchens vom Kabel.

»Es tut mir leid, tut mir so leid«, sagte er mit hochrotem Kopf, der leuchtete, wie noch eine Minute zuvor die Scheinwerfer. Er kniete sich hin und zischte FF zu: »Wenn du mich noch mal so in Verlegenheit bringst, dann trägst du für den Rest deines Lebens Trevors Kopfgestell.«

Als er sich zu Dr. Teuflisch wandte, um sich bei ihm zu entschuldigen, bemerkte er ein dünnes Stromkabel, das nur aus diesem Blickwinkel zu sehen war. Es schlängelte sich von dem Apparat oben auf dem Labortisch zu dem dickeren Kabel, auf dem FF herumgekaut hatte.

Fisher durchfuhr es kalt.

»Moment mal«, sagte er. »Die Glühbirne war *angeschlossen*?«

»Oh.« Ein Anflug von Röte huschte über Dr. Teuflischs gebräunte Wangen. »Ja, natürlich.« Er hustete und zupfte seinen Kragen zurecht. »Sieh mal, manchmal erzeugt der Wombat *so* viel Elektrizität, dass der Stromkreislauf ihr nicht gewachsen ist, also bringen wir das Kabel an, um die überschüssige Energie abzuleiten.« Wie auf Knopfdruck ging das breite Grinsen in seinem Gesicht wieder an und er baute hastig den Apparat ab. »Dann machen wir mal mit dem nächsten Beitrag weiter«, verkündete er laut und klatschte in die Hände. Er war so erpicht darauf, zu etwas anderem überzugehen, dass er versäumte, Wally wieder zurück in seinen Käfig zu setzen.

Fisher wollte gerade FF auf den Arm nehmen, als Wally, der Wombat, auf sie zugerannt kam. Er fing an, Fisher zu beschnüffeln und ihn leicht mit seiner Pfote anzustupsen, dann machte er es genauso mit FF, der jedoch versuchte, nach dem kleinen Tier zu treten.

»Hierher, Wally!«, rief Henry, der Toningenieur, den Fisher kurz zuvor kennengelernt hatte. Er kam angerannt und klopfte mit den Händen auf den Boden. »Komm her, Junge! Lass sie in Ruhe.« Wally warf Fisher und FF einen letzten Blick aus weit aufgerissenen Augen zu und huschte dann in Henrys Arme.

»Wow. Er gehorcht dir?«, sagte Fisher erstaunt, als Henry den Wombat hochhob.

»Manchmal«, meinte Henry. »Seit er hier am Set ist, habe ich versucht, ihn zu dressieren. Ich dachte mir, es gibt eventuell einen Markt für Wombats als Haustiere! Vielleicht mache ich sogar mein eigenes Geschäft auf, wenn ich keine Lust mehr auf die ganze Soundsache hier habe.«

»Das, äh, klingt toll«, meinte Fisher. »Ich bin sicher, du wirst den Wombatmarkt beherrschen … Ich denke, ich sollte jetzt mal zurück auf meinen Platz.«

»Klar«, rief Henry. »Bis dann! Komm, Wally.«

Das nächste Experiment drehte sich wieder um kleine Säugetiere. Dr. Teuflisch baute ein Wasserfiltersystem aus nichts als ein paar Eichenblättern und einem sehr empörten Lemurenäffchen (dessen Fußsohlen offenbar antimikrobielle Substanzen enthielten, die Blättern, wenn es mehrfach darauf stampfte, keimtötende Wirkung gaben).

Diesmal verliefen das Experiment und die Aufzeichnung ohne Probleme. Fisher beäugte die kleinen Wasserproben, die an die Klasse verteilt wurden, argwöhnisch, aber sie sahen sauber aus. Dr. Teuflisch wusste also sehr wohl, was er tat. Der Dreh ging reibungslos zu Ende und die Klasse versammelte sich zum Aufbruch. Fisher hielt FF fest im Arm.

»Fisher, kann ich kurz mit dir reden?«, fragte Veronica und trat zu ihm. Fisher ging im Geiste alle verschiedenen Varianten durch, die er kannte, um Ja zu sagen.

»A… aber gern«, bekam er schließlich heraus und verfluchte sich dann dafür, dass er geklungen hatte wie ein französischer Oberkellner.

Veronica zog ihn etwas beiseite.

»Ich wollte bloß sagen, dass mir dein neues Video echt gut gefällt«, sagte sie.

»Mein … neues Video?«, stammelte Fisher. Er fühlte sich, als habe er soeben einen sich windenden Wombat verschluckt.

»Ja, das war ziemlich geschickt«, meinte Veronica lächelnd. »Es sieht aus, als würdest du dir langsam eine echte Fangemeinde heranziehen. Ich schätze, es gibt noch viel, was ich nicht über dich weiß, Fisher.«

»Na ja …«, presste Fisher an dem flatternden Gefühl in seiner Magengegend vorbei heraus. »Es … es ist schwierig, zwei Leben auf die Reihe zu kriegen. Ich würde gern ehrlicher mit allem, was ich so mache, umgehen können, aber ich weiß, dass ich das im Moment leider nicht kann.« Er war erleichtert, ihr endlich einmal etwas sagen zu können, was in technischem Sinne keine Lüge war.

»Ich verstehe«, sagte sie und warf ihr glänzendes Haar über die Schulter zurück. »Hör mal … das klingt jetzt vielleicht schräg, aber meinst du, ich könnte dich um einen Gefallen bitten?«

»Klar!«, platzte Fisher reflexartig heraus. »Alles.«

»Meinst du, vielleicht … dass du mich mit Kasper Keels bekannt machen könntest?«

Fishers kurzer Glücksmoment verlosch wie eine Kerze, die von einem Tsunami getroffen wird.

»Ich kenne ihn gar nicht so gut …«, setzte er an, aber als er sah, wie Veronicas Lächeln schwand, murmelte er schnell: »Aber ich schau mal, was ich tun kann.«

»Vielen Dank, Fisher!«, sagte sie, beugte sich vor und umarmte ihn stürmisch. Unter anderen Umständen hätte diese Geste Fisher auf Wolke sieben katapultiert, aber jetzt war es eher so, als hätte sie einen Pulli aus Quallen an.

Der Wombat in Fishers Magengrube hatte sich in eine Bowlingkugel verwandelt. Wie konnte ein Mädchen wie Veronica bloß jemanden wie Kasper so sehr mögen? Außer ... außer er täuschte sich in Veronica. Vielleicht war sie gar nicht so umwerfend, wie er gedacht hatte.

Und warum um alles auf der Welt hatte er gesagt, er würde versuchen, sie miteinander bekannt zu machen?

Und was hatte Veronica mit dem »neuen Video« gemeint?

Langsam gerieten die Dinge außer Kontrolle. Zwo wurde von Stunde zu Stunde berühmter.

Plötzlich bohrte sich Fisher ein Gedanke ins Hirn wie ein Eiszapfen: Wenn Zwo so viel bekannter war als er, so beliebt und so ein Multitalent ... und er auch noch über Fishers Intelligenz und Scharfsinn verfügte ... wozu war Fisher dann überhaupt noch gut?

Welchen Anspruch hatte er dann überhaupt noch darauf, der echte Fisher zu sein? Warum sollt nicht *er* Fisher Zwo sein? Besaß er irgendetwas, das ihn herausstechen ließ, das ihn unverwechselbar machte oder wenigstens bloß interessant, verglichen mit seinem Doppelgänger?

ZWÖLFTES KAPITEL

Wenn man eine kühne Mission erfüllt, sollte man nicht zu aufgeregt sein und aufpassen, dass man nicht selbst in die Falle tappt, die man für seinen Feind ausgelegt hat … Außer natürlich man ist ein eigens dafür konzipierter Fallen überspringender Roboter.

Vic Daring, *Der Lümmel aus dem All* (Band #78)

Fisher hätte es nie für möglich gehalten, aber langsam kamen ihm die sternförmigen Pommes mit Spezialsoße aus den Ohren raus. Er merkte, dass er fast schon den Wahnsinns-Riesenzucchinisalat seiner Mutter vermisste.

»Wie schleichen wir uns denn heute Abend raus?«, flüsterte Amanda Fisher zu, als sich die Klasse in einer Reihe aufstellte, um ins Restaurant zu gehen. »Sie wird nicht zweimal auf den gleichen Trick reinfallen. Hast du gesehen, wie wütend sie Dr. Teuflisch den ganzen Tag angestarrt hat?«

»Ich denke, ich hab da eine Idee«, sagte Fisher. »Spiel einfach mit.« Dann wickelte er FF aus der Decke aus und zog ein paar Laborhandschuhe an – er hatte immer ein paar dabei –, anschließend holte er ein besonderes Stück Stoff aus seiner Tasche. Es enthielt eine Substanz, die mit den Pigmenten in der obersten Hautschicht reagierte und sie sofort verändern konnte. Fisher wandte sie bei seinen vereinzelten rötlichen Hautpartien an, die er in Folge ständigen schmachvollen Errötens und der heftigen Sonneneinstrahlung davongetragen hatte. Er nahm allerdings an, dass es auf FFs Haut einen anderen Effekt hätte.

Fisher rieb FF vom Kopf bis zum Ringelschwänzchen mit dem Tuch ab, und die Farbe des Schweinchens fing an, sich von einem einheitlichen Rosa in ein fleckiges Grün zu verwandeln.

»Komm mit«, murmelte Fisher und ging auf Frau Snapper zu. Amanda folgte ihm und starrte fasziniert den grünen FF an.

»Frau ... Frau Snapper?«, sagte Fisher.

»Ja, Fisher?«, antwortete Frau Snapper.

»Ich fürchte, FF hat einen Allergieschub«, sagte er mit einem besorgten Augenaufschlag. »Amanda hat ihn heute Mittag mit irgendetwas gefüttert, was er nicht hätte essen dürfen.« Frau Snapper schaute voller Erstaunen zu, wie FF vor ihren Augen noch grüner wurde. »Es ist nichts Ernstes, aber ich muss ihm ein Medikament geben und für eine Weile ein Auge auf ihn haben.« Fisher stupste mit dem Zeh Amandas Fuß an.

»Ich fühl mich total schlecht deswegen«, stimmte Amanda in Fishers Schwindel mit ein. »Wenn es okay ist, würde ich gern mit Fisher gehen und ihm helfen, sich um den armen kleinen Kerl zu kümmern.«

»Ach du liebe Zeit ... also gut«, meinte Frau Snapper. »Er sieht wirklich aus, als könnte er etwas Fürsorge gebrauchen. Wenn du willst, kannst du mitgehen und Fisher helfen.«

Fisher und Amanda sausten hinauf in den siebten Stock, trenn-

ten sich dort und eilten in ihre jeweiligen Zimmer.

In seinem angekommen, steuerte Fisher seinen Koffer an, griff unter die Alltagskleidung und holte seinen Spionanzug heraus. Der glatte schwarze Ganzkörperanzug hatte ihm auch schon bei seiner Zwo-Rettungsmission aus *TechX* geholfen. Seine Taschen und Einsteckfächer waren mit Spezialgeräten und technischen Spielereien ausgestattet, die Fisher allesamt selbst erfunden hatte. Er eignete sich auch gut als Kostüm und würde sich vielleicht noch als nützlich erweisen, falls sie in irgendwelche Schwierigkeiten geraten sollten. Und wenn es um Zwo ging, waren Schwierigkeiten vorprogrammiert.

Abgesehen davon hielt Fisher den Anzug, nachdem er ihn heil durch die Katastrophe von *TechX* gebracht hatte, für eine Art Glücksbringer – und es war offensichtlich, dass er den jetzt mehr denn je brauchen konnte.

»Okay, Kleiner«, sagte Fisher zu FF, der sich vor der Klimaanlage zusammengerollt hatte und langsam wieder seine normale Farbe annahm. »Ich bin bald zurück, okay? Stell bitte keinen Unsinn mit meinen Sachen an. Oder mit Warrens«, sagte er und zeigte auf einen großen Koffer, der neben dem anderen Bett stand.

Fisher öffnete vorsichtig die Hotelzimmertür und linste hinaus in den Flur. Er war leer. Einen Augenblick später sah er Amandas Tür ganz langsam aufgehen. Beide blieben einige Sekunden lang, wo sie waren, und überprüften, ob der Flur auch leer blieb.

Fisher atmete tief durch und schlüpfte aus dem Zimmer. Amanda tat es ihm nach. Sie hatte ihren schwarzen Gymnastikanzug an.

»Bereit?«, fragte sie und knackte mit den Fingerknöcheln.

»Bereit«, antwortete Fisher und zupfte seinen Anzug noch einmal zurecht. Er fühlte sich etwas enger an als beim letzten Mal, als er ihn anhatte. Vielleicht zeigten all die Spicy Pommes bereits ihre unvermeidlichen Auswirkungen.

Das Treppenhaus war leer und sie kamen bequem bis ins Erdgeschoß. Sie schlüpften durch den Seiteneingang, der zum Parkplatz führte.

»Gut, ich habe uns von Frau Snapper weggebracht«, sagte Fisher. »Wie kommen wir jetzt in die *Hollywood Bowl* rein?«

»Mir nach«, sagte Amanda.

Sie duckten sich tief und versuchten sich hinter einer Hecke zu verstecken, als sie am Hotel vorbeiliefen. Autos zischten vom und auf den Parkplatz und Leute defilierten vorbei, aber niemand schenkte Fisher und Amanda weitere Beachtung, trotz ihrer ungewöhnlichen Aufmachung.

Durch eine große Lücke in der Hecke erhaschte Fisher plötzlich einen unverstellten Blick auf die Fenster des Restaurants. Gerade ließ Frau Snapper den Blick über den Parkplatz schweifen – und schaute dabei fast genau in ihre Richtung.

»Amanda!«, zischte Fisher panisch. Doch gerade als der Blick der Lehrerin sie erreichte, hielt ein Taxi am Bordstein und Fisher zerrte Amanda dahinter. Sie kauerten sich auf den Boden und sahen zu, wie die Fahrgäste auf der anderen Seite ausstiegen.

Fisher schnaufte so heftig, dass er eine Weile nicht sprechen konnte. Der Motor vibrierte in seinem Rücken.

Zwei junge Männer kamen auf den Fahrer zu.

»Hallo, Meister«, sagte einer von ihnen zu ihm. »Könnten Sie uns zur *Hollywood Bowl* fahren?«

Fisher konnte sein Glück kaum fassen. Er fühlte einen Adrenalinstoß. Amanda sah ihn mit großen Augen an und zeigte dann zum Kofferraum.

»Kannst du …?«, setzte sie an.

»Kann ich …«, sagte Fisher, langte in eine der hinteren Taschen seines Spionanzugs und holte einen kleinen Behälter heraus. Es war seine neueste Erfindung, ein »Schlüssel in der Dose«, und dies würde sein erster Praxistest. Er drückte auf die Düse und sprühte einen feinen Nebel in das Schlüsselloch des Kofferraums. Sofort verfestigte sich die Substanz und füllte das Schloss exakt in der Form seines Schlüssels aus. In Sekundenschnelle hatte sich ein graues schlüsselähnliches Objekt gebildet und Fisher drehte es um. Der Kofferraum sprang sofort auf und Fisher und Amanda schlüpften hinein.

Es war stickig und heiß und roch nach einem Dutzend

Hockeypucks in einem Toaster. Amanda rollte sich in einer Ecke zusammen, für den Fall, dass der Kofferraum wieder geöffnet würde. Fisher seufzte und drängte sich in die andere Ecke. Er spürte, wie ihm der Schweiß den Nacken und die Arme hinunterlief.

Jetzt war es fast stockdunkel und die Hitze wurde noch drückender. Dann sprang knatternd der Motor an und erfüllte ihre Ohren mit einem dumpfen Heulen. Fisher geriet ins Schlingern, als das Taxi vom Bordstein weg losfuhr.

Fisher wurde durchgeschüttelt und das Taxi beschleunigte, bis Fisher sich wie ein Popcornkern fühlte, der jeden Augenblick platzen würde. Jedes Mal wenn er sich den Kopf am Kofferraum anschlug, verspürte er einen neuen Anflug von Sorge. Er hatte immer noch keine Ahnung, was er tun würde, selbst wenn es ihnen gelingen sollte, Zwo wieder zurück nach Palo Alto zu bringen. Würden sie sich für den Rest ihres Lebens abwechselnd als ein und dieselbe Person ausgeben? Würde Zwo eine andere Identität annehmen, sich irgendwie tarnen und ein eigenes Leben führen?

Oder, fragte sich Fisher, würde Zwo ganz einfach seinen Platz einnehmen? Mit seiner neuen Popularität und dem ständig wachsenden Selbstbewusstsein wäre Zwo womöglich dreist genug, das auch wirklich zu tun.

Als das Taxi anhielt, holte Fisher einen Satz Zangen aus der Seitentasche seines Spionanzugs und machte sich daran, den Kofferraum von innen zu entriegeln. Amanda griff nach der Klappe, als diese gerade aufspringen wollte, und sie schlängelten sich unbemerkt hinter dem Wagen heraus, wobei Amanda den Kofferraum behutsam wieder schloss.

Die Sonne ging bereits unter, aber es war noch hell genug, damit Fisher ein paar Sekunden geblendet war. Er schüttelte den Kopf und versuchte so seinen verschwommenen Blick wieder klar zu bekommen.

Die *Hollywood Bowl* war ein riesiges Amphitheater. Treppenartige Sitzreihen waren aus einem Hügel gegenüber der Bühne herausgearbeitet. Glücklicherweise drängten sich so viele Leute um sie herum, dass keiner bemerkt zu haben schien, wie sie aus dem Kofferraum eines Taxis geklettert waren.

Ein riesiges Banner war über ihnen aufgespannt: KOSTÜMPARTY: DER MANTEL DER GERECHTIGKEIT. Fisher hatte schon von dieser Superhelden-TV-Show gehört, auch wenn er sie noch nie gesehen hatte. Jeder, der auf die Party strömte, hatte ein Kostüm an, die meisten enge Superheldenanzüge, was bedeutete, dass er und Amanda eigentlich ganz gut reinpassten.

Die große Bühne am Fuße der Ränge schien der Mittelpunkt der Party zu sein: Kellner mit Tabletts voll Essen zogen ihre Kreise, ein DJ legte Musik auf, Barkeeper fuhren allerlei Drinks auf und jede Menge anderer Leute liefen zwischen den Sitzen herum. Es mussten mindestens an die tausend Gäste sein.

Fisher atmete tief durch. »Er wird im Mittelpunkt des Geschehens sein«, sagte er und zeigte auf die Bühne. »Er ist allergisch dagegen, sich unauffällig zu verhalten.«

»Geh du vor«, sagte Amanda. Ausnahmsweise klang *sie* mal nervös.

Fisher und Amanda erreichten den obersten Rang der Sitzplätze und sahen ihr erstes Hindernis: Eine Sicherheitsbarriere befand sich direkt vor ihnen. Es gab vier Einlässe, die alle von drei kräftigen Bodyguards bewacht wurden. Die ankommenden Gäste hatten entweder Namensschilder, die bewiesen, dass sie auf der Veranstaltung arbeiteten, oder Eintrittskarten oder waren schlicht berühmt genug, dass die Türsteher sie sofort erkannten.

»Was jetzt?«, fragte Amanda.

»Ich denke nach.« Fisher betrachtete stirnrunzelnd die Menge. »Da.« Er zeigte auf einen Mann, der als einer der sprechenden Bäume aus *Der Zauberer von Oz* verkleidet war. Es war ein riesiges, aufwendiges Kostüm mit Ästen und Laubbüscheln, die in alle Richtungen ragten. Er musste sehr langsam gehen, damit er niemanden streifte.

»Der Baumtyp?« Amanda zog die Nase kraus. »Was ist mit ihm?«

Fisher nahm den flachen Beutel von seinem Rücken. »Das ist der Prototyp meines neuen Modells *Busch im Rucksack*. Ein Tarngerät. Mein letzter ist beschlagnahmt worden.«

»Wie das?«, fragte Amanda.

»Ich habe ihn mit zu *TechX* genommen. Er wurde aus Versehen ausgelöst und ich gefangen genommen.«

»Belehr mich eines Besseren, wenn ich unrecht habe, aber ist gefangen genommen zu werden nicht das Gegenteil von Tarnung?«

»Na ja, zu dem Zeitpunkt baumelte ich auch von einer Galerie ...«, sagte Fisher und schüttelte dann den Kopf. »Egal, dieser hier entfaltet sich noch nicht von selbst, aber wir können ihn trotzdem benutzen.« Fisher öffnete den Beutel und zog zwei Bündel aus Metall und Plastik heraus, die sich in dicke, ziemlich echt wirkende Ästen voller Laub

verwandelten, als er sie auseinanderfaltete. »Okay, du nimmst einen und ich den anderen. Wir halten uns so nah wie möglich an den Baumtypen. Folge seinen Bewegungen. Wenn wir uns beeilen, können wir uns hinter ihn schleichen, noch bevor er durch die Eingangskontrolle ist.«

Amandas Blick wanderte von dem Ast über den Mann im Baumkostüm zu den Türstehern.

»Okay, dann los«, sagte sie mit einem Seufzer. Fisher war klar, dass sie sich wünschte, sie hätte einen besseren Vorschlag.

Der Baummann zockelte mit schwankenden Ästen voran. Fisher und Amanda schlichen sich von hinten an ihn heran und brachten ihre Äste in Stellung. Der große blättrige Ast verdeckte Fisher komplett. Er konnte Amanda nicht mehr sehen – eigentlich sah er überhaupt nichts mehr. Alles, was er tun konnte, war, sich Schritt für Schritt weiterzuschieben und zu beten, dass er und Amanda unentdeckt blieben.

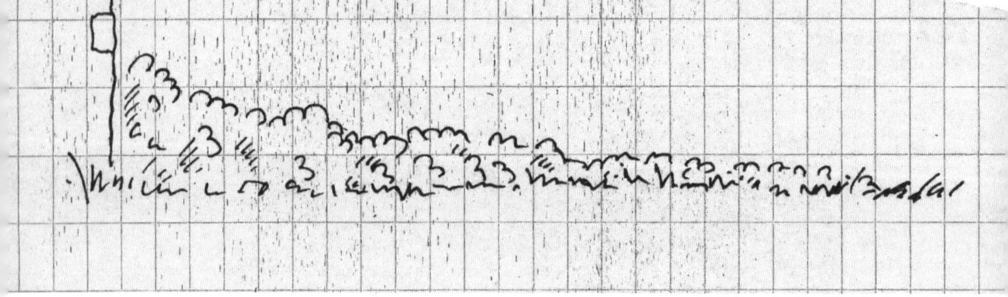

Jedes Mal wenn der Baummann innehielt, stockte Fisher der Atem, aus Angst, dass ihn jemand entdeckt hätte.

Fisher musste an einen Vic Daring Comic denken, den er kürzlich gelesen hatte. Darin hatte sich Vic in einem Wald aus Pflanzen mit giftigen Stacheln und großem Appetit auf menschliche Innereien verstecken müssen. Also könnte die Lage auch schlimmer sein.

Es dauerte eine schiere Ewigkeit, bis der Mann endlich durch die Kontrolle war und sich unter die Leute mischte, die hinunter zur Bühne strömten.

Fisher löste sich von dem Baummann und faltete seinen Ast wieder zusammen. Amanda reichte ihm den anderen.

»Gute Arbeit.« Sie schenkte ihm eines ihrer seltenen Lächeln, und Fisher war überrascht, wie hübsch sie aussah, wenn sie mal nicht mürrisch dreinblickte – oder ihm eine verpasste. Bei ihrer Intelligenz und ihrem Aussehen fing er langsam an zu verstehen, warum sich Zwo, jemand, dem sie nicht ständig Prügel androhte, zu ihr hingezogen fühlen konnte.

»Danke«, sagte Fisher. »Irgendein Zeichen von ihm?« Er duckte sich unter dem Filzschwanz eines Mannes in einem orangen Tyrannosauruskostüm weg.

»Noch nicht«, erwiderte Amanda. »Es ist zu voll hier. Wir sollten uns aufteilen, damit wir ihn schneller finden. Treffen wir uns in einer Viertelstunde wieder hier.«

»Alles klar«, sagte Fisher. »Ich geh nach links.« Er quetschte sich zwischen zwei Astronauten durch und wäre beinahe über einen Feenflügel aus pinkfarbener Seide gestolpert.

Der mittlere Bereich wurde als Tanzfläche genutzt, das DJ Pult stand an der hinteren Wand. Um die Tanzfläche herum drängten sich Partygänger und hielten Drinks und kleine Häppchenteller in den Händen. Fisher war froh, dass FF im Hotel geblieben war. Bei so viel Essen wäre er bloß wie wild überall herumgeturnt.

Fisher drängelte sich bis zur Bühne durch, als er aus dem Augenwinkel zwei große Männer in schwarzen Anzügen und mit dunklen Sonnenbrillen sah. Aus ihren Ohren kamen auffällige Kabel. In Fishers Hirn schrillten alle Alarmglocken. Er warf sich hinter die lange Kutte eines Partygasts, der als mittelalterlicher Mönch verkleidet war. Erst als Fisher wieder hinter dem Mönchskostüm hervorlugte und sah, wie die beiden »Agenten« ihre Sonnenbrillen abnahmen und dahinter die Gesichter von Schauspielern zum Vorschein kamen, die Fisher kannte, nahm seine Lunge wieder ihre Atemtätigkeit auf.

Als Fisher sich aufrichtete, drehte sich in seinem Kopf alles. Die Nachwirkungen der engen, stickigen Fahrt im Taxikofferraum, der Stress und die wuselige Menge machten Fisher ganz schwindelig. Er erblickte eine mit etwas Dunkelgrünem gefüllte Plastikisolierflasche, die auf einem Stuhl stand, und ging drauf zu. Er stürzte in wenigen Sekunden die Hälfte des dickflüssigen Inhalts hinunter. Es linderte das trockene Gefühl in seiner Kehle, aber es schmeckte wie eine Tüte voll Rasenschnitt mit Dornbuschpulver. Kurz darauf fing sein Magen an zu rebellieren. Er wusste nicht, was sich in dem komischen Smoothie befunden hatte, und leider schien es seinem Körper ähnlich zu gehen.

Fisher sah ein Schild, das den Weg zu den Toiletten wies, und stolperte, Entschuldigungen murmelnd, weil er die Leute wie eine Flipperkugel auf Zickzackkurs anrempelte, darauf zu. Er trat durch eine der Bühnentüren hinaus in die Kulissen, folgte einem kurzen Gang und fand schließlich auf der linken Seite die Toiletten. Er betrat eine der Kabinen, kniete sich vor die Kloschüssel und atmete heftig. Nach ein, zwei Minuten beruhigte sich der Strudel in seiner Magengrube langsam. Er fühlte sich zwar nicht gerade toll, aber auch nicht mehr so, als würde gleich alles, was er heute gegessen hatte, den Rückweg antreten.

Nachdem noch ein paar Minuten vergangen waren, fühlte er sich wieder gut genug, um die Suche fortzusetzen. Fisher wollte sich gerade aufrappeln und auf die Party zurückkehren, als die Tür zu den Toiletten krachend aufflog.

»Ich kann das einfach nicht mehr«, sagte ein Junge mit zitternder, weinerlicher Stimme. »Woche für Woche wird es schwerer, die Wahrheit zu verbergen. Früher oder später werden die Leute dahinterkommen und dann kann ich meine Karriere vergessen.«

Fisher brauchte einen Moment, bis er die Stimme einordnen konnte: Es war Kasper Keels! Kein Zweifel. Fisher blieb, wo er war, und wagte kaum noch zu atmen.

»Du machst weiter, weil es das ist, wofür du bezahlt wirst«, schnauzte ihn die unverwechselbare Stimme von Bibi Bolitzki an. »Du wurdest sorgfältig ausgewählt, um die neue Teeniestar-Sensation zu werden, weil du wie ein griechischer Gott aussiehst und stundenlang am Stück lächeln kannst. Dass du einmal ein Autoradio zum Explodieren gebracht hast, bloß weil du mitgesungen hast, ist dabei völlig nebensächlich.«

Fisher fröstelte plötzlich. Kasper Keels war … eine Mogelpackung? Gab es denn gar nichts in dieser Stadt, das echt war?

»Du lächelst einfach weiter«, fuhr Bibi Bolitzki fort, »und bewegst die Lippen, ganz gleich welchen Popsong man dir vorsetzt, und ich kümmere mich darum, dass weiter die Gagen eintrudeln. Haben wir uns da verstanden?«

»Haben wir«, antwortete Kasper kleinlaut. Einen Moment später hörte Fisher die Tür wieder knallen.

Fisher verließ rasch und leise die Kabine. Er musste dran denken, was Veronica wohl von dem berühmten Kasper halten würde, wenn sie erführe, dass er ein Schwindler war, aber jetzt musste er sich erst einmal darauf konzentrieren, Zwo zu finden. Er bahnte sich gerade wieder den Weg auf die Bühne zurück, als er Amanda erblickte, die mit wütendem Gesicht an der Wand lehnte. Fisher drängelt sich zu ihr durch.

»Ich hab ihn gefunden«, sagte sie ausdruckslos.

»Hast du?«, rief Fisher. Er sah sich um. »Also, wo ist er?«

»Er kommt nicht mit«, sagte sie, und ihre Augen blitzten zornig. »Er meint, Hollywood ist jetzt sein neues Zuhause. Er hat zu mir gesagt, dass sein Leben in Palo Alto der Vergangenheit angehört und er es auch dabei belassen will.«

»Oh nein …« Fisher schluckte schwer und fuhr sich mit der Hand durchs Haar. »Los, komm – wir müssen versuchen, ihn zu überzeugen!«

»Vergiss es«, erwiderte Amanda mit versteinertem Gesichtsausdruck. »Die Sache ist geplatzt, Fisher. Du willst ihn zurückholen, dann kümmere dich selber darum.«

»Aber …«, sagte Fisher, kam jedoch nicht dazu, noch weiter zu protestieren. Amanda stieß sich von der Wand ab und schubste ihn aus dem Weg.

»Ich habe gesagt, *vergiss es*!«

Sie stürmte durch die Menge davon, während Fisher zurücktaumelte, über einen Klappstuhl stolperte und mit rudernden Armen in einen der Buffettische fiel.

Die dünnen Beine des Tisches gaben nach, und die Seite, auf der Fisher landete, krachte zusammen. Das andere Tischende schnellte hoch und schleuderte einen Schokocupcake durch die Luft wie einen 500-Kalorien-Federball. Das Törtchen klatschte auf den Rücken eines jungen Mannes, der in einem Dschungelforscherkostüm am anderen Ende des Buffets stand. Er drehte sich erstaunt um und schaute völlig empört Bibi Bolitzki an, die unschuldig die Hände hob.

Grinsend nahm der Mann ein kleines Himbeertörtchen vom Tisch neben sich und schleuderte es Bolitzki gegen die Stirn. Völlig baff rächte sie sich, indem sie dem Mann einen Krug Limo ins Gesicht schüttete. Fisher nutzte den Aufruhr, um sich davonzustehlen.

Während er das Weite suchte, fielen ihm noch zwei andere Schauspieler auf, die als Spione verkleidet waren – dunkle Anzüge, dunkle Sonnenbrillen, Knopf im Ohr – und etwas abseits der Menge standen. Bei ihrem Anblick zuckte Fisher zusammen, doch dann atmete er auf und rief sich in Erinnerung, dass er sicher war. Es waren bloß verkleidete Schauspieler.

Oder?

Er drehte sich um – und sah nochmals zwei wie Spione gekleidete Menschen.

Sie kamen entschlossen auf ihn zu und keiner von beiden hatte ein Getränk oder einen Teller mit Häppchen in der Hand. Sie drängten sich durch die Menge.

Fisher spürte seine Halsschlagader am engen Kragen seines Spionoveralls pulsieren. Er stürzte dorthin, wo die Menge am dichtesten war, rempelte Cowboys und Ritter an, Werwölfe und Androiden. Einige sprangen zu Seite und beschimpften ihn. Er bahnte sich den Weg durch einen Wald aus Beinen, schob und quetschte sich durch die engsten Zwischenräume, die er finden konnte, in der Hoffnung damit seine Verfolger, die viel größer waren als er, abzuhängen. Ein paar hastige Blicke über die Schulter zurück vermittelten ihm den Eindruck, dass sie zurückfielen. Fisher rannte weiter blind in die Richtung, von der er glaubte, dass sie ihn aus der *Bowl* führen würde.

Er wetzte die Ränge so schnell hinauf, dass die bunten Kostüme um ihn herum verschwammen. Schließlich hatte er die Menge hinter sich gelassen und wankte benommen aus einem der Eingänge der *Hollywood Bowl*.

Fisher rannte keuchend die Straße hinunter, als gerade ein Bus anhielt. Hastig erklomm er die zwei Stufen zur Tür, als sie aufging, und schaffte es, zwischen zwei Atemzügen »King … King of Holly … Hotel?« zu stottern.

»Ja, ja, steig nur ein, Junge«, sagte der kleine, grauhaarige Busfahrer und kicherte leise vor sich hin.

Fisher kramte in einer der Notfalltaschen seines Spionanzugs und stellte fest, dass er wie durch ein Wunder genug Kleingeld für die Fahrkarte hatte.

Er überlegte kurz, ob er noch nach Amanda suchen sollte, verbannte den Gedanken dann aber sofort wieder.

Amanda hatte sowieso einen Vorsprung und *sie* wurde nicht von Agenten verfolgt. Sie hatte bewiesen, dass sie eigentlich zu allem in der Lage war. Vermutlich war sie in der Zwischenzeit bereits zurück ins Hotel gejoggt. Außerdem musste sich Fisher schon genug Sorgen um sein Leben und das seines Klons machen.

Auf der Fahrt ins Hotel hielt er den Kopf gesenkt und die Beine angezogen. Er war wieder ganz allein. Wer auch immer hinter ihm her war, rückte ihm immer dichter auf die Fersen und sein Plan geriet langsam außer Kontrolle. Wenn er keinen Weg fände, Zwo zu schnappen und sich aus dem Staub zu machen, würde er wahrscheinlich irgendwo in Nevada in einem Gefängnis enden, das als verlassene

Scheune getarnt war. Und von Zwo würde vermutlich kaum mehr übrig bleiben als ein paar tausend Objektträger unter einem Mikroskop.

Was war bloß zwischen Zwo und Amanda vorgefallen, dass sie so verärgert hatte? Was konnte Fisher sagen, um Zwo doch noch zu überzeugen, mit ihm nach Hause zu kommen?

Und falls Zwo sein neues Leben wirklich nicht aufgeben würde … wäre Fisher dann gezwungen, seines aufzugeben?

DREIZEHNTES KAPITEL

Ich bin lieber von Fremden umgeben, die neugierig auf mich sind, als von Freunden, die sich nicht wirklich für mich interessieren.

Zwo, *Persönliches Tagebuch*

Die Scheinwerfer strahlten, die Kameras waren drehbereit und der Cateringtisch frisch aufgefüllt, es war ein betriebsamer Tag am Set von *Wilde Wissenschaft*. Dr. Teuflisch stand ganz ruhig da, während einer seiner »Bartboter« mit surrenden Armen um ihn herumschwirrte und ihm geschickt den Bart stutzte. Kleine Haarstücke flogen durch die Luft und bildeten um ihn herum eine wirbelnde dunkle Wolke.

Amanda stand absichtlich etwas von Fisher entfernt. Er war ihr am Abend zuvor kurz im Hotelflur begegnet, aber sie war an ihm vorbeigelaufen mit einem Gesichtsausdruck, der Tapeten hätte abziehen können, also hielt er lieber Abstand.

Wieder schaute die Klasse von den Rängen hinter den Kameras aus zu, während eine Schar Assistenten den Laboraufbauten noch den letzten Schliff verpassten. In dieser Folge würden auch Studiogäste auftreten, also plauderten die Schüler aufgeregt miteinander und versuchten Dr. Teuflischs Aufmerksamkeit auf sich zu ziehen, der sich noch immer rasieren ließ, in der Hoffnung sie würden dann als Freiwillige ausgewählt.

Das war's, dachte Fisher. Der letzte Tag in Los Angeles. Mit Geheimagenten in Anzügen, die ihm immer dichter auf den Fersen waren, und einem abtrünnigen Klon, der ganz versessen darauf war, ein Superstar zu werden. Wenn er heute nicht entschlossen handelte, wenn es ihm nicht gelang, sich aus dem tiefen schwarzen Loch zu ziehen, das er sich selbst gegraben hatte, dann würden dessen Wände einstürzen und ihn unter sich begraben.

Er war so in Gedanken versunken, dass er sogar FF unbeobachtet herumlaufen ließ. Das Schweinchen hatte wahrscheinlich schon wieder etwas gefunden, was es umwerfen oder durchkauen konnte, aber darum konnte er sich jetzt nicht kümmern. Noch gab es zwei Fisher, aber so wie sich die Dinge entwickelten, würden es schon ziemlich bald keinen mehr von ihrer Sorte geben.

Fisher blickt hinüber zu Amanda, die sich absichtlich so weit von ihm entfernt hingesetzt hatte wie nur möglich. Er hätte sie gerne gefragt, was genau Zwo zu ihr gesagt hatte, aber das wollte sorgfältig geplant sein, so reizbar wie sie war.

Veronica stand bei ihren Freundinnen und quasselte mit ihnen über Kasper Keels. Offenbar war für ihn ein Gastauftritt in einer der kommenden Folgen von *Wilde Wissenschaft* geplant. Fishers Blut begann zu sieden. Er wünschte sich, er hätte das Gespräch von Kasper und Bibi aufgenommen, das er zufällig mitbekommen hatte. Aber er war so perplex gewesen, dass er nicht einmal daran gedacht hatte, sein Aufnahmegerät rauszuholen.

Fisher suchte den Raum nach FF ab und entdeckte ihn schließlich, wie er hinter Dr. Teuflischs Labortisch hervorgetrabt kam. Dicht hinter ihm war Wally Wombat, der in dem Experiment am Tag zuvor angeblich die Glühbirne zum Leuchten gebracht hatte. Sie schienen eine Art Spiel zu spielen, bei dem sich FF immer nach Wally umsah, dann seine Vorderbeine ein paar Mal streckte, bevor er losrannte und dabei in die Luft hüpfte. Dann versuchte Wally es ihm nachzumachen.

Versuchte FF Wally etwa beizubringen, wie man flog?

Fisher schüttelte den Kopf und musste zum ersten Mal seit einer gefühlten Ewigkeit lächeln. Zumindest hatte FF Spaß in Los Angeles.

»Frau Snapper?«, sagte Lucy Fir und kam auf die Lehrerin zu.

»Ach, Frau Fir«, sagte Frau Snapper mit einem ausdruckslosen Lächeln. »Was kann ich für Sie tun?«

»Im Namen von *Wilde Wissenschaft* möchte ich Ihnen und Ihrer Klasse für Ihren Besuch danken und Ihnen dies hier überreichen«, sagte Lucy Fir und gab ihr ein gerahmtes und signiertes Foto von Dr. Teuflisch.

»Oh mein …«, sagte Frau Snapper, nahm den Rahmen und starrte auf das Bild darin. Ihr Gesicht fing an zu strahlen wie ein Weihnachtsbaum bei Überspannung. »Er versucht das mit dem versäumten Treffen wiedergutzumachen. Wie reizend!«

»Wie bitte?«, sagte Lucy verdutzt.

»Ach nichts, Frau Fir«, sagte Frau Snapper strahlend. »Vielen Dank!«

In diesem Augenblick flog die Bühnentür auf und hereingeschritten kam Bibi Bolitzki. Sie hatte einen himmelblauen Anzug an und trug Molly in einer kleinen, teuer aussehenden Tasche mit sich, die über ihrer rechten Schulter hing.

»Bitte«, trompetete sie an den nächsten Setmitarbeiter gerichtet, »informieren Sie Dr. Teuflisch, dass ich so bald wie möglich mit ihm über seinen Vertrag für *Wilde Wissenschaft* reden muss. Da muss etwas im Kleingedruckten korrigiert werden.«

Also war auch Dr. Teuflisch einer von Bibis Klienten. Kein Wunder, dass sie sich am Set herumgetrieben hatte.

Zu Fishers Schrecken erspähte Bibi ihn.

»Basley! Was für ein glücklicher Zufall!« Sie kam zu Fisher herübergestöckelt und hätte dabei beinahe einen der Beleuchter umgerannt. Vielleicht schränkte diese Sonnenbrille ihre Sicht doch ein.

»Äh, ja«, murmelte Fisher, »ich bin ein Bewunderer von Dr. Teuflischs Arbeit. Ich analysiere seine Show, um zu sehen, ob ich mir etwas von seinem – äh – Talent als Vorbild für meine eigene Arbeit nehmen kann.«

»Brillant!«, rief Bolitzki. »Hast du schon über das Geschäftliche nachgedacht, das wir bei unserem Treffen besprochen haben?«

Fisher spürte, wie sich die Blicke seiner Klassenkameraden auf ihn richteten.

»Na ja«, stammelte er, »ich hatte noch nicht die Zeit, darüber nachzudenken, aber ich lasse Sie wissen, wenn ich die Gelegenheit hatte, mit … äh, meinem Anwaltsteam darüber zu sprechen.« *Bitte hau ab*, dachte er. *Hau einfach ab.*

»Gib mir Bescheid«, sagte sie augenzwinkernd. »Es gibt viel zu tun, wenn wir aus unserem kleinen Freund einen Star machen wollen. Ich sehe für euch beide eine große Zukunft voraus und möchte jede Gelegenheit ergreifen, die sich für uns ergibt … Meine Güte!«, rief sie plötzlich. Dann bildete sie mit den Händen einen viereckigen Rahmen, durch den sie FF und Wally Wombat beim Spielen beobachtete. »Seht euch das an! Diese Chemie! Wie gut die beiden Persönlichkeiten harmonieren! Das filmische Potenzial!«

»Wie bitte?«, fragte Fisher und sah FF an, der Wally gerade mit der Schnauze anstupste, um ihn dazu zu bringen, höher zu springen.

»Diese beiden sind wie geboren für eine gemeinsame Leinwandkarriere. Sie könnten das nächste Luke-Skywalker-und-Han-Solo-Team sein.«

»Wenn … Luke und Han ein Schwein und ein Wombat wären«, sagte Fisher.

»*Genau*«, rief Bibi. »Jetzt hast du's verstanden.«

»Nein, nicht wirklich«, gestand Fisher, aber Bibi ignorierte ihn.

Mit einer Reihe von schrillen Kläffern sprang Bolitzkis Hund Molly aus ihrer Tasche und fing an, FF und Wally im Kreis herumzujagen.

»Schau!«, rief Bibi begeistert, »jetzt haben wir auch noch eine Leia! Ich bin ja so stolz auf dich, Mollychen!«

»Gut, ich … werde darüber nachdenken«, sagte Fisher. »Sieht so aus, als würde die Aufzeichnung gleich beginnen.«

»Aber lass dir nicht zu viel Zeit«, mahnte Bibi und half Fisher dabei, die herumtollenden Tiere vom Set zu scheuchen. »Es gibt jede Menge andere fliegende Schweine, die nur darauf warten, seinen Platz einzunehmen.« Sie sah auf die Uhr. »Tja. Es scheint, Dr. Teuflisch ist im Moment zu beschäftigt, um sich dieser *sehr wichtigen Angelegenheit* zu widmen«, sagte sie gereizt. »Dann gehe ich mal raus und erledige einige geschäftliche Anrufe, während ich warte. Vielleicht findet sich ja auch gleich der eine oder andere Job für unseren kleinen Freund hier!« Sie langte hinunter, um FF zu tätscheln, dessen schnappende Kiefer nur knapp ihre Hand verfehlten.

Wilde Wissenschaft wurde jeden Tag seltsamer. Dr. Teuflisch häufte einen Stapel Plastikrohre und fassförmige Behältnisse auf seinen Labortisch für den zweiten Teil der *Plumpbeutler und Kilowatt*-Folge. Die Klasse saß unruhig auf den Zuschauerrängen und sah ihm bei der Arbeit zu. Auch Fisher suchte sich einen Platz, während Wally, Molly und FF unter den Sitzen herumtollten.

»Es wird einen Augenblick dauern, bis alles aufgebaut ist«, verkündete Dr. Teuflisch vergnügt.

»Brauchen Sie Hilfe?«, fragte Frau Snapper und glitt an seine Seite. »Ich bin Ihnen gerne auf jede nur erdenkliche Art behilflich.« Sie klimperte so schnell mit den Augenlidern, dass es aussah, als versuche sie eine Luftströmung damit zu erzeugen.

»Äh … danke, aber nein«, sagte Dr. Teuflisch. »Das hier erfordert viel, ähm, Feinarbeit und Präzision.«

»Ich verspreche Ihnen, ich kann sehr behutsam sein«, erwiderte Frau Snapper und wich nicht von seiner Seite.

»Sooo!«, rief Dr. Teuflisch und wandte sich schnell von Frau Snapper ab, die ihn weiter sehnsüchtig anstarrte. »Ich denke, ich stelle dem Studiopublikum mal eine Frage! Wer errät, was ich da gerade zusammenbaue?«

Fisher wünschte sich, Dr. Teuflisch würde eine riesiges Katapult bauen, dann könnte er sich damit auf den Mond schießen.

»Es sieht aus wie eine Art Staubsauger«, sagte Sarah West und fuhr sich mit einer viel beringten Hand durch die pinkfarbenen Haarstacheln auf ihrem Kopf.

»Sehr gut!«, rief Dr. Teuflisch. »Genau das ist es. Für die Saugkraft verwende ich diesen herkömmlichen Rasenmähermotor«, erklärte er und hielt einen kleinen Motor hoch, der in einem großen Plastikbehälter untergebracht war. Der wurde nun mit verschiedenen Plastikrohren und Gummischläuchen verbunden. »Jetzt kommt der heikle Part – der Filter. Was macht man, wenn man gerade keinen zur Hand hat? Ihr werdet überrascht sein, was man stattdessen benutzen kann.«

»Ooh, ich liebe Überraschungen«, jauchzte Frau Snapper augenzwinkernd.

»Ja, sicher.« Dr. Teuflisch hüstelte. Er verkrümelte sich nach hinten zu seinen Tierkäfigen und zog den selbst gebauten Staubsauger hinter sich her, während er nervöse Blicke in Frau Snappers Richtung warf, als befürchte er, sie würde ihm folgen. Dann wandte er sich wieder an die Zuschauer. »Es hat sich herausgestellt, dass sich bestimmte Tierfelle besonders gut dafür eignen, Staub aus der Luft zu filtern.«

»Oh, Dr. Teuflisch!« Frau Snapper schlug die Hände zusammen, was ihre extralangen Perlenohrringe zum Schwingen brachte. »Woher wissen Sie bloß all diese Dinge?«

Frau Snappers Augen hefteten sich ganz fest auf ihn. Dr. Teuflisch wich zurück wie eine Antilope im Visier einer Löwin und mühte sich trotzdem, seine Demonstration über die Bühne zu bekommen.

»Bildung, Frau Snapper!«, rief er mit falscher Fröhlichkeit. »Schönheit macht wissen…, ich meine, Bildung macht schön! Wie auch immer…« Er räusperte sich und lächelte ins Publikum. »Wie schon gesagt! Staubsauger! Filter! Das Kaninchen ist ein Tier, dessen Fell sich hervorragend dazu eignet, Schmutzrückstände zu filtern. Seht her, die Natur in Aktion!«

Dr. Teuflisch betätigte einen Schalter und der Motor sprang an. Mit einer Hand griff er hinter sich, doch er langte nicht in den Kaninchenstall, sondern erwischte knapp daneben einen Waschbären. Bevor er seinen Fehler bemerkte, hatte er das Tier auch schon in eine kleine Kammer des Staubsaugers fallen lassen.

Dem Publikum stockte der Atem. Die Maschine fing an zu knattern und zu heulen. Fisher hörte den Waschbären in der Kammer herumkrabbeln, kratzen und sich gegen die Wände werfen. Der Staubsauger schlitterte vorwärts und fing an, hin und her zu hopsen und zu hüpfen, weil der Waschbär sich verzweifelt abmühte, aus seinem Plastikgefängnis zu entkommen.

Die Schläuche wirbelten wild herum, peitschten mit erschreckender Geschwindigkeit durch die Luft. Dr. Teuflisch konnte sich mit knapper Not wegducken und dem Staubsauger ausweichen, der Scheinwerfer und Tonequipment umriss und einen wahren Funkenregen auslöste. Frau Snapper kreischte und musste unter den Labortisch hechten, als ein völlig außer Kontrolle geratener Staubsaugerarm in ihre Richtung peitschte und ihr die Handtasche von der Schulter riss.

Die Filmcrew eilte herbei und versuchte, nah genug heranzukommen, um den Staubsauger packen zu können. Aber die herumsausenden Gummischlaucharme ließen sie rasch in Deckung gehen.

Mikroskope und Glaskolben flogen durch die Gegend, als die Höllenmaschine eine Schneise der Verwüstung durch Dr. Teuflischs Labor zog.

Fisher war von dem Anblick des Staubsaugers und der Menschenmenge, die versuchte, ihn zu fassen zu kriegen, so fasziniert, dass er gar nicht bemerkte, als Amanda ihren Platz verließ. Das geschah erst, als er sie auf die Bühne sausen, sich auf den Staubsauger stürzen und ihn in guter alter Ringermanier in den Schwitzkasten nehmen sah. Sie schaffte es, seine Schlaucharme so lange festzuhalten, dass Lucy Fir ihr beispringen und die Klappe öffnen konnte.

Ein völlig benommener Waschbär taumelte aus dem Plastikkorpus und wankte tapsend herum, bis er schließlich zusammenbrach.

»Oh, Dr. Teuflisch!«, rief Frau Snapper, eilte an seine Seite und ergriff seinen Arm. »Sind Sie in Ordnung?«

»Nein«, sagte er, atmete tief durch und schob sanft, aber resolut ihre Hand von seinem Arm, »aber ich werde es sein, wenn Sie mir die Ehre erweisen würden, mich in Ruhe zu lassen. *Dauerhaft.*« Er klopfte sich den Staub ab, während Frau Snapper hastig von ihm wich.

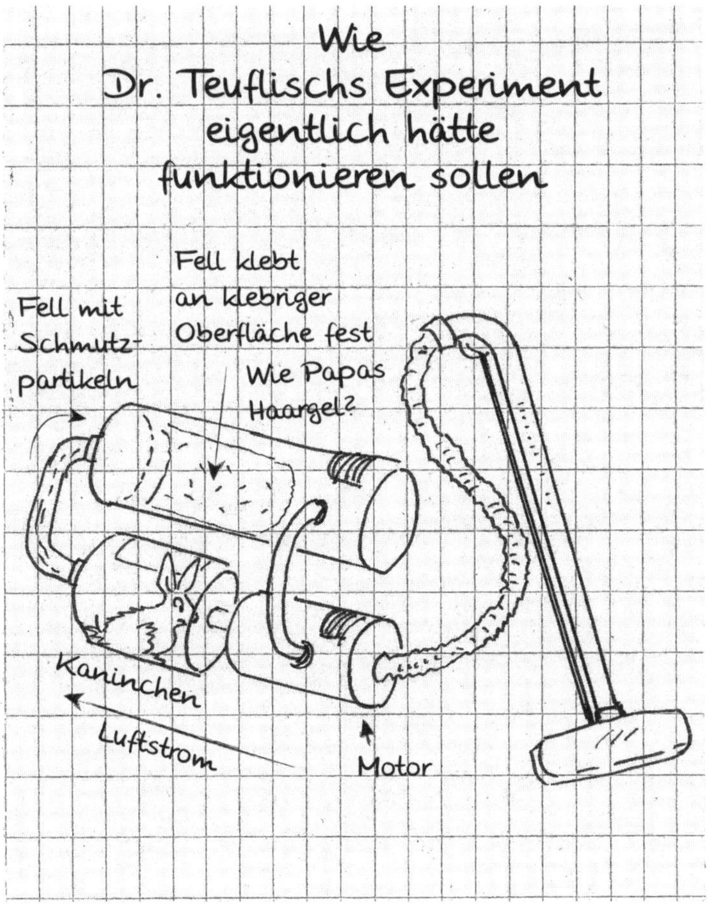

»Vielen Dank!«, sagte Dr. Teuflisch an Amanda gewandt, die heftig schnaufte und sich den Schweiß von der Stirn wischte. »Das sind ja ganz beeindruckende Fähigkeiten, über die du da verfügst. Ich nehme nicht an, dass du Interesse daran hast, bei *Wilde Wissenschaft* als Assistentin aufzutreten, oder?«

Amanda wollte gerade antworten, da mischte sich Frau Snapper mit heftig gerunzelter Stirn und zusammengepressten Lippen ein.

»Wenn ich bemerken dürfte, Fräulein Singer, wir kehren morgen nach Palo Alto zurück«, sagte Frau Snapper kalt. Sie starrte den Moderator finster an. »Ich fürchte also, Dr. Teuflisch, das wird nicht möglich sein.«

»Danke, Dr. Teuflisch«, sagte Amanda, achselzuckend, als Frau Snapper sie schon zurück zu den Rängen zog. »Aber in Naturwissenschaften bin ich sowieso nicht besonders gut.«

Er beugte sich vor und zwinkerte ihr übertrieben zu. »Ich auch nicht.«

Ein Mann kam auf Fisher zugestolpert. Eines der Plastikrohre, die für den Staubsauger verwendet worden waren, saß auf seinem Kopf fest.

»*Mmmrrrff! Mrrrf!*«, war alles, was Fisher hören konnte.

Besorgt darüber, dass der Mann vielleicht keine Luft mehr bekam, nahm Fisher einen Klappstuhl, stellte sich darauf und schaffte es mit Mühe, ihm das Plastikrohr vom Kopf zu ziehen. Zum Vorschein kam Henrys Gesicht.

»Henry!«, sagte Fisher. »Bist du okay?«

»Ja, danke«, antwortete der und schnaufte heftig. Fisher hüpfte wieder vom Stuhl und Henry ließ sich neben ihm zu Boden sinken. »Du hast nicht vielleicht Wally irgendwo hier rumlaufen sehen? Wir haben ihn aus den Augen verloren.«

»Vor einer Minute hat er noch mit meinem Schweinchen gespielt…«, antwortete Fisher und sah sich um. »FF? FF?« Weit und breit keine Spur von seinem Ferkelchen.

»Molly?« Im selben Moment gellte Bibi Bolitzkis schrille Stimme durch das Studio. Sie fiel auf alle viere und spähte unter die Ränge. »Hat irgendwer meine Molly gesehen?«

An eine Aufzeichnung war nicht mehr zu denken, weil die komplette Crew von *Wilde Wissenschaft* sowie alle Schüler der Wompalog-Schule und sogar Dr. Teuflisch selbst nun gründlich das Studio absuchten. Aber alle drei Tiere waren verschwunden. Es wurde langsam spät. Die Crew von *Wilde Wissenschaft* versicherte Fisher und Bibi Bolitzki, sie würden das Studiogelände und die Umgebung sofort absuchen, und schworen, dass sie FF und Molly noch vor Mitternacht finden würden. Und falls doch nicht, dann versprachen sie, die Polizei einzuschalten – was Fisher wenig tröstete.

Widerstrebend willigte er ein, mit dem Rest der Klasse ins Hotel zurückzukehren, obwohl ihm ganz schlecht vor Sorge war. Bibi Bolitzki verkündete mit Tränen in den Augen, dass auch sie nach Hause fahren würde, um sich etwas auszuruhen.

Nun waren es schon zwei Leute – genau genommen natürlich ein Mensch und ein Schweinchen, aber für Fisher war FF ein kleinerer rosaroter Mensch – die Fisher irgendwo in dieser riesigen Stadt finden musste. Und die ganze Zeit suchte irgendwer da draußen weiter nach *ihm*.

VIERZEHNTES KAPITEL

Die ganze Zeit drohen Leute damit, mich zu zerstören, also versuche ich es als Kompliment zu nehmen. Wenn jemand droht, dich zu zerstören, denkt er, du bist wichtig. Das kann dir das Gefühl geben, auch etwas Besonderes zu sein … Es sei, sie zerstören dich. Das solltest du vermeiden.

Vic Daring, *Der Lümmel aus dem All* (Band #45)

Beim Abendessen benutzte Fisher seine Gabel dazu, die einzelnen Zacken der Sternpommes abzutrennen, sie dann in der Hälfte durchzuschneiden und damit verschiedene geometrische Muster auf seinem Teller zu legen.

Er hatte noch nie an Karma geglaubt. Aber jetzt fragte er sich zum ersten Mal, ob er vielleicht dafür bestraft wurde, dass er Zwo geschaffen hatte. Fisher hatte einen Doppelgänger gewollt, um Aufmerksamkeit zu *vermeiden*. Aber Zwo befand sich noch keine Woche in Los Angeles und schon war er im Begriff, richtig berühmt zu werden. Die Leute hofierten ihn. Ältere Mädchen umschwärmten ihn. Kasper Keels persönlich blieb stehen, um ihm Hallo zu sagen. Bibi Bolitzki führte sich auf, als wäre sie gern seine Mutter.

Unterdessen verlor Fisher Veronica langsam, aber sicher an einen

Popstar, der seine schrecklichen Songs noch nicht mal selbst sang. Er wurde von Spionen kreuz und quer durch Kalifornien gejagt, und jetzt war auch noch sein bester Freund auf der Welt – und im Moment vermutlich auch sein *einziger* – spurlos verschwunden. Es wäre töricht, nicht anzunehmen, dass FFs Verschwinden etwas mit den Agenten zu tun hatte, die ihn verfolgten. Diese Schlussfolgerung half ihm aber kein Stück bei der Überlegung, was er jetzt *tun* sollte.

So oder so musste er aktiv werden, und zwar noch heute Nacht. Er würde allein losziehen müssen, ohne die Hilfe von Amanda oder sonst wem. Das hieß der Wildnis von Los Angeles nach Einbruch der Dunkelheit zu trotzen. Und falls die Crew von *Wilde Wissenschaft* FF derweil fand und bei Frau Snapper anrief, würde sie rausfinden, dass Fisher das Hotel ohne Erlaubnis verlassen hatte. Dann steckte er ganz tief in der Tinte.

Auch wenn Fisher keinen Bissen seiner Pommes mit Spezialsoße gegessen hatte, fühlte sich sein Magen an wie mit Zement ausgegossen. Jetzt wusste er, was es bedeutete, wenn die Leute davon sprachen, dass sie »am Tiefpunkt« waren. Es konnte nicht mehr schlimmer kommen. Zwo konnte überall sein. FF konnte irgendwo sein.

Fisher wollte gern glauben, dass die Agenten, die hinter ihm her waren, einem unschuldigen Tier nichts tun würden, aber wenn sie am helllichten Tag ein Kind verfolgten, dann konnte man nicht wissen, wie weit sie gehen würden.

Und dann stolzierte auch noch Kasper Keels durch die Tür herein und Fishers Laune rutschte endgültig in den Keller.

Alle kreischten und riefen. Keels war umgeben von seiner üblichen

Entourage aus Anhängern, Managern, Bodyguards und Agenten, die in ihre Handys quasselten. Bibi, darüber war Fisher sehr froh, befand sich nicht unter ihnen.

Fisher sah, wie Veronicas Augen sofort zu leuchten begannen. Als eilig ein Tisch für Kasper geräumt wurde, blickte Fisher zwischen dem Popstar und Veronica hin und her, dann seufzte er. Irgendwie hatte er seine einzige Verbündete verprellt, er hatte seinen Klon verloren und sein Untergang schien kurz bevorzustehen.

Fisher hatte das Gefühl, für ihn sei alles vorbei. Er hatte Zwo im Stich gelassen. Früher oder später würde die Existenz seines Doppelgängers ans Licht kommen und dann würde er seziert wie ein Frosch im Biounterricht und all das war Fishers Schuld. Und wenn das Geheimnis um Zwo erst einmal aufgeflogen wäre, dann würden sein Eltern ihn umbringen, noch bevor die Behörden ihn in die Finger bekämen. Oder ihn in ein Aquarium sperren zusammen mit dem musikalischen Tintenfisch. Was ungefähr genauso schlimm wäre.

Das Mindeste, was er mit der wenigen ihm noch verbleibenden Zeit tun konnte, war es, Veronica – die schöne, wundervolle, für ihn völlig unerreichbare Veronica – glücklich zu machen.

Fisher stand auf, ging am Tisch vorbei und nahm Veronicas Hand.

Er versuchte, das Beben zu ignorieren, das allein diese Berührung in ihm auslöste.

»Komm mit«, sagte er und zwang sich zu einem Lächeln. Er sah sich nicht mehr um, als er sie hinüber an Kasper Keels Tisch führte.

»Basley, Kumpel!«, rief Kasper, als Fisher an ihn herantrat.

»Hey, Kasper«, sagte Fisher und versuchte, denselben coolen Ton wie der Sänger anzuschlagen. »Ich dachte mir, ich mach dich mal mit einer Freundin von mir bekannt. Das ist Veronica.« Fisher trat einen Schritt zur Seite, und Veronica, die mit offenem Mund dastand, winkte kichernd. »Sie hat ein Händchen für Sprache«, fügte Fisher noch hinzu. »Vielleicht kann sie dir mit deinen Liedtexten helfen. Also dann, man sieht sich.«

Er drehte sich um und spürte, wie sein Herz verdampfte. *Ich weiß, was du bist, du mieser Schwindler,* dachte er so fest er konnte und stellte sich vor, Kasper Keels könnte es hören. *Ich mache das bloß, weil sie es so will. Besser, du enttäuschst sie nicht.*

»Das ging ja schnell«, sagte Trevor, der ihm entgegenkam, als er zu seinem Tisch zurückkehrte.

»Was?«, fragte Fisher irritiert.

»Ich hab dich doch vor zehn Sekunden oder so in die Toilette gehen sehen. Hast wohl bloß deine Frisur gecheckt, oder was?«

»Ich war nicht im … « Fishers Pulsschlag setzte komplett aus und

wummerte dann so heftig wieder los, als müsse er Kieselsteine durch seine Adern pumpen. *Zwo*, dachte er. »Äh, ja, stimmt«, verbesserte er sich und machte erst einen zögernden und dann einen schnellen Schritt zurück. »Meine Frisur. Ich sollte sie noch mal checken.« Dann sprintete er in vollem Tempo los.

Fisher stieß die Tür zur Männertoilette mit solcher Wucht auf, dass eine Fliese in der Wand sprang. Der Krach ließ den einzigen Menschen, der sich in dem Raum befand, zusammenzucken.

Ohne in den Spiegel schauen zu müssen, blickte Fisher in sein eigenes Gesicht.

»Du!«, flüsterte Fisher.

»Ja«, erwiderte Zwo mit unerbittlichem Gesichtsausdruck, »Ich. *Ich* bin hier, weil wir uns mal unterhalten müssen. *Ich* hab deine Lügen satt.«

»Was … meinst du damit?«, fragte Fisher. Sein Blick schnellte nervös zur Tür. Er hoffte, dass jetzt niemand auf die Toilette musste.

»Amanda hat mich gestern zur Rede gestellt«, sagte Zwo. »Sie hat mich gebeten, mit euch zurückzukommen.«

»Du *solltest* auch zurückkommen!«, rief Fisher. »Wir sind nah dran, aufzufl…«

»Ich bin noch nicht fertig«, unterbrach ihn Zwo. »Ich habe sie gefragt, wie lange sie schon gegen unsere Feinde kämpft und welche Schritte sie gegen die Wompalog und ihre Befehlshaber unternehmen wird. Und was sie denkt, wie wir Wachen entkommen könnten.«

»Und?«, fragte Fisher. Er hielt den Atem an und fürchtete sich vor den Worten, die aus Zwos Mund kommen würden.

»Und sie hat mich angeschaut, als sei ich durchgeknallt«, sagte Zwo. »Sie hat dann zwar noch versucht, es runterzuspielen, aber ihre erste Reaktion war eindeutig. Auf welcher Seite steht sie wirklich? Was bekämpfen wir in Wahrheit?«

»Sieh mal«, sagte Fisher, »ich hab dir doch erzählt, dass wir verfolgt werden, und jetzt hast du es selbst gesehen. Wir können die Details später besprechen. Jetzt müssen wir uns erst einmal darauf konzentrieren, nach Hause zu kommen, ohne dass wir erwischt werden!«

»Fürs Erste gehe ich nirgendwohin«, sagte Zwo, schritt an Fisher vorbei und legte die Hand auf die Türklinke. »Zuerst finde ich heraus, was hier los ist, mit oder ohne deine Hilfe.« Mit diesen Worten öffnete Zwo die Tür und stürmte hinaus.

»Warte!«, rief Fisher und wollte ihm schon hinterhereilen. »Das könnte unsere letzte…« Die Tür der Herrentoilette knallte einen Zentimeter vor Fishers Nase zu. Fisher realisierte, was passieren würde, wenn seine Klassenkameraden sie beide gleichzeitig sehen würden. Er hatte keine Wahl und verkroch sich in einer der Kabinen, wo er noch eine Weile vor sich hin schmorte.

Zwo nahm die Dinge selbst in die Hand. Fisher würde dasselbe tun müssen. Er mochte Zwo zwar belügen, aber er tat es um ihrer beiden Leben willen. Oder etwa nicht? Fisher ballte fest beide Fäuste, als er aufstand. Er hatte es satt, verfolgt zu werden. Er hatte es satt, herumschleichen zu müssen. Er hatte es satt, sich Amanda gegenüber erklären zu müssen. Aber am allermeisten hatte er es satt, ignoriert zu werden.

FÜNFZEHNTES KAPITEL

DIE LEUTE WUNDERN SICH, WARUM ICH OFT STUNDENLANG EINFACH NUR HERUMSITZE UND ÜBER DAS UNIVERSUM NACHDENKE. ICH WUNDERE MICH, WARUM DIE LEUTE SICH FERNSEHSENDUNGEN ANSCHAUEN, IN DENEN KANDIDATEN FÜR GELD DURCH RIESIGE IRRGÄRTEN AUS LEGOSTEINEN RENNEN. WIR HABEN EBEN ALLE SO UNSERE MACKEN.

Walter Bas

Fisher stieß die Toilettentür auf, als er dachte, es sei genug Zeit vergangen.

Voller Bedacht und Selbstvertrauen marschierte er zügig aus dem *King of Hollywood Hotel*, quer über den Platz davor und auf den Gehsteig hinaus.

Andere Hotels und Restaurants säumten die Straße im Umfeld des Hotels und Fisher schlängelte sich durch die dichte Menschenmenge. Er war sicher, dass sein Doppelgänger in seiner Wohnung steckte. Er wusste zwar noch nicht, was er tun würde, wenn er erst einmal dort wäre, aber er würde Zwo dazu bringen, mit ihm zurückzukommen, und wenn er ihn fesseln und in einen Seesack stopfen müsste.

Er würde auch FF aufspüren, auch wenn das hieß, dass er in jedes Lagerhaus und jeden Keller in ganz L. A. einbrechen müsste. Fisher rang allerdings noch immer mit der Frage, was er langfristig tun sollte. Die Leute, die hinter ihm her waren, würden nicht aufgeben, bis sie entweder das fehlende BWH gefunden hatten oder überzeugt davon waren, dass Fisher nichts mit der Sache zu tun hatte. Aber es gab kein BWH mehr, dass er hätte zurückgeben können. Das Einzige, was ihm einfiel, war, Zwos Existenz um jeden Preis geheim zu halten, bis die Agenten von seiner Fährte abließen. Aber was dann? Er konnte nicht einfach mit Zwo draußen herumspazieren. Und es sah nicht danach aus, als hätte Zwo Lust darauf, für den Rest seines Lebens ein Eremit zu werden.

Was hatte Zwo gesagt? *Weißt du, wir können uns nicht ewig wegducken.* Fisher wusste, dass er recht hatte. Als er Zwo geschaffen hatte, waren ihm nur die unmittelbaren Möglichkeiten im Kopf rumgeschwirrt, nicht die sich daraus ergebenden langfristigen Konsequenzen. Was würde in zwei Jahren sein, in fünf oder zehn Jahren? Was mochte passieren, wenn Fisher zu Hause ausziehen und zum Studieren weggehen würde? Konnte er wirklich erwarten, die Welt so lange über Zwos Existenz im Unklaren zu lassen?

Die einzige andere Möglichkeit, die Illusion von nur einem einzigen Fisher aufrechtzuerhalten, war, dass der Original-Fisher Palo Alto verließ. Wenn Fisher-Zwo einfach nicht verschwinden wollte, dann müsste eben Fisher-Eins abtauchen. Aber selbst wenn dieser Plan auch nur ansatzweise verlockend gewesen wäre, so glaubte Fisher nicht, dass er auch tatsächlich funktionieren könnte. Seine Eltern würden den Unterschied zwangsläufig bemerken.

Orte, an denen ich leben könnte, wenn Zwo ein Star wird:

Mars

Mond

Einsame Insel (Galapagos?)

Auf einem Floß treibend

Berghöhle

Antarktis

Eisscholle

Staatliche Haftanstalt

Dann blieb ihm noch die Option, die Wahrheit zu sagen.

Was ihn aber wieder direkt zurück zu dem Spionproblem brachte.

Mit anderen Worten, die Dinge wären genauso vertrackt wie zuvor.

Das *King of Hollywood* war in der Nähe der Melrose Avenue, einer der Hauptstraßen, die kilometerlang durch Los Angeles verlief. Wenn er sie lange genug entlangginge, würde er irgendwann zum Melrose Place kommen, wo er Zwo laut Bibi Bolitzki finden konnte.

Also ging er. Fisher wusste, dass er wahrscheinlich zu spät zurückkäme, aber wenn eine Standpauke von Frau Snapper das Schlimmste wäre, was ihm heute Nacht noch blühte, dann würde er es als Riesensieg verbuchen. Jetzt, wo Zwo abtrünnig und FF gekidnappt waren, kümmerten ihn Aufsichtspersonen, Stundenpläne und Bettgehzeiten nicht mehr sonderlich. Abgesehen davon, sollten seine Pläne missglücken und seine Verfolger ihn erwischen, dann standen die Chancen gut, dass ihn niemand an der Wompalog je wiedersehen würde, und dann könnte ihn auch niemand mehr zum Nachsitzen verdonnern.

Fisher vergrub im Laufen die Hände in den Taschen. Seine linke Hand streifte einen Zettel, der sich schon ziemlich alt und zerknüllt anfühlte. Er zog ihn heraus und faltete ihn auseinander. Die grelle Beleuchtung eines Rodeo-Themenrestaurants tauchte ihn in ein fades Rot.

Es war der Zettel, auf dem er seine Berechnungen für den ersten Kuss festgehalten hatte. Er blieb abrupt stehen und starrte auf die lange Reihe von Zahlenfolgen, Variablen und Gleichungen, die alle letztendlich zum abschließenden Wert *K* führten. *K* entsprach vermutlich der Anzahl der Sterne, die zum jetzigen Zeitpunkt am Himmel standen. Veronicas Zuneigung galt felsenfest einem Popstar, der nicht mal richtig singen konnte. Trotz der Ereignisse der vergangenen Wochen musste Fisher erkennen, dass sich daran nichts geändert hatte. Er war noch immer genauso sehr ein Niemand wie vorher.

Mit zitternden Händen fing er an, den Zettel zu zerreißen, bis nur noch eine Handvoll Streifen übrig waren. Dann drehte er die Streifen in seiner Hand und zerrupfte sie weiter, bis sie nur noch winzige viereckige Fetzen waren. Daraus machte er einen kleinen Stapel und verwandelte den Zettel mit einer letzten Handbewegung zähneknirschend in Konfetti. Er trat an den Bordstein und ließ es auf die Straße rieseln, ohne sich darum zu kümmern, ob ihn jemand dabei beobachtete und was dieser jemand dann denken würde.

Erst da bemerkte er aus dem Augenwinkel, dass ihn wirklich jemand beobachtete. Ein bisschen weiter unten auf der anderen Seite der hell erleuchteten Melrose Avenue stand ein schwarzer Wagen. Als Fisher seinen Kopf in dessen Richtung wandte, gingen alle vier Türen gleichzeitig auf.

Fishers Hirn blockierte, es arbeitete einfach nicht mehr, aber dafür übernahmen einfach seine Beine. Er rannte den belebten Bürgersteig entlang, wich den Passanten aus und schlitterte an Laternenpfählen vorbei. Über den Straßenlärm hinweg konnte er das Geräusch schneller Schritte knapp hinter sich ausmachen.

Fisher warf einen Blick zurück. Seinen Verfolgern in den schwarzen Anzügen – drei Männern, die alle ungefähr viermal so groß waren wie er – bereitete es viel mehr Probleme, sich durch die Menschenmenge zu schlängeln als ihm. Die Leute protestierten lautstark, als sie angerempelt wurden. Aber Fisher wusste, dass sie ihn früher oder später einholen würden.

Vor einem Eingang zu seiner Linken drängte sich eine dichte Menschenmenge, und er wand sich hindurch, wobei er in dem Gedränge beinahe zerquetscht wurde. Seine Nase fing an zu brennen, als sich ein dichter Teppich aus Parfüm und Rasierwasser auf ihn legte.

Er drängte sich durch die Menge, die so dicht stand wie Bäume im Regenwald. Gedämpft von der Menschenwand um ihn herum spürte er – mehr als dass er es hörte – ein mächtiges rhythmisches Stampfen und fragte sich, ob er immer näher an irgendeine Baustelle herankam. Fisher schlüpfte so schnell er konnte zwischen einem Pulk aus Beinen hindurch und hoffte, die Spione würden ihn in dem Chaos verlieren.

Plötzlich kam er aus der Menge hervor und fand sich in einem dunklen Raum wieder, der bloß von starken Lasern beleuchtet wurde, die im Rhythmus des Stampfens, das er schon vorher gehört hatte, herumwirbelten. Überall waren Leute, sie standen kunterbunt durcheinander, schwenkten die Arme und wippten zu dem schädelzerstampfenden Gehämmer.

Erst jetzt merkte Fisher, wo er war: in einem Club. Einen Moment lang war er wie hypnotisiert von den tanzenden Gästen, den zuckenden Lasern und dem Beat, der direkt in seinem Brustkorb zu entstehen schien. Aber bloß für einen Moment. Als er einen Blick zurück warf, sah er, dass sich seine Verfolger am Eingang durchrempelten.

Es war erst neun Uhr abends, früh für einen Ort wie diesen, und er hatte genug Bewegungsfreiheit, um sich schnell aus dem Staub zu machen. Aber leider konnte er dadurch auch leichter gesichtet werden.

Eine breite offene Tanzfläche dominierte den Hauptraum. Die einzigen Verstecke boten ein paar Säulen an den Wänden und die anderen Tänzer. Fisher schlängelte sich zwischen den herumwirbelnden Clubbesuchern durch und riskierte noch einen Blick zurück, genau als die vier Agenten sich ihren Weg in den Club gebahnt hatten. Sie teilten sich auf, schwärmten aus und schoben sich zwischen den Tänzern hindurch.

Fisher schlich sich mit wachsender Panik hinter eine Säule. Zwei der Agenten durchkämmten die Menge, die am Rande stand, und zwei suchten die Tanzfläche ab. Fisher konnte jede Sekunde entdeckt werden.

Er schlüpfte tiefer in den Raum hinein, wo es ziemlich schummrig war vom Rauch der Nebelmaschine. Als Fisher an der hinteren Wand angekommen war, tastete er sich seinen Weg daran entlang, auf der Suche nach einem Hinterausgang. Er bekam eine Klinke zu fassen und riss eine Tür auf. Dann schlüpfte er hindurch.

»Tja, wenn das nicht Fisher ist!«, rief eine vertraute Stimme. Fisher blickte auf und stellte fest, dass er sich in einer DJ-Kabine befand. Der kleine Raum wurde fast vollständig von einem riesigen Mischpult dominiert und einer großen Glaswand, hinter der man die Tanzfläche sehen konnte. Und auf dem Rollsessel hinter dem Mischpult saß Henry.

»Henry?!«, stieß Fisher aus, während der junge Mann, der mit einem Ohr in einen gigantischen Kopfhörer lauschte, an ein paar Knöpfen drehte.

»Ja«, sagte er, »das hier ist mein Nebenjob! Nicht schlecht, oder? Hey, sieht so aus, als hätten wir ein paar Neulinge auf der Tanzfläche!«

Er betätigte ein paar andere Regler, und mehrere helle grüne Scheinwerfer richteten sich auf die Mitte der Tanzfläche, wo sich die Agenten wieder versammelt hatten. Sie sahen sich verdutzt um, als die anderen Tänzer Platz machten, einen Kreis um sie herum bildeten und im Takt zum pulsierenden Beat in die Hände klatschten.

Die Spione waren ausgezeichnet darin, ihr Inkognito aufrechtzuerhalten, das musste Fisher zugeben. Alle vier legten mit wilden Tanzbewegungen los, inklusive Drehungen und aufeinander abgestimmten Kicks und *Saturday Night Fever*-mäßigen Posen.

»Alter!«, rief Henry und groovte auf seinem Stuhl mit. »Die Kerle haben ja Moves drauf! Ich frag mich, wer die sind?«

»Ja …«, sagte Fisher kopfschüttelnd, »… das frag ich mich auch.«

Die Spione tanzten so lange weiter, bis Henry die Scheinwerfer wieder ausschaltete. Nachdem sie flüsternd kurz ein paar Worte gewechselt hatten, zogen sie sich wieder in Richtung Einlass zurück. Entweder waren sie zu dem Schluss gekommen, dass Fisher während des Tanzes entwischt war, oder sie wollten nicht länger bleiben und noch mehr Aufmerksamkeit auf sich ziehen.

»Tja«, meinte Fisher, »ich sollte dann mal wieder los. Danke, Henry.«

»Wofür?«, fragte dieser.

»Oh, ähm …« Fisher zerbrach sich den Kopf nach der richtigen Formulierung. »Dafür, du weißt schon, dass du die hippsten Beats auflegst.«

»Ja, das ist, was ich mache, mein junger Freund!«, sagte Henry und wandte sich wieder seinem Mischpult zu. »Immer weiter rocken!«

Schließlich fand Fisher die Hintertür des Clubs. Zehn Minuten lang schlängelte er sich durch kleine Straßen und Seitengassen, bloß um sicherzugehen, dass er die Spione auch wirklich abgeschüttelt hatte.

Endlich konnte er wieder ruhig atmen, doch dann wurde ihm klar, dass er absolut keine Ahnung hatte, wo er sich befand. Und je mehr er darüber nachdachte, desto unwahrscheinlicher erschien es ihm, dass er Zwo finden würde, selbst wenn er je den Melrose Place erreichen würde. Und dann war da ja auch noch FF. Wenn er sich einen Moment die Zeit nahm, darüber nachzudenken, erkannte er das ungeheure Ausmaß seiner Aufgabe. Fisher hatte absolut keinen Hinweis auf den Aufenthaltsort des kleinen Schweinchens. Er könnte buchstäblich Jahre damit verbringen, diese Riesenstadt auf den Kopf zu stellen, ohne ihm auch nur nahe zu kommen.

Und sollte FF doch bloß mit den anderen Tieren ausgebüchst sein und wieder gefunden wurde, wollte er im Hotel sein, um die Neuigkeit sofort zu erfahren.

Abgesehen davon war es für Fisher eindeutig zu gefährlich, in den Straßen von Los Angeles herumzuspazieren, wo die Agenten noch immer die Gegend nach ihm durchkämmten. Er würde ins Hotel zurückkehren und sich dort eine neue Strategie zurechtlegen.

Er lief weiter die Straße hinunter und suchte nach einem Orientierungspunkt oder einer Telefonzelle oder nach jemandem, der ihm helfen würde, aber alle hetzten bloß an ihm vorbei, ohne ihn eines weiteren Blickes zu würdigen. Dann entdeckte er ein kleines Imbisslokal, dessen einfaches Neonschild in einem freundlichen, warmen Rostrot leuchtete.

Er schob die Glastür auf und ging an die Theke, wo er auf einem mit burgunderrotem Kunstleder gepolsterten Stuhl Platz nahm. Er hatte gerade genug Kleingeld, um sich eine Cola zu bestellen. Etwas Süßes würde ihm jetzt sicher guttun.

»Was darf's denn sein, Kleiner?«, fragte ihn die Bedienung hinter der Theke. Sie hatte ein hübsches, freundliches Gesicht, strahlend blaue Augen und hellbraunes, zu einem Knoten gebundenes Haar.

»Ich bekomme bloß eine …« Der Rest des Satzes blieb Fisher im Halse stecken, als er sie näher betrachtete. Dieses Gesicht *kannte* er doch. »Sie … «, sagte er und bekam ganz große Augen, »Sie sind die Frau aus der *Fleckweg*-Werbung!«

»Bekämpft Flecken im Nu«, sagte sie mit einer müderen, sarkastischeren Version ihrer Werbespot-Stimme. »Ja, das bin ich. *War* ich. Ich wurde ausgemustert, als die Firma sich entschloss, mit ihrer Werbekampagne eine andere Richtung einzuschlagen. Glücklicherweise habe ich noch ein anderes Engagement, das bald losgeht, damit ich endlich hier rauskomme. Ich heiße übrigens Jenny.« Sie tippte mit dem Fingernagel auf das Plastiknamensschild an ihrer verschlissenen Uniform. »Jenny Nichols.« Sie hielt ihm die Hand hin.

»Fisher Bas«, sagte Fisher und schüttelte ehrfurchtsvoll ihre Hand. Da war sie. Die Frau, die Zwo für seine Mutter hielt. Und die ganze Zeit versuchte Zwo an eine Rolle in einem *Fleckweg*-Spot zu kommen, weil er glaubte, das bringe ihn ihr näher. Aber da war sie und servierte Imbisse für ein paar Dollar Trinkgeld.

»Also, was machst du denn hier so ganz alleine?«, erkundigte sich Jenny und zapfte ihm ein großes Glas Cola. »Geht aufs Haus. Du siehst aus, als könntest du's brauchen.«

»Wow … danke«, sagte Fisher, ergriff den Strohhalm und nahm einen großen Zug. Die eiskalte Limo rann seine Kehle hinunter und verursachte einen leichten stechenden Kälteschmerz in seinem Kopf. Genau das, was er jetzt brauchte.

»Sind deine Eltern in der Nähe? Hast du keine Hausaufgaben zu erledigen oder so was?«

»Na ja, ich ...« Fisher hielt inne, senkte den Blick und seufzte. Wenigstens *einer* Person konnte er heute wohl die Wahrheit erzählen. Zumindest Teile davon. »Ich bin hier auf Klassenfahrt. Wir wohnen im großen *King of Hollywood Hotel.* Ich bin abgehauen und hab mich verlaufen.«

»Tja«, sagte sie, »zufällig endet meine Schicht in ein paar Minuten. Bleib einfach hier, relaxe und trink in Ruhe aus. Ich bring dich zurück, wenn ich hier fertig bin.«

»Danke«, sagte Fisher und stützte den Kopf in die Hand. Er hatte die zwei anstrengendsten Tage seines Lebens hinter sich – und angesichts einiger anderer Tage in der letzten Zeit, wollte das schon was heißen. Er rieb sich mit beiden Händen das Gesicht und versuchte, etwas von dem aufgestauten Stress loszuwerden. Er atmete langsam und tief durch und sein rasendes Hirn verfiel langsam in ein Traben und dann in ein Schlendern. Er würde schon einen Weg aus dieser Sache finden. Einfach ruhig bleiben, nachdenken und die beste Vorgehensweise festlegen. Sein Atem wurde noch ruhiger. Die Kälte in seinem Kopf ließ langsam nach ... jetzt wurde ihm warm ...

»Gut geschlafen?«

Fisher blickte überrascht hoch. Auf dem Stuhl neben im saß Zwo. Jenny Nichols war weg. Sonst war das Lokal leer.

»Zwo!«, rief Fisher. »Wie hast du mich gefunden?«

»Ich hab da so meine Möglichkeiten«, antwortete Zwo grinsend. »Komm, ich zeig dir, was ich entdeckt habe.« Zwo packte Fisher an der Hand und führte ihn in den hinteren Bereich des Lokals zur Küchentür.

»Du hast etwas in der Küche entdeckt?«, fragte Fisher verwundert.

»Wirst schon sehen«, erwiderte Zwo, und sie gingen hinein.

Fisher sah sich um. »Wow«, sagte er. »Das sieht ja genauso aus wie die Küche bei uns zu Hause. Also, was hast du entdeckt?«

»Das.« Zwo runzelte die Stirn und zeigte auf einen dunklen runden Klecks auf der Arbeitsplatte. »Das ist ein Fleck. Der macht mich noch irre. Ich muss ihn wegbekommen.« Mit diesen Worten holte er eine kleine Flasche Fleck-weg aus seiner Tasche, schnappte sich einen Lappen und fing an zu schrubben. Der Fleck ging nicht sofort weg, also schrubbte er immer fester, bis Fisher seinen Arm bloß noch verschwommen wahrnehmen konnte. Fisher hatte das Gefühl, er könne einen Anflug von Rauch riechen.

»Vorsicht«, warnte er.

»Ich muss diesen Fleck wegbekommen!«, sagte Zwo, diesmal nachdrücklicher, und schrubbte noch heftiger drauflos.

Die Arbeitsplatte fing an zu rauchen und zu knistern.

»Zwo, stopp! Das wird zu heiß!«, rief Fisher. Aber es war zu spät. Funken flogen durchs Zimmer, Feuerzungen leckten über den Boden und griffen auf die Wände über.

»Oh nein!«, sagte Zwo. »Wir brauchen Hilfe!« Er rannte zu einem Fenster und fing an, um Hilfe zu rufen. Fisher fiel auf, dass das Fenster auf eine breite Großstadtstraße hinausführte und sie sich hoch oben im zehnten Stock befanden. Aber Zwos Rufe wurden von Trompeten und Trommelgeräuschen übertönt.

»Schau!«, rief Zwo aufgeregt, während die Flammen immer näher rückten. »Da ist er!«

»Wer?«, fragte Fisher. »Woher kommt diese Musik?«

Daraufhin kletterte Zwo aufs Fensterbrett und sprang.

Fisher hechtete mit einem entsetzten Schrei zum Sims. Doch dann sah er, dass Zwo nicht in den Tod gesprungen war. Er saß stolz auf… FF. Nur dass FF so groß war wie ein Ackergaul, in der Luft schwebte und einen hautengen Superheldenanzug mit einem riesigen C auf dem Bauch anhatte.

»Das ist Champ Schnüffelschwein!«, rief Zwo. »Der waghalsige, verwegene Wohltäter, dessen tollkühne Taten die Anständigen vor dem Verderben bewahren! Los, Fisher! Spring!«

Fishers Augen tränten. Die Flammen krochen ihm praktisch schon den Rücken hoch. Er bekam kaum noch Luft.

»Spring, Fisher! Spring! Fisher!«

»Fisher.«

Fisher erwachte mit einem Ruck. Jenny rüttelte ihn sanft. »Wach auf. Du bist eingenickt.«

Fisher öffnete die Augen. Die kalte Theke bohrte sich leicht in seinen Hals. Er setzte sich auf, schüttelte den Kopf und versuchte den skurrilen Traum aus seinem Kopf zu verbannen. Es hatte sich alles so echt angefühlt … Er schauderte. Die Hitze und die Flammen.

»Danke«, sagte Fisher und rieb sich die Augen.

»Kein Problem, Fisher. Jetzt bringen wir dich erst mal zurück in dein Hotel.«

Das Bild von FF als riesigem Superhelden hatte sich in Fishers Kopf festgesetzt. Er hatte einen Kloß im Hals. Er wusste nicht, wohin das kleine Schwein verschwunden war, aber er betete darum, dass es in Sicherheit war. Und er wünschte sich, dass Champ Schnüffelschwein in diesem Augenblick auf dem Weg hierher wäre, um Fisher und Zwo zu retten.

SECHZEHNTES KAPITEL

Ich habe schon viele Leute davon reden hören, dass sie auf der Suche nach sich selbst seien. Ich glaube nicht, dass es das ist, was sie damit gemeint haben.

Fisher Bas, *Persönliche Aufzeichnungen*

Fisher trottete langsam den Hotelflur entlang, gefangen in dem nebelartigen Zustand zwischen völliger Erschöpfung und Adrenalintaumel. Er erreichte seine Zimmertür gerade, als die Schritte der Aufsichtsperson durch das Treppenhaus hallten. Er steckte seinen Chipkarteschlüssel in den Schlitz, machte die Tür so schnell und leise er konnte auf und schloss sie vorsichtig wieder hinter sich.

Fisher wollte das Licht nicht anschalten, also blieb er eine Weile stehen, bis sich seine Augen an die Dunkelheit gewöhnt hatten. Warren schlief und hatte sich ganz unter seiner Bettdecke verkrochen. Fisher schlich sich auf Zehenspitzen zu seinem Bett, schlug die Decke zurück und kroch in voller Montur darunter. Als er seinen Kopf aufs Kissen sinken ließ, stieß er einen tiefen Seufzer aus.

Da spürte er etwas unter seinem Kopf knirschen. Wahrscheinlich hatte Warren in Fishers Bett Chips geknabbert. Er setzte sich genervt auf und tastete nach dem Objekt des Anstoßes.

Aber es waren keine Chips. Es war ein Blatt Papier und es war auf dem Kissen festgeklebt worden.

Fishers Müdigkeit war sofort verflogen. Mit zitternder Hand schaltete er die Nachttischlampe an.

Die Nachricht war mit einem dicken schwarzen Stift und in kantigen Blockbuchstaben auf einen linierten Zettel geschrieben.

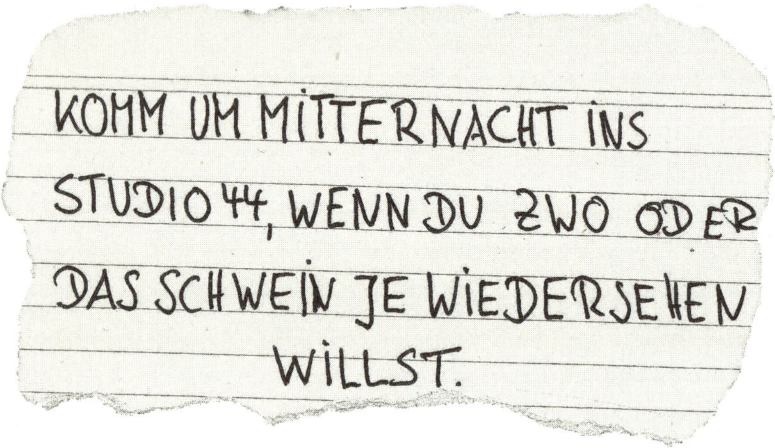

KOMM UM MITTERNACHT INS STUDIO 44, WENN DU ZWO ODER DAS SCHWEIN JE WIEDERSEHEN WILLST.

Fisher stockte das Herz. Dann fing es an zu rasen. Er hielt sich die Nachricht näher unter die Nase, als könne das ändern, was darauf geschrieben stand. Doch dieselben schrecklichen Worte starrten ihm entgegen.

Fisher sprang mit dem Zettel in der Hand aus dem Bett. Er dachte nicht mehr daran, leise zu sein, und rannte den Flur hinunter bis zu Amandas Zimmertür. Er pochte mit den Fingerknöcheln dagegen. Als sich nichts rührte, klopfte er noch ein bisschen lauter.

Die Tür schob sich langsam auf. Amanda hatte offensichtlich bereits geschlafen. Ihr Gesicht wirkte verknittert und sie blinzelte in das helle Licht der Flurbeleuchtung. Überraschenderweise war ihr Pyjama pinkfarben. Fisher hatte angenommen, Amanda würde in einer Schutzweste oder etwas in der Art schlafen.

»Fisher?«, fragte sie verschlafen. »Was willst du?«

Er reichte ihr den Zettel. »Das habe ich gerade auf meinem Kissen gefunden.« Er sah zu, wie sie die Nachricht las und ihre Verwirrung sich in blanke Angst wandelte. Fishers Herz schlug im Panikmodus.

»FF und Zwo sind ganz klar in Gefahr.« *Wieder*, fügte er in Gedanken hinzu. »Hör zu, ich muss ins Studio 44. Hilfst du mir?«

Eine Sekunde lang sah es so aus, als würde Amanda Nein sagen. Sie wandte sich von Fisher ab, sodass er bloß ihr Profil sehen konnte. Dann holte sie tief Luft, warf ihr Haar zurück und sagte: »Zwo mag ja vielleicht ein Blödmann sein, ein Großmaul und Möchtegernstar, aber er hat es trotzdem verdient, wenigstens seinen ersten Geburtstag zu erleben. Und ich werde nicht zulassen, dass FF etwas zustößt. Ich pack schnell ein paar Sachen zusammen. Wir treffen uns in fünf Minuten im Treppenhaus.« Sie verschwand wieder in ihrem Zimmer und machte die Tür so schnell zu, dass Fisher nichts mehr erwidern konnte. Er rannte zurück in sein Zimmer. All seine Erschöpfung war wie verflogen.

Exakt fünf Minuten später stand er wieder im Flur, seinen »Busch im Rucksack«-Prototyp über die linke Schulter geschlungen und auch sonst bepackt mit jedem nützlichen und halbnützlichen Gerät, das er in seinem Koffer hatte finden können.

Amanda erwartete ihn bereits. Sie hatte eine graue Jeans an, einen grauen Rolli und abgelatschte Turnschuhe. Statt ihrer üblichen Brille trug sie eine schnittige Sportbrille. Sie ließ ihre Fingerknöchel knacken und nickte Fisher zu.

»Können wir los?«, fragte sie.

»Auf geht's«, antwortete Fisher.

Amanda ging voran. Sie glitt geräuschlos durch den Flur und hielt nach herumschnüffelnden Aufpassern Ausschau, bevor sie vorsichtig die Tür zum Treppenhaus aufmachte. Fisher folgte ihr und gab acht, dass seine Turnschuhe nicht quietschten.

Sie erreichten die Hotellobby. Ein paar späte Gäste hatten sich um die Bar versammelt. Das Treppenhaus befand sich auf der einen Seite der großen Haupthalle zwischen der Eingangstür und den Aufzügen. Gegenüber war das mit Teppich ausgelegte Foyer, das zum Eingang des Restaurants führte.

»Warte«, zischte Amanda und hob die Hand. Sie machte zwei zögerliche Schritte aus dem Treppenhaus und sah sich rasch in der Lobby um, bevor sie wieder zu Fisher zurückkehrte. »Herr Dubel sitzt in einem der Sessel in der Lounge. Wir müssen vorsichtig sein.«

»Vielleicht gibt es noch einen anderen Weg hier raus?«, schlug Fisher vor. Amanda schüttelte den Kopf.

»Ich weiß, wo's langgeht«, sagte sie. »Versuch, an mir dranzubleiben, wenn du kannst.« Sie stieß die Tür auf und trat hinaus in die Halle. Fisher folgte ihr eilig, genau in dem Moment, als ein Gepäckwagen vom Aufzug zum Ausgang rollte. Amanda flitzte nebenher und passte sich seiner Geschwindigkeit an. Die Türme von Koffern und

Taschen schirmten sie komplett von der Lounge ab. Fisher hechtete hinter sie, und sie gelangten aus der Tür, ohne entdeckt zu werden.

»Es ist halb elf. Wenn wir zügig gehen, schaffen wir es genau rechtzeitig ins Studio«, sagte Amanda, als sie auf die Uhr schaute.

Fisher versuchte, sich an den genauen Aufbau des Studiogeländes zu erinnern. »*Wilde Wissenschaft* wird in Halle 43 aufgenommen. *Hier kommt Keel* nebenan auf 42. Also was ist in Studio 44?«

»Ich schätze, wir werden es herausfinden«, sagte Amanda grimmig.

Fishers Taschenriemen rutschte bei jedem eiligen Schritt auf seiner Schulter hin und her. Amanda war zwei Schritte vor ihm. Sie ging schnell und schwieg. Das Hupen und Brausen des Verkehrs hörte sich aus der Ferne an wie Unterwasseralarmsignale.

Sie kamen an Geschäftszeilen vorbei, die ihnen kilometerlang erschienen. Die Gäste eines Straßencafés warfen ihnen neugierige Blicke zu, als sie vorbeigingen. Fishers Augen scannten die Straße ununterbrochen nach einem Zeichen des schwarzen Wagens ab.

Zwo war erst seit weniger als einem Monat am Leben. In dieser Zeit war er gekidnappt, mit Folter und Tod bedroht worden und bei der Explosion des *TechX*-Gebäudes nur knapp der Vaporisierung entgangen, weil er sich durch Einfallsreichtum und mit viel Schwein hatte retten können. Nun sah es ganz so aus, als sei er schon wieder entführt worden und als stecke er vielleicht in noch größerer Gefahr als beim letzten Mal.

Und das alles innerhalb von wenigen Wochen.

Als Fisher Zwo geschaffen hatte, war sein Doppelgänger für ihn nichts weiter als ein Mittel zum Zweck gewesen. Ein Ding wie alle anderen technischen Spielereien in seinem Labor, die einem bestimmten Zweck dienen sollte. Es war ihm nie in den Sinn gekommen, dass der Klon versuchen würde, ein eigenes Leben zu führen.

Fisher verspürte ein stechendes Schuldgefühl. Er musste daran denken, was der böse Dr. X kurz vor der Explosion von *TechX* zu ihm gesagt hatte: *Du und ich, wir sind gar nicht so verschieden.*

Konnte es sein, dass Dr. X recht gehabt hatte?

Fisher verbannte den Gedanken aus seinem Kopf, als sie das riesige Studiogelände erreichten, wo ihre Schritte leise auf dem Asphalt widerhallten. Lediglich eine schwache Sicherheitsbeleuchtung erhellte die Anlage. Weit und breit waren keine Wachleute in Sicht. Fisher fragte sich, ob jemand dafür gesorgt hatte, dass das Gelände leer war, und schauderte.

Dann wurde in der Ferne ein Licht angeknipst. Fisher und Amanda erschraken beide so sehr, dass sie einen Satz machten. Eine kleine Lampe an der Seitenwand des Hauptstudiogebäudes, genau über einer roten Seitentür.

»Ich schätze, dass ist unsere Einladung«, murmelte Amanda. Fisher fand, dass sie nervös klang, aber sie marschierte tapfer weiter. Obwohl sich Fishers Beine bleischwer anfühlten, schien es ihm, als legten er und Amanda die Strecke bis zum Gebäude viel zu schnell zurück. Über ihnen blinkten die Lichter eines tief fliegenden Flugzeugs, und Fisher wünschte sich nichts sehnlicher, als jetzt in diesem Flieger zu sitzen. Er wäre jetzt lieber überall, als hier – auf diesem verwaisten Gelände, wo er sich einer geheimnisvollen Tür näherte.

Amanda atmete tief durch und machte vorsichtig die Tür auf.

Im Inneren des Gebäudes war es sehr dunkel und sie konnten bloß einen schmalen Gang erkennen. Amanda gab Fisher ein Zeichen, dass er ihr folgen sollte. Die Atmosphäre in dem düsteren Gang war bedrohlich; Fisher hatte das Gefühl, als rückten ihm die Wände von allen Seiten immer näher.

Dann spuckte sie der Gang ganz plötzlich in einem riesigen Raum aus. Hoch oben über ihren Köpfen an der gewaltigen Decke brannten ein paar schwache Lampen, und im Halbdunkeln konnte Fisher eine enorme Studiobühne sehen, die so aussah, als sei sie übersät von Hügeln und Haufen aus Schrott und Gerümpel, von denen manche fast so hoch waren wie ein Haus.

Amanda blieb abrupt stehen und Fisher wäre beinahe in sie hineingelaufen. Sie zog ihn hinunter in die Hocke.

»Was ist?«, flüsterte er ihr ins Ohr.

»Eine Bewegung links«, wisperte sie und hielt dann einen Moment lang den Atem an. »*Und* rechts.«

Kaum sichtbare Gestalten, nicht mehr als sich abzeichnende Schatten, tauchten aus der Dunkelheit auf: zwei von links und eine von rechts. Handlanger der Entführer?

Zwergen-Handlanger? Die Gestalt rechts war sehr klein.

»Hallo?«, rief eine Männerstimme. Sie klang vertraut.

»Wer … wer seid ihr?«, rief die winzige Person rechts, und Fisher war noch verdutzter als zuvor. Er kannte diese Stimme. Es war Kasper Keels.

Keels trat in einen Lichtkreis. Amanda stieß einen überraschten Schrei aus.

»Kasper?«, rief die dritte Person und trat vor. Es war Bibi Bolitzki. Der Mann bei ihr war Dr. Teuflisch.

»*Was* geht hier vor?«, fragte Amanda, die aufgesprungen war, weil ihr der Geduldsfaden gerissen war. Kasper Keels fiel vor Überraschung fast hintenüber, und Dr. Teuflisch versteckte sich hinter Bibi Bolitzki, die mit aufgerissenen Augen erstarrte. Sie sah aus, als hätte jemand einen Eimer Wimperntusche über ihr Gesicht gekippt.

»Du?«, sagte Dr. Teuflisch. »Du bist das Mädchen, das den Staubsauger überwältigt hat.«

»Basley«, riefen Bibi und Kasper einstimmig, als auch Fisher vortrat.

»Was macht ihr hier?«, fragte Fisher in die Runde.

»Ich habe einen Drohbrief bekommen«, sagte Dr. Teuflisch. Er sah sich verwirrt blinzelnd im Raum um. »Es hieß, wenn ich nicht hier auftauche, dann würde man mich auffliegen lassen.«

»Auffliegen lassen? Warum?«, fragte Amanda und runzelte die Stirn.

Selbst in der Dunkelheit war sichtbar, wie Dr. Teuflisch rot wurde. »Was ich sagen wollte, ist … dass man meine jüngsten *Forschungsergebnisse* preisgeben würde«, erklärte Dr. Teuflisch hastig und hüstelte. »Ich habe an einer revolutionären neuen Form der … Protein, äh, Synapse gearbeitet.«

»Sie meinen Synthese?« Fisher zog die Augenbraue hoch.

»Richtig, natürlich«, sagte Dr. Teuflisch schnell und fuhr sich nervös mit der Zunge über die Lippen.

Bibi Bolitzki meldete sich zu Wort. »In meiner Nachricht hieß es, dass sie meine kleine Molly haben!«, jammerte sie und musste die Zähne zusammenbeißen, weil ihr wieder die Tränen in die Augen traten. »Und dass ich sie niemals wiedersehen würde, wenn ich nicht herkäme! Sie ist doch noch so klein! Was sind das nur für Monster! Sie hat eine große Karriere als Star vor sich. Ich kann mir nicht vorstellen, ohne sie weiterzumachen!« Als sie zu schluchzen begann, klopfte ihr Dr. Teuflisch ein paar Mal matt auf den Rücken. »Ich bin beim Reinkommen mit Dr. Teuflisch zusammengestoßen«, sagte sie, als sie sich wieder etwas unter Kontrolle hatte. »Ich hätte ihm vor Schreck beinahe mit meiner Handtasche die Zähne ausgeschlagen.«

»Durch das Herumwursteln im Labor von *Wilde Wissenschaft* bin ich mittlerweile ganz gut im Wegducken«, sagte er mit einem matten Lächeln, in dem Versuch, die Stimmung etwas aufzuheitern.

»Und was ist mit dir?«, fragte Fisher und schaute Kasper Keels streng an.

»Oh, äh«, fing der an und kratzte sich am Hinterkopf, »in der

Nachricht drohte man mir mit Erpressung …« Seine Stimme wurde weinerlich und er schaute nervös zu Bibi Bolitzki hinüber. Fisher sah, dass sie fast unmerklich den Kopf schüttelte.

»Das ist lächerlich«, sagte sie nachdrücklich. »*Du* hast nichts zu verbergen.«

»Nein, nein, natürlich nicht«, stammelte Kasper eifrig. »Ich … habe wirklich keine Ahnung, was die Nachricht bedeuten soll. Ich bin hergekommen, um es herauszufinden.«

Fishers sah Keels finster an. Er wusste genau, was Kaspers Geheimnis war. Wenn er nicht selbst ein so großes Geheimnis zu verbergen hätte, würde er den Popstar dazu zu drängen, die Wahrheit zu offenbaren.

»Was ist mit dir, Basley?«, erkundigte sich Keels wie aufs Stichwort.

Fisher merkte, wie Amanda neben ihm den Atem anhielt.

»Ich … mache in meiner Freizeit gern wissenschaftliche Experimente«, sagte Fisher. »Eines davon hat zu ein paar unangenehmen Ergebnissen geführt. Ich möchte nicht, dass sie bekannt werden.« Fisher wurde langsam ziemlich gut im Fast-gar-nicht-richtig-Lügen.

»Wer könnte uns hierher gelockt haben?«, fragte Bibi Bolitzki und blickte sich auf der überladenen Studiobühne um. »Wer ist so herzlos und entführt meine arme kleine Molly?«

»Und was in aller Welt soll das hier sein?«, fragte Dr. Teuflisch.

Bevor jemand diese Frage beantworten konnte, warnte sie ein Klirren vor und gab ihnen eine halbe Sekunde Zeit, bevor die Scheinwerfer voll aufgedreht wurden. Einen Moment lang sah Fisher bloß noch weiß.

Dann, nachdem sich seine Augen an das Licht gewöhnt hatten, wünschte er, die Scheinwerfer wären ausgeblieben.

SIEBZEHNTES KAPITEL

Beruhigt euch, meine Freunde. Das ist nicht der richtige Augenblick, um in Panik zu geraten.

Hal Torke, kurzfristiger Mitstreiter von Vic Daring, Sekunden bevor er von einem Weltraummonster gefressen wurde

Fisher hatte das Gefühl, in einem gleißenden Albtraum gelandet zu sein. Mit Zischen, Knirschen und dem tiefen Brummen von riesigen Elektromotoren entfaltete sich die Studiobühne vor ihnen.

Nein. Sie *baute* sich vor ihnen *auf.*

Da war das Surren von Servomotoren, das leise Quietschen von Metall, das über Metall kratzt, und was zuvor wie riesige Schrotthaufen ausgesehen hatte, verwandelte sich stattdessen in mechanische Monster.

Bäume aus Metall, zehn Meter hoch mit Ästen aus Stacheldraht, die hin und her peitschten wie die Lappen einer dämonischen Autowaschanlage, umringten die Gruppe soweit das Auge reichte. Ein Wald aus tödlichem Stahl. Lianenartige Sträucher tauchten auf, jeder gespickt mit Stacheln, deren Spitzen von einer grünen Flüssigkeit überzogen waren. Riesige Venusfliegenfallen ploppten aus dem Boden und schnappten mit ein Meter breiten Mäulern und knochenzermalmendem Getöse nach ihnen.

Robotermonster streiften zwischen den tödlichen Metallpflanzen herum. Ein mechanischer Tyrannosaurus stakste herum und schwenkte seinen autogroßen Kopf mit glühenden rubinroten Augen auf der Suche nach Beute hin und her.

Da waren auch Roboter, die fast wie Menschen aussahen und aus deren Armen und Oberkörpern die verschiedensten Waffen sprossen. Sie kamen ihm seltsam bekannt vor, aber Fisher war zu entsetzt, um sich zu fragen, warum. Es gab kein Entrinnen. Die Maschinen näherten sich zwar noch nicht, aber Fisher konnte sich vorstellen, dass ihnen nicht mehr viel Zeit bliebe.

Alle fünf – Bibi, Dr. Teuflisch, Kasper, Amanda und Fisher – hatten automatisch einen engen Kreis gebildet. Fisher überraschte es, dass er instinktiv die Fäuste geballt hatte. Wann hatte er zuletzt seinen Kampf- und nicht bloß seinen *Flucht*instinkt gespürt.

»Was … ist das??«, brachte Dr. Teuflisch quiekend heraus.

»Ich … ich habe einen Trailer davon gesehen.« Fisher war überrascht, dass er überhaupt noch einen vollständigen Satz bilden konnte. »Das ist diese neue Realityshow: *Sci-Fi Survivor*. Sie funktioniert wie eine Art Schaukampf. Die Kandidaten müssen Rätsel lösen und sich bis zum Ende durchkämpfen. Aber … aber in dem Werbespot hat es leicht ausgesehen. Gummipfeile. Becken voller Schaum. Hier stimmt was nicht.«

»Wie groß ist das hier?«, kiekste Amanda.

Ein leises Knacken drang durch das Maschinenbrummen im Hintergrund.

»Ich an eurer Stelle würde mich nicht um solch triviale Fragen kümmern«, dröhnte die Stimme eines Mannes über die Lautsprecher und ließ alle verdutzt zusammenzucken. »Dieser Ort hier ist genauso groß, wie es für meine Zwecke vonnöten ist.«

Alle wandten sich einander zu und sahen sich fragend an.

»Oh«, fuhr die Stimme heiter fort, während die Robotermonster sie weiter umkreisten, »verzeiht, ich habe mich noch gar nicht vorgestellt. Ich bin der Produzent. Ich habe euch alle hierher beordert. Lasst mich euch ins Bild setzen, was euch erwartet. Kurz gesagt werdet ihr einmal über meinen kleinen Spielplatz tollen und ich werde euch dabei zusehen. Und mich wahrscheinlich köstlich amüsieren.«

»Warum sollten wir das tun?«, rief Amanda. »Wer sind Sie? Was wollen Sie von uns?«

»Um deine Fragen in umgekehrter Reihenfolge zu beantworten«, sagte der Produzent, »meine Gründe gehen euch nichts an, meine Identität zu kennen, wird euch nicht helfen, und ihr werdet tun, was ich sage, denn wenn ihr es nicht tut, werdet ihr alle sterben. Natürlich werdet ihr wahrscheinlich auch so sterben, aber wenn ihr euch weigert zu kooperieren, dann sterbt ihr *auf jeden Fall.* Ich habe meinen ... *Kreaturen* noch nicht den Befehl gegeben anzugreifen. Euch bleiben noch dreißig Sekunden, bis ich es tue.«

»Da...da ist ein Dinosaurier und er starrt mich an«, krächzte Dr. Teuflisch.

»Irgendein Roboter-Ding hat mich im Visier«, sagte Amanda mit panischer Stimme und zupfte an Fishers Ärmel. Er folgte ihrem entsetzten Blick. Der Roboter sah Amanda mit einem einzelnen blauen Auge starr an.

»Zehn Sekunden«, verkündete der Produzent.

Die Bäume fingen an zu zittern und zu schwanken, Äste peitschten durch die Luft. Die Venusfliegenfallen schnappten mit ihren Mäulern wie Kastagnetten.

»Stillhalten«, murmelte Fisher eindringlich. »Keiner rührt sich, bis ich es sage. Dann verteilen wir uns, okay?«

»Verstanden«, sagte Amanda.

»Gut«, sagte Dr. Teuflisch. Bibi Bolitzki gab ein Wimmern von sich, dass sich wie ein Ja anhörte.

»Kasper?«, hakte Fisher nach. »Hast du mich gehört? Kasper!«

»J...j...j...ja«, gelang es Keels zu stottern.

»Fünf, vier, drei, zwei... eins«, zählte der Produzent den Countdown. Sein fieses Lachen hallte über die Lautsprecher. Einen Moment lang flackerte eine Erkenntnis am Rande von Fishers Bewusstsein auf... Auch das Lachen kam ihm bekannt vor...

Aber er hatte keine Zeit, darüber nachzudenken.

Der Tyrannoboter kam auf sie zugestampft, sein Körper schwankte hin und her. Der Roboter mit dem blauen Auge setzte sich in Bewegung und raste auf Amanda zu.

»Noch nicht«, sagte Fisher.

»Fisher …«, zischte Amanda nervös.

»Noch nicht …«, befahl Fisher.

»Basley!«, kreischte Bibi.

»Noch nicht …« Fisher musste sich selbst zwingen, an Ort und Stelle stehen zu bleiben.

Der mechanische Dinosaurier riss das Maul auf und Reihen gezackter Stahlzähne wurden sichtbar. Der Roboter raste nun mit Vollgas auf sie zu … drei Meter … zwei …

»JETZT!«, brüllte Fisher und hechtete zur Seite. Alle fünf stoben in verschiedene Richtungen auseinander und der rasende Roboter prallte mit dem Tyrannoboter zusammen. Dabei riss der Riesenzahn des Dinosauriers seine Kontrollkapsel ab. Funken sprühend knallte der Rumpf in die Beine der Riesenechse und riss sie unter ihm weg. Der Tyrannoboter stürzte schwer zu Boden. Rauch stieg auf und Funken sprühten aus beiden Maschinen.

»Okay!«, rief Amanda keuchend über den Lärm der anderen Maschinen hinweg.

»Was jetzt? Wohin sollen wir gehen?«

Bevor einer von ihnen antworten konnte, zischte ein unscharfer pinker Schatten aus den Bäumen herunter, schoss zwischen Fishers Beinen hindurch und weiter in die mechanische Wildnis.

»FF!«, rief Fisher und stürzte hinter ihm her. Die anderen folgten ihm, seinen Namen schreiend – »Fisher!« – »Basley!« –, und wichen peitschenden, messerscharfen Ästen und sich windenden elektrischen Schlingpflanzen aus.

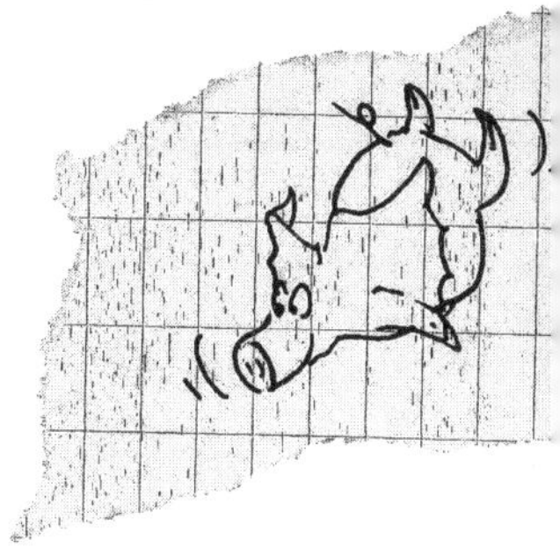

FF legte seinen eigenen Kurs fest, trippelte panisch weiter und schlängelte sich zwischen den mechanischen Wesen hindurch. Fisher wusste nicht, wie er entkommen war, aber angesichts der heldenhaften Taten des kleinen Kerls bei *TechX* überraschte es ihn kaum. Vielleicht versuchte er, sie zu Zwo und Molly zu führen.

Plötzlich kam ein riesiger Android hinter einem Baum hervor, aus jedem seiner Arme schoss eine meterlange Peitsche. Fisher hielt abrupt an und auch seine Mitstreiter kamen schlingernd um ihn herum zum Stehen.

Der Android kam immer näher und knallte abwechselnd mit seinen Peitschen. FF war wimmernd und zitternd vor ihnen stehengeblieben.

»Oh nein, oh nein, oh nein …«, sagte Keels immer wieder.

»Halt die Klappe!«, blaffte Amanda ihn an. »Alle ausschwärmen. Wir müssen ihn verwirren.« Als sich niemand rührte, sagte sie schnell: »Hört zu, ich weiß, was ich tue. Ich schau mir oft Actionfilme an – aaah!« Kaum hatte sie die Worte ausgesprochen, wickelte sich eine Peitsche dreimal um ihre Taille, fesselte ihre Arme am Körper fest und riss sie von den Füßen.

»Amanda!«, schrie Fisher. Die andere Peitsche schnellte in einer flüssigen Bewegung vor, wickelte sich um Keels und schleuderte ihn zu Boden. Der Popstar kreischte vor Entsetzen.

Der Roboter setzte zurück und zog seine beiden Opfer hinter sich her.

»Los!« Fisher stürmte hinterher.

Er packte die Peitsche, die Amanda gefangen hielt. Die Peitsche war aus dickem, aber flexiblem Stahl. Fisher konnte nicht darauf hoffen, sie aufbiegen zu können. Aber Fishers zusätzliches Gewicht brachte den Android einen Augenblick ins Straucheln. Als Fisher das sah, rief er: »Teuflisch, schnappen Sie sich die andere Peitsche!«

Dr. Teuflisch zitterte sichtbar am ganzen Körper, aber er machte zwei große Schritte nach vorn und packte die Peitsche, die sich um den wimmernden Kasper gewickelt hatte. Er war viel größer als Fisher und der zusätzliche Widerstand brachte den Roboter abrupt zum Stehen.

»Er sitzt fest!«, rief Fisher. »Wir sind zu schwer für ihn!« Er sah sich hektisch um. »Ziehen Sie ihn nach links … *Links*, Doktor! Das andere Links!«

Indem Fisher in eine Richtung zerrte und Dr. Teuflisch in die andere, gelang es ihnen, den sich sträubenden Androiden herumzudrehen. Nur ein paar Meter hinter seinem Rücken waren nun die schnappenden Kiefer der Venusfliegenfalle. »Bibi, schubsen Sie ihn an!«

Bibi Bolitzki machte erst ein paar langsame, zögernde Schritte, dann aber stützte sie die Hände gegen den Körper des Androiden und half Fisher und Teuflisch tatkräftig bei ihren Bemühungen.

»Das ...«, presste sie zwischen zusammengebissenen Zähnen hervor und schob an, während Fisher und Teuflisch zogen, »ist ...«, der Android war gezwungen, einen Schritt zurück zu machen, dann noch einen, »... für ...«, Fisher zerrte mit aller Kraft an dem Roboter, »... *Molly!*«

Mit einem letzten Stoß von Bibi Bolitzki stürzte der Android rückwärts in das offene Maul der Venusfliegenfalle. Sie schnappte zu und ein schreckliches malmendes Geräusch erfüllte den Raum. Die Venusfliegenfalle versprühte zischend Funken, als der Körper des Androiden von seinen Beinen getrennt wurde. Die Peitschen erschlafften, und Amanda, die die ganze Zeit nicht aufgehört hatte, dagegen anzukämpfen, entwand sich dem nun losen Griff. Kasper Keels lag reglos da.

»Kasper!«, schrie Bibi und sank neben ihm auf die Knie.

»Ist er tot?«, fragte Dr. Teuflisch mit weit aufgerissenen Augen. »Schwer verletzt?«

»Nein«, sagte Bibi, »bloß ohnmächtig.« Sie tätschelte ihm ein paar Mal die Wange. »Kasper! Kasper! Wach auf! Ja, so ist es gut.«

»Ich hatte den schrecklichsten Albtraum«, sagte Kasper benommen. »Ich habe geträumt, dass wir in diesem schrecklichen Todeslabyrinth gefangen sind, das ...«

Er setzte sich auf und sah sich um. »Oooough!« Als hätte jemand den Stecker gezogen, fiel er wieder in Ohnmacht und kippte wie ein Sack Kartoffeln nach hinten.

Fisher war sofort zu FF gesaust und hatte das kleine Schwein in die Arme genommen.

»Ich hab mir Sorgen um dich gemacht, Kleiner«, flüsterte er. FF schnüffelte wild in seinem Gesicht herum und begann sogar, an Fishers Ohr zu knabbern, was, wie Fisher richtig mutmaßte, ein Zeichen von Freude war. Bibi hatte alle Mühe, ihren Superstarklienten wiederzubeleben, bis Kasper sich schließlich doch aufrappelte.

Plötzlich erfüllte ein dumpfes Pochen den Raum. Nach einer Weile merkte Fisher, dass es das Geräusch von jemandem war, der in ein Mikrofon klatschte.

»Gut gemacht«, ertönte die Stimme des Produzenten. »Sehr elegant und extrem mitreißend. Ich bin sicher, euer Publikum stimmt mir da zu.«

»Publikum?« Amanda zog die Nase kraus. »Wir werden doch wohl nicht *gefilmt*, oder?«

Fisher hörte ein dumpfes Knistern hinter sich und drehte sich um. »Äh, Leute …«, sagte er, »das Publikum ist hinter uns.«

Auch die anderen fuhren herum. Dutzende noch viel fieser aussehende Maschinenwesen hatten sich in einem Halbkreis hinter ihnen versammelt.

»LAUFT!«, brüllte Amanda.

Das ließen sie sich nicht zweimal sagen. Die Gruppe stob durch das künstliche Blattwerk auseinander. Sie schlängelten sich zwischen den Pflanzen hindurch, während die Robotertruppe sie stampfend verfolgte.

»Da drüben!«, stieß Dr. Teuflisch keuchend hervor. »Schaut!«

Fisher riss den Kopf herum, um zu sehen, wohin Dr. Teuflisch zeigte. Da stand ein kleines Betongebäude mit einer kaum sichtbaren Tür an der Seite. Sie rannten darauf zu, Dr. Teuflisch wuchtete die Metalltür auf und scheuchte die anderen hinein, bevor er sie hinter ihnen zuschlug und verriegelte.

Drinnen war es stockfinster. Alles war still, abgesehen von dem nun gedämpften Brummen und Surren der Maschinen draußen und dem Rasseln ihres eigenen Atems.

Plötzlich fing ein Deckenpaneel an zu leuchten und tauchte den kleinen Betonraum in ein buttrig gelbes Licht.

»Tja«, sagte Bibi und strich sich das Haar glatt. »Das war ja eine saubere Leistung. Wir bleiben einfach hier drinnen, bis jemand merkt, dass wir verschwunden sind, und uns zu Hilfe kommt.«

Kasper flennte: »Ich … ich will nach Hause.«

»Ruhe«, zischte Amanda. »Bibi hat recht, wir müssen bloß hier abwarten. Wenigstens sind wir in Sicherheit.«

Da ertönte ein *Klicken*. Dann noch eines. Und schließlich erfüllte ein stetiges *Klick-Klick-Klick* den Raum.

»Ich will ja niemanden beunruhigen«, sagte Dr. Teuflisch mit schriller, zitternder Stimme, »aber ist euch schon aufgefallen, dass die Decke immer näher kommt?«

ACHTZEHNTES KAPITEL

Mein Fehler. Das ist eigentlich der ideale Moment, in Panik zu geraten. Wenn es auf der Uhr einen Panikpunkt gäbe, dann wären jetzt beide Zeiger genau darauf gerichtet. Genau genommen ist es schon kurz nach Panik.

Hal Torke, kurzfristiger Mitstreiter von Vic Daring, noch einige Sekunden weniger bevor er von einem Weltraummonster gefressen wurde

FF rannte an der Wand entlang im Kreis herum. Die Tür, die sie verriegelt hatten, ließ sich nicht mehr *ent*riegeln und es gab keine anderen Ausgänge.

Alle riefen durcheinander und flitzten in dem winzigen Raum hin und her. Dr. Teuflisch und Kasper Keels krachten ineinander und Keels wurde durch die Wucht des Zusammenpralls gegen die Wand geschleudert. Als er langsam zu Boden glitt und benommen den Kopf schüttelte, löste sich ein Wandpaneel und zum Vorschein kam ein kleiner Computerbildschirm.

»Hey!«, rief Keels. »Schaut mal. Eine Art Schaltfeld …« Er starrte blinzelnd darauf. »Da ist eine komische Matheaufgabe auf dem Bildschirm …«

»Lass mich mal sehen«, sagte Fisher und schob ihn aus dem Weg, während die Decke sich immer tiefer senkte. »Das ist keine Matheaufgabe«, sagte Fisher. »Das ist eine chemische Gleichung.«

Die Frage war ein ziemlich einfacher Fall von Stöchiometrie, und Fisher verspürte eine Welle des Triumphs: Er kannte die Antwort. Stöchiometrie hatte er mit Herrn Grampl wiederholt, kurz bevor sich herausgestellt hatte, dass sein Lehrer der böse Dr. X war. Fisher stellte im Kopf ein paar Berechnungen an und gab die Lösung über Touchscreen ein. Das Terminal gab ein klingendes Geräusch von sich und eine weitere Aufgabe erschien.

»Sieht aus wie einer deiner Songtexte, Kasper«, sagte Fisher. »Mit einem Haufen Leerstellen.«

Fisher machte Platz, als Kasper in die Hocke ging und die Lücken so schnell es ging füllte. Dr. Teuflisch konnte schon nicht mehr aufrecht stehen. Im Raum wurde es immer stickiger und heißer, und Fisher spürte, wie ihm der Schweiß den Rücken hinunterlief.

»Okay!«, rief Keels. »Äh … da ist jetzt eine Frage über modische Hundekief… äh … Kieferorthodoxie …«

»Orthopädie«, verbesserte Fisher ihn.

»Zahnklammern für Hunde?«, meldete sich Amanda zu Wort. »So was gibt es?«

»Aus dem Weg«, rief Bibi Bolitzki und stürzte sich fast auf den Touchscreen. Sie brauchte ein paar Sekunden, um die Frage zu erfassen, aber dann flogen ihre Hände über das Tastenfeld. »Erledigt! Und was ist das jetzt? … Eine Frage über verschiedene Haargelsorten!«

Dr. Teuflisch kroch heran und las sich die Fragen durch. Fisher stand bereits vorgebeugt da, als er spürte, wie die Decke seinen Nacken berührte. Er ließ sich hinunter auf die Knie und sein Atem wurde flacher.

»Schnell, bitte schnell«, wimmerte Keels, der auf dem Rücken dalag, die Augen starr auf die Decke gerichtet, die immer näher kam. Als Fisher spürte, wie sie sein Haar berührte, legte er sich auf den Bauch.

»Bitte Ruhe, damit ich mich konzentrieren kann«, erwiderte Dr. Teuflisch. Er atmete tief durch und hämmerte auf der Tastatur herum, als wolle er seine Antwort hineintätowieren.

Fishers kniff die Augen zusammen, seine Arme fest um FF gelegt.

Das Klicken hörte auf.

Er schlug die Augen auf und sah die Decke wieder nach oben fahren. Dann klappte ein Wandstück nach außen weg wie eine Zugbrücke und gab den Pfad in einen Wald frei.

Völlig benommen wagten sie sich vorsichtig hinaus. Ihre Augen schnellten hin und her auf Hut vor jeder kleinsten Bewegung.

Aber die Roboter hatten die Jagd entweder aufgegeben oder versteckten sich.

Fishers Gedanken wirbelten im Kreis. Er dachte an den Computertouchscreen und die Aufgaben, die ihnen gestellt worden waren. »Ein Test«, sagte er grimmig. »Es gab für jeden von uns eine Aufgabe. Wer auch immer der Typ ist, er weiß eine Menge über uns. Er muss seit Jahren geplant gewesen sein ...«

»Warum bin ich nicht getestet worden?«, fragte Amanda.

»Weil du eigentlich gar nicht hier sein solltest«, antwortete Fisher. Eine schreckliche Kälte machte sich in seiner Magengrube breit. Amanda wäre beinahe von einem Androiden zerquetscht, von Bäumen aus Stahl in Stücke geschnitten und von der Falle im Betonhäuschen zu Brei zermalmt worden – nur weil er sie gebeten hatte, mit ihm mitzukommen.

Als ob sie seine Gedanken lesen könnte, legte ihm Amanda die Hand auf die Schulter. »Nicht deine Schuld«, flüsterte sie. Fisher rang sich ein Lächeln ab.

Vorsichtig ging die Gruppe den Pfad entlang, der praktischerweise die künstliche Wildnis zerschnitt, bis sie an einen fast zehn Meter tiefen Abgrund gelangten, der sich in beide Richtungen erstreckte.

»Willkommen an meinem Burggraben«, ertönte dröhnend die Stimme des unsichtbaren Produzenten und ließ alle vor Schreck zusammenzucken.

»Sind Burggraben nicht eigentlich mit Wasser gefüllt?«, rief Amanda und bemühte sich, kampfesmutig zu wirken.

»Wenn ihr zehn Meter tief auf harten Stahl fallt, dann braucht es kein Wasser mehr – außer vielleicht, um die Sauerei wegzumachen«, erwiderte der Produzent mit amüsierter Stimme. »Wie euch vielleicht schon aufgefallen ist, habe ich meine kleinen … Freunde fürs Erste zurückgepfiffen.«

Fisher musste an die Armee von Metallmonstern denken und schauderte.

»Eure nächste Aufgabe besteht darin, über den Festungsgraben zu gelangen«, fuhr der Produzent fort. »Aber ich warne euch – meine Kreaturen werden sich nicht ewig zurückhalten, also würde ich mich ranhalten.«

Die fünf schauten über die Kluft hinweg. Sie war mehr als halb so breit wie tief – mehr als breit genug, um auch die waghalsigste Person davon abzuhalten, es mit einem Sprung zu versuchen. Beide Seiten der Kluft waren gesäumt von kleineren Bäumen, die bloße Kulisse zu sein schienen. Glücklicherweise waren sie nicht mit Klingen oder herumwirbelnden Ästen ausgestattet.

Fisher spürte, dass FF an einem herunterhängenden Rucksackriemen zerrte.

»Nicht jetzt, Kleiner«, sagte er. »Ich versuche, mir einfallen zu lassen, wie wir da rüberkommen.« FF zerrte noch beharrlicher an Fisher. »Im Ernst, FF, jetzt ist nicht die …«, er verstummte. »Meine Tasche!« Er nahm den Rucksack vom Rücken und durchwühlte den Inhalt.

»Danke, Kleiner. Du bist echt hilfreicher, als ich es dir zugetraut hätte.« FF schnaubte und sah so zufrieden mit sich selbst aus, wie das einem Schweinchen nur möglich war.

»Amanda?«, rief Fisher aufgeregt. »Ich denke, ich kann uns über den Graben bringen, aber ich brauch deine Hilfe.

»Wie immer«, erwiderte sie. Fisher wollte schon zu einer weiteren Serie von Entschuldigungen ansetzen, aber dann blickte er auf und sah ein verschmitztes Lächeln in ihrem Gesicht. »Wie lautet der Plan?«

Fisher holte seine Stretchkrawatte aus dem Rucksack. »Die hier wird uns als Seilrutsche dienen«, erklärte er. »Wir können sie von einer Seite des Grabens zur anderen spannen. Aber zuerst muss jemand auf die andere Seite gelangen. Und dazu kommen *die hier* ins Spiel.« Er holte seine Spezialsocken heraus. »Die absorbieren den Aufprall, wenn du unten aufkommst, und katapultieren dich auf die andere

Seite … Ich würde es selber machen, aber ich bin nicht besonders sportlich«, fügte er noch entschuldigend hinzu.

»Und das ist noch untertrieben«, sagte Amanda und verdrehte die Augen. Sie zog bereits ihre Schuhe und Socken aus und schlüpfte in die Springsocken.

Fisher und Dr. Teuflisch knoteten das eine Ende der Krawatte fest um einen Baum und Amanda nahm das andere Ende in die Hand. Mit einem knappen Nicken und ohne Zögern sprang sie in den Graben. Sie landete auf den Füßen. Die Socken dämpften den Aufprall und transformierten die Aufprallwucht in Sprungkraft, sodass Amanda wieder nach oben katapultiert wurde. Sie landete geschickt auf der anderen Seite. Im Handumdrehen hatte sie einen weiteren Baum ausgemacht und die Krawatte daran festgebunden.

»Wow«, machte Dr. Teuflisch. »Tolle Socken.«

»Danke«, sagte Fisher. »Irgendwann war ich es müde, immer jemanden fragen zu müssen, wenn ich an die obersten Regale wollte.«

»Und was nun?«, wollte Bibi wissen. »Willst du, dass wir da jetzt rübertänzeln?«

»Nö«, antwortete Fisher. »Ich will, dass wir da rüberrutschen.« Und damit holte er eine Fliegenversion der Stretchkrawatte aus seinem Rucksack.

»Was soll denn das sein?«, fragte Keels.

»Guter Stil«, sagte Fisher, und Dr. Teuflisch nickte zustimmend. »Oder zumindest war es das früher einmal. Aber sie ist außerdem stabil genug, um uns zu tragen.«

Er biss sich auf die Lippe und zog Dr. Teuflisch ein wenig von den

AMANDA SPRINGT

anderen weg. »Wollen Sie meine Gewichtsberechnungen lieber noch mal überprüfen?«, fragte er leise.

»Deine …?« Dr. Teuflisch schüttelte den Kopf. »Ich … öh … ich fürchte … na ja, laut Vertrag …« Er atmete tief durch. »Hör zu, Junge, ich könnte noch nicht mal meinen Weg aus der Schlange im Gemüseladen berechnen. Ich bin … ich bin kein Wissenschaftler.« Er stieß einen tiefen Seufzer aus. »War ich noch nie. In Wahrheit bin ich nicht mal ein anständiger Schauspieler. Ich hab den Job bei *Wilde Wissenschaft* bloß durch mein Aussehen bekommen – und durch mein betörendes Lächeln.« Er schenkte der Gruppe sein berühmtes Grinsen, und Fisher musste zugeben, dass es wirklich überzeugend war. Dann machte Dr. Teuflisch ein langes Gesicht. »Dieser Job ist alles, was ich habe. Bitte erzähl es niemandem.«

Teuflisch blickte so besorgt drein, dass Fisher ihm nicht böse sein konnte. »Ihr Geheimnis ist bei mir sicher«, sagte er, und Dr. Teuflisch wirkte erleichtert. Fisher wandte sich wieder an die restliche Gruppe. »Okay, Leute. Wir müssen es riskieren. Ich geh als Erster.«

Er packte FF in den Rucksack und schnallte ihn sich auf den Rücken. Dann befestigte er die Fliege an der Stretchkrawatte, hielt sich mit beiden Händen daran fest, nahm Anlauf, sprang und glitt an der provisorischen Seilrutsche über den Graben hinweg. Als er auf der anderen Seite angekommen war, drehte er sich um und ließ die Fliege zurücksausen.

Als Nächster rutschte Keels, der die ganze Zeit über flennte und jammerte. Gerade bereitete sich Dr. Teuflisch auf die Überquerung vor, als eine Bewegung Fisher herumfahren ließ. Er spähte ins Blattwerk und spürte, dass ihm plötzlich die Haare zu Berge standen – *hatten ihm da eben seine eigenen Augen entgegengestarrt?*

»Zwo?«, fragte er und machte einen Schritt auf das Blattwerk zu. »Zwo, bist du das?« Aber das Laub wurde immer dichter und die Augen waren verschwunden.

»Hast du das gesehen?«, fragte er Amanda.

»Was gesehen?« Sie sah ihn stirnrunzelnd an.

Er schüttelte den Kopf. Vielleicht hatte er schon Halluzinationen.

Da durchdrang ein schriller Schrei die Luft. Fisher drehte sich um und sah, dass die Krawatte sich auf der anderen Seite der Kluft vom Baum gelöst hatte. Bibi, die Letzte, die daran hinüberrutschen wollte, baumelte über dem Abgrund und klammerte sich kreischend und zappelnd am Ende der Krawatte fest. Sie hing so tief, dass der Sturz sie nicht umbringen würde, aber sie könnte sich leicht einen Knöchel oder einen Arm brechen. Jede Verletzung in diesem Todeslabyrinth würde für die ganze Gruppe fatale Folgen haben. Fisher eilte hin und half Amanda und Dr. Teuflisch dabei, sie hochzuziehen, während Kasper Keels zitternd und schwitzend hinter ihnen stand.

Als endlich alle fünf – und ein Schweinchen – heil auf der anderen Seite angekommen waren, nahm FF schnüffelnd Witterung auf und gab Fisher quiekend ein Zeichen. FF trippelte vorweg. Vielleicht, dachte Fisher, würde es sie zu einem Ausgang führen. Tatsächlich öffnete sich ein Weg zwischen den Bäumen vor ihnen. Es blieb ihnen nichts anderes übrig als weiterzugehen.

Der Pfad endete vor einem riesigen Gebäude. Es sah aus wie aus cremefarbenem Stein und erhob sich in stufenartigen Ebenen, ganz wie ein Mayatempel. Eine Treppe führte fast bis ganz nach oben, endete jedoch auf der zweithöchsten Ebene der Pyramide. Zur Spitze schien es keinen Weg zu geben.

Nach einer gefühlten Ewigkeit hatte die Gruppe die Pyramide erklommen. Sie blieben stehen und sahen sich um, denn sie wussten nicht recht, was sie jetzt tun sollten. Sie konnten den wuchernden Metalldschungel unter sich sehen und die unerreichbare dreieckige Spitze der Pyramide über sich, aber keinen offenkundigen Fluchtweg.

Fisher erkannte nun, dass die oberste Ebene der Pyramide eigentlich eine Filmproduktionskabine war, die von getöntem Glas und einem eigenen schmalen Balkon umgeben war. Aber der war gerade weit genug über ihnen, das sie ihn nicht erreichen konnten, nicht einmal Dr. Teuflisch.

»Glückwunsch«, sagte der Produzent über die Lautsprecher. »Ihr habt das Ende des Hindernislaufs erreicht. Aber ich muss euch warnen, eure Prüfungen und Schwierigkeiten sind noch nicht vorbei; eigentlich haben sie noch gar nicht richtig angefangen. Aber bevor ich euch eurem Schicksal überlasse, denke ich, wäre es zumindest höflich, wenn ich mich vorstellen würde.«

Eine Tür öffnete sich zischend an der Seite der Produktionskabine, und ein kleiner Mann erschien, der auf sie herabblickte.

Fisher stockte der Atem. Seine Augen traten hervor und sein Herz begann zu hämmern wie ein Technobeat.

Der Mann stand mit hinter dem Rücken verschränkten Armen da. Er trug einen schwarzen Overall, Stiefel mit dicken Sohlen und enge schwarze Lederhandschuhe. Sein dünnes dunkles Haar war aus der breiten Stirn gekämmt, unter der eine lange Hakennase hervorragte.

Harold Grampl. Auch bekannt als Dr. X.

NEUNZEHNTES KAPITEL

Viele Leute behaupten, Gärtnern beruhige sie. Ich habe eine ähnliche Entspannungsmethode: Ich züchte statt Begonien die entsetzten Gesichter von Menschen heran, die dem drohenden Verderben ins Auge sehen.

Dr. X, *Persönliche Aufzeichnungen*

Es hätte Fisher eigentlich längst in den Sinn kommen sollen, dass, wenn Zwo der Explosion der *TechX*-Firmenanlage entkommen war, das genauso gut auch Dr. X gelungen sein konnte.

Insbesondere hätte es ihm in den Sinn kommen sollen, bevor er sich mitten in ein riesiges Todeslabyrinth begab, in dem er von Grampl und Hunderten von schwer bewaffneten Maschinenwesen angestarrt wurde.

Aber er hatte nicht auch nur eine Sekunde daran gedacht. Die Erkenntnis dieser Fehleinschätzung traf Fisher mit der Wucht eines Hammerschlags.

Dr. Xs Augen glitten über seine Opfer.

»Willkommen in meiner neuen Show!«, posaunte er vergnügt und breitete die Arme aus. Er wandte sich an Fisher und seine Augen wurden schmal. »Ich muss zugeben, als du mein schönes *TechX*-Gelände zerstört hast, war ich außer mir. Glücklicherweise konnte ich auf ein geheimes Ersatzlabor im Untergrund von Los Angeles zurückgreifen, wo Hunderte meiner spektakulären Kreationen lagerten. Und als ich hörte, dass der Produzent von *Sci-Fi Survivor* plötzlich verstorben war, auf tragische und unerklärliche Weise …« Dr. X hüstelte. »… meldete ich mich der Einfachheit halber freiwillig als Ersatz für ihn.«

»Herr G…Grampl?«, stotterte Amanda. Vor Erstaunen stand ihr der Mund weit offen.

»Ihr – ihr kennt ihn?«, quiekte Kasper Keels.

»Harry?«, riefen Dr. Teuflisch und Bibi gleichzeitig.

»*Sie* kennen ihn auch?«, sagte Kasper, und seine Augen wurden immer größer.

»Oh, ich kenne ihn sehr wohl«, sagte Dr. Teuflisch grimmig. »Ich kenne ihn schon mein ganzes Leben.« Er schluckte. »Er ist mein großer Bruder.«

»Ihr *Bruder*?«, wiederholten Fisher, Amanda und Kasper wie aus einem Munde.

»Wir hatten nicht, was man ein enges Geschwisterverhältnis nennen könnte«, erklärte Dr. X und ließ die Arme sinken. »Erinnerst du dich noch Fisher, als ich dir von meiner Kindheit erzählt habe? Wie ich schikaniert und herumgeschtoßen und in der Schule verprügelt wurde? Mein kleiner Bruder Martin war damals schon größer als ich. Und weißt du, was er gemacht hat, als mich die anderen Kinder herumgeschubst haben, als sei ich ein Punchingball? *Er stand bloß da und hat zugeschaut.* Weil er Angst hatte, sein gutes Aussehen könnte leiden, wenn ihm jemand ins Gesicht schlagen würde.« Dr. X starrte Dr. Teuflisch finster an. »Er stand da und hat zugeschaut, und wenn

es vorbei war, half er mir hoch und schleppte mich nach Hause, damit ich ihm bei seinen Hausaufgaben helfen konnte. Und *sie* gehörte auch zu der Bande«, rief er und zeigte mit seinem schwarzbehandschuhten Finger in Bibi Bolitzkis Richtung, »und hat sie noch angestachelt!«

Bolitzki rang nach Luft, als hätte Grampl ausgeholt und ihr in den Magen geboxt.

Langsam fing Fisher an zu begreifen. Dr. X hatte ihn hierher gelockt, weil er mit ihm noch eine persönliche Rechnung offen hatte. Warum also nicht gleich auch alle anderen offenen Rechnungen auf einmal begleichen? Zu sagen, die Situation sähe nicht gerade gut aus, dürfte als die größte Untertreibung des Jahres gelten. Und Fisher hatte noch immer keine Ahnung, was mit Zwo geschehen war.

»Harry, bitte«, sagte Bibi Bolitzki und faltete die Hände. »Ich war doch noch ein Kind. Ich hab dich bloß necken wollen. Ich hab mir gar nichts dabei gedacht.«

»Kann mir mal irgendwer sagen, worum es hier eigentlich geht?«, platzte Kasper heraus. Er sah aus, als würde er gleich wieder zu flennen anfangen. Dr. X schaute ihn an und Kasper wich vor Schreck zurück.

»Bibi war eine Freundin von mir«, sagte Dr. Teuflisch. »Keiner von uns beiden hat Harry seit Jahren gesehen – glücklicherweise. Er hat kaum noch den Kontakt zu uns gesucht, seit er nach Palo Alto gegangen war, um Lehrer zu werden.«

»*Unser* Lehrer«, warf Fisher ein. »Und außerdem ein maskiertes Monster mit eigener Forschungsfestung.«

Amanda wandte sich an Fisher. Ihr stand noch immer der Mund offen.

Zur Erklärung fügte Fisher hinzu: »Aber dieser Aspekt seiner Persönlichkeit war nicht öffentlich bekannt.«

»Wenn dann alle auf dem Laufenden wären«, sagte Dr. X und tippte ungeduldig mit dem Fuß auf, »ich habe nämlich Besseres zu tun. Wenn ihr also nichts dagegen habt, dann gehe ich jetzt direkt zu dem Teil über, bei dem ich euch alle umbringe. Wegen Leuten wie euch bin ich heute der Mensch, der ich bin«, sagte er und zeigte theatralisch auf seinen Bruder und Bibi Bolitzki. »Und mein erfolgversprechendster Versuch, die Weltherrschaft an mich zu reißen, wurde von dir vereitelt!«, fügte er hinzu und zeigte mir der gleichen überschwänglichen Geste auf Fisher. Dann wandte er sich an Amanda und sagte: »Was dich betrifft, tut es mir leid, dass du dich entschlossen hast, Herrn Bas hierher zu begleiten, aber jetzt wo du all das gesehen und gehört hast, fürchte ich, muss ich leider auch dich beseitigen. Das kommt davon, wenn man sich mit Leuten wie ihm einlässt.«

»Aber … aber was ist mit mir?«, stammelte Kasper. »Was habe ich Ihnen denn je getan?«

»Nichts Bestimmtes«, sagte Dr. X mit einem Schulterzucken. »Aber ich finde deine Musik abgeschmackt, ausgesprochen uninspiriert, ohne jeden künstlerischen Wert und unheimlich lästig. Und das nehme ich *sehr* persönlich. Und da ich schon einmal dabei war, ein paar Leute zusammenzutrommeln, um sie zu eliminieren, dachte ich mir, kann ich dich gleich mit erledigen.« Keels fing an zu zittern. »Übrigens laufen die versteckten Kameras, seit die Scheinwerfer an sind. *Sci-Fi Survivor* wird mit seiner Pilotsendung die höchsten Zuschauerzahlen aller Zeiten erreichen, und mit dem Vermögen, das ich damit verdiene, beabsichtige ich, mein Imperium wieder zu errichten.« Dr. X klatschte entzückt in die Hände. »Das ist nun der Teil, in dem ich, der finstere, aber charismatische Moderator der Show, euch erkläre, wie sich die letzte Aufgabe gestaltet, also versucht, überrascht zu wirken und ein bisschen aufgeregt. Perfekt! Ihr macht das alle ganz großartig.«

Dr. Teuflisch sah sich nervös um, vermutlich versuchte er eine der Kameras zu erspähen. Instinktiv strich er sich das Haar glatt.

»Ach!«, sagte Dr. X und machte ein Gesicht, als käme ihm gerade etwas in den Sinn. »Beinahe hätte ich etwas vergessen!« Er steckte sich zwei Finger in den Mund und stieß einen schrillen Pfiff aus. Die Tür ging auf und Zwo kam hereingestolpert. Er wurde von einem sehr kleinen Handlanger vor sich hergeschubst, der einen schwarzen Umhang mit einer Kapuze trug, die sein Gesicht verbarg.

»Zwo!«, rief Fisher. Sein Doppelgänger sah ein bisschen mitgenommen aus, aber weitgehend unversehrt.

»Hey, Bruder«, sagte er mit einem schwachen Lächeln. Dann sah er die anderen an. Sein Blick verharrte auf Amanda und sein Lächeln erlosch. »Amanda! Wie bist du … warum bist du …« Er schluckte. »Warum bist du *hier*?«

»Wir wollten dich hier rausholen«, sagte sie und senkte den Blick.

»Basley?«, sagte Bibi und starrte Zwo an. »Was in aller Welt …« Ihr Blick wanderte zu Fisher und dann wieder zurück zu Zwo.

»Was soll das?«, rief Dr. Teuflisch und machte genauso große Tennisballaugen wie Bibi Bolitzki.

Kasper Keels war viel zu sehr mit Zittern und Vor-sich-hin-Jammern beschäftigt, als dass er das plötzliche Auftauchen eines zweiten »Basley« bemerkt hätte.

»Was geht hier vor?«, kreischte nun auch Bibi.

»Lange Geschichte«, sagte Fisher. »Erinnert mich daran, sie euch zu erzählen, falls wir später noch nicht tot sind.«

»Keine Sorge«, sagte Dr. X grinsend. »Das werdet ihr sein.« Er neigte den Kopf zur Seite und betrachtete Fisher eingehend. Der fühlte sich wie im Visier eines Raubvogels. »Ich war in letzter Zeit ziemlich fleißig, hab kaum noch geschlafen. In gewisser Weise muss ich dir danken. Nachdem ich mein Labor verloren hatte, musste ich wieder ganz von vorne anfangen und meine kreativen Fähigkeiten neu konzentrieren. Und natürlich hatte ich großes Glück.« Er pfiff noch einmal auf den Fingern, und Dr. Xs Handlanger, der Zwo im Zaum hielt, nahm seine Kapuze ab.

Fisher blieb fast das Herz stehen. Es brauchte ein paar Momente, bis es wieder zu schlagen anfing, und bis dahin konnte Fisher sich weder bewegen noch blinzeln noch atmen.

»Sag hallo, Drei«, sagte Dr. X.

ZWANZIGSTES KAPITEL

Ich dachte, ich hätte keine Ahnung, was da vor sich ging, bis man mir die Sache erklärte. Dann WUSSTE ich, dass ich keine Ahnung hatte.

Kasper Keels, *Tagebuch*

»Hallo«, sagte die Person namens Drei mit der kältesten, unmenschlichsten Stimme, von der Fisher sich je hätte vorstellen können, dass sie aus seinem Mund kommen könnte. Oder aus dem Mund von irgendwem.

Aber sie kam aus seinem – Fishers – Mund oder zumindest einem Mund, der seinem identisch war. Einem Mund, der unter Fishers Nase saß, unter seinen Augen, in seinem Gesicht.

Noch ein Doppelgänger.

Dreis Haar war schwarz gefärbt und genauso zurückgegelt wie das von Dr. X, und angesichts der Grimasse, die Zwo zog, als Drei ihn am Arm packte, musste der viel stärker sein als der Originalmensch und der Originaldoppelgänger.

Fisher fragte sich, ob es gerade der rechte Zeitpunkt war zu bemerkten, dass er mit dunklen Haaren eigentlich ziemlich cool aussah.

Haare! Fishers Erinnerung sprang zurück zu einem Aspekt, der ihm damals bloß wie ein unbedeutendes Detail von Zwos Fluchtgeschichte vorgekommen war: Dr. X hatte versucht, ihn vom Entkommen abzuhalten, und ihm dabei ein Haarbüschel ausgerissen. So war er an Zwos DNS gelangt.

»Zwos Haare«, sagte Dr. X, als hätte er Fishers Gedanken gelesen, »enthielten das BW-Hormon. Es war nicht leicht, es zu isolieren, und ich musste fast eine Woche lang jede Nacht durcharbeiten, um unseren neuen Freund hier zu replizieren, aber, wie ihr seht, ist es mir gelungen. Darf ich vorstellen, der neue, verbesserte und absolut böse Fisher. Jetzt kann ich meine Arbeit fortsetzen. Nun habe ich alle Zeit der Welt, um meinen größten Traum zu verwirklichen … das heißt, nachdem ich alle weiteren Störfaktoren beseitigt habe.« Er grinste fies. Zwo warf mit offenem Mund und großen Augen einen Blick über die Schulter zu Drei, dann hinüber zu Fisher. Als er Zwos Schreck bemerkte, fing Dr. X an zu kichern. »Wie … du hast es ihm nie gesagt?« Dr. X wischte sich mit dem schwarzen Handschuh eine Träne aus dem Augenwinkel. »Oh, wie köstlich. Das ist wirklich großartig.«

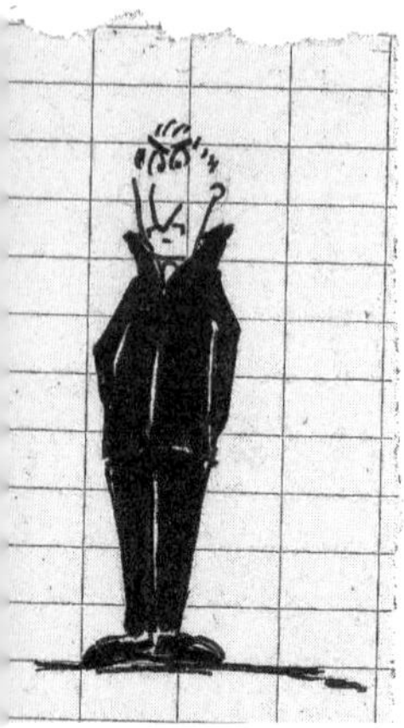

Fisher sah den Schimmer erwachenden Begreifens in Zwos Blick aufglimmen.

»Ich hatte alles so gut wie raus«, sagte Zwo und starrte Fisher verletzt an. »Aber das letzte Stückchen fehlte mir noch … Ich bin gar nicht dein Bruder. Ich bin ein Klon. Wie er.«

»Du bist überhaupt nicht wie er«, rief Fisher schnell.

Aber Zwo schien ihn überhaupt nicht zu hören. »Ich wollte glauben, dass ich etwas Besonderes bin. Ich wollte glauben, dass ich … geliebt werde. Was für ein Idiot ich war.«

Zwo ließ den Kopf so tief hängen, dass sein Kinn die Brust berührte. Fisher wollte etwas sagen – irgendetwas –, damit sich Zwo besser fühlte, damit er spürte, dass er ihm etwas wert war. Aber er fand einfach keine Worte.

Kasper bibberte. Amanda biss die Zähen zusammen. Dr. Teuflischs Gesicht hatte die Farbe von Kreidestaub angenommen. Bibi machte den Mund auf und zu wie ein Fisch, der versucht, eine Fliege zu schlucken.

Dr. X griff nach seinem Gürtel und betätigte einen Knopf. Im Boden fing es an zu rumpeln und neben Fisher glitt eine Platte zur Seite und legte einen langen Schacht zu einem dunklen Wasserbecken frei. Fisher konnte riesige, noch dunklere Umrisse unter der Oberfläche schwimmen sehen.

»Das sind meine Kalamaranhas«, sagte Dr. X. »Und bevor ihr fragt, stellt euch ein Tier vor, das schnell durchs Wasser gleiten und sich mit Tentakeln an seiner Beute festklammern kann wie ein Tintenfisch, aber mit der Verbissenheit und den scharfen Zähnen eines Piranha.« Dr. X kicherte. »Oder ihr braucht es euch eigentlich gar nicht vorzustellen. Ich zeig es euch einfach. Drei?«

Ohne ein Wort setzte sich Drei in Bewegung und schubste Zwo vor sich her. Zwo erreichte den Rand der erhöhten Plattform und schlitterte seitlich an Fisher und Amanda vorbei. Die beiden hechteten vor, um ihn zu fassen zu bekommen. Fisher musste Amanda an der Taille packen, damit sie nicht nach Zwo hinunterstürzte.

»*Nein!*«, schrie Amanda. Fisher sah mit Grauen, wie Zwo eine unerträglich lange Sekunde fiel, bevor er auf der Wasseroberfläche auftraf.

Nun kam Bewegung in das Becken. Einen kurzen Moment lang wirbelten die Wesen das Wasser zu wilden Strudeln auf und ein schreckliches Fauchen und Kreischen ertönte. Eine Sekunde durchbrach Zwo die Wasseroberfläche, auf dem Rücken treibend, seine Augen geöffnet und ausdruckslos. Das Wasser um ihn herum war rot.

»Nein«, sagte Amanda immer wieder leise vor sich hin. »Nein, nein, nein, nein …« Sie sank kraftlos zu Boden und zog Fisher mit sich, der langsam seine Arme von ihrer Taille löste.

Fisher spürte, wie sich eine bleierne Kälte in seinem Körper breitmachte. Er wollte sich noch tiefer fallen lassen, sich flach auf den Boden legen und dann so verharren. Er wünschte, er könnte einfach die Augen schließen und hundert Jahre lang schlafen und erst wieder aufwachen, wenn jeder, der ihn je gekannt hatte, nicht mehr wäre. Er hatte Zwo hängen lassen. Seine Selbstsucht und seine mangelnde Weitsicht hatten sie erst an diesen Punkt gebracht.

Aber unter der Kälte, die sich in ihm ausbreitete flackerte ein kleines Fünkchen Wärme auf, gerade als Fisher vollkommen zusammenbrechen und jede Hoffnung aufgeben wollte. Fisher hatte Zwo hängen lassen, so viel war klar. Aber es war nicht Fisher gewesen, der ihn umgebracht hatte. Er war es nicht, der sich eine riesige Todesarena gebaut hatte, um kleinlich Rache an seinen persönlichen Feinden zu nehmen. Und der Mann, *der* dafür verantwortlich war, wollte noch mehr Unschuldigen das Leben nehmen und wer weiß was sonst noch tun.

»Es reicht«, sagte Fisher leise und starrte hinunter zu Fishers leblosem Körper. Fisher fühlte sich, als wäre er auch in das Becken gestürzt. Sein ganzer Körper fühlte sich taub an. Er hatte keine Angst mehr. Er stand auf. »Es reicht.« Er starrte Dr. X an, während Dutzende von Robotern aus dem Dschungel am Fuße der Pyramide auftauchten, Maschinen, die zum tödlichen Kampf ansetzten. »*Es reicht!*«, schrie er noch ein Mal über das Getöse der näher rückenden Roboter hinweg. Er sah Dr. X direkt an und rief: »Kasper!«

»Hä?«, antwortete Keels noch immer bibbernd.

»Dieser Song, der mit dem Geschenkpapier?«

»Was ist damit?« fragte Kasper mit piepsiger Stimme.

»Sing ihn.« Fisher drehte sich um und sah den riesigen Tyrannoboter die Treppe des Steintempels heraufzustapfen. Er wusste, dies war nur das erste von vielen mechanischen Monstrositäten, die sich gleich auf sie stürzen würden.

»W…was?«, stotterte Kasper. »Wovon redest du? Was soll denn das bitte…«

»*Sing ihn*«, brüllte Fisher. »So laut du kannst. *Jetzt!*«

Kasper Keels, die Popstarsensation, die bloß noch wenige Augenblicke davon entfernt war, von Robotern zermalmt zu werden, starrte Bibi Bolitzki fassungslos an. Die nickte ihm zu.

»Tu es«, sagte sie.

Kasper zuckte mit den Schultern, räusperte sich ein paar Mal, warf den Kopf zurück und riss den Mund weit auf.

»SILVER RIBBON IN AN TIDY BOWWWWWWWW…«

Wenn Fisher genauso viel über Sprache gewusst hätte wie über Physik oder Biochemie, dann hätte er vermutlich ein Wort dafür gefunden, das passend beschrieben hätte, was Kasper Keels da tat. *Singen* war definitiv nicht das richtige Wort dafür. Fisher fühlte sich, als würde sein Gehirn mit Klavierhämmern malträtiert.

Einen kurzen Moment lang dachte er an Veronica und spürte einen stechenden Schmerz. Sie hätte vermutlich das richtige Wort dafür. Er wünschte, Veronica könnte Kasper Keels jetzt hören.

Wahrscheinlich würde Fisher Veronica nie wiedersehen.

»UNTIE IT, BABY, BUT UNTIE IT SLOOOW …«

Fisher hielt sich die Ohren zu. Alle anderen auch. Dr. X ging auf die Knie und schrie: »Aufhören! Aufhören! Mach einer, dass es aufhört!« Sogar Drei, der zweifellos der Härteste von ihnen allen war, hielt seine Ohren umklammert und krümmte sich.

»DIDN'T NEED SCOTCH TAPE TO FOLD IT MYSELF …«

Aber das grausame Gejohle machte nicht bloß den Menschen zu schaffen. Überall kamen die Roboter quietschend zum Stehen. Wie Fisher gehofft hatte, störten die oberen Frequenzen von Kaspers schrecklicher, krächzender Stimme auch die Elektronik der Roboter.

»HOPE YOU HAVE A SOFT SPOT SET UP ON THE SHEEEELF …«

Alarmglocken schrillten aus allen Kontrollgeräten. Kleine Maschinen fuhren sich selbst wie Kamikazepiloten gegen die Wände der Pyramide, wo sie in einem Funkenregen explodierten. Fisher wusste, sie hatten bloß einen Moment, um zu reagieren. Er schaute Amanda an.

»Wir müssen weiter«, rief Fisher den anderen über Kaspers anhaltendes Geheul hinweg zu. Er holte seine Stretchkrawatte heraus und nahm den Tyrannoboter ins Visier. »Ich besorg uns 'ne Mitfahrgelegenheit. Und du tust, was du am besten kannst.«

Amanda, die sich noch immer die Ohren zuhielt, nickte grimmig, und sie legten los.

EINUNDZWANZIGSTES KAPITEL

Seine Stimme lässt die Leute reihenweise in Ohnmacht fallen … weil sie das Innenohr schädigt und das Gleichgewichtsorgan durcheinanderbringt.

Bibi Bolitzki, *Kommentare zu Kasper Keels Vorsingen*

Als Amanda Kasper mit der Hand den Mund zuhielt und das schreckliche Gejaule endlich aufhörte, stürmte Fisher bereits auf den Tyrannoboter zu. Er wusste nicht, wie lange Kaspers nervenlähmende Gesangseinlage die Roboter noch gefangen halten würde, aber sicher nicht länger als ein paar Sekunden.

Fishers Hirn arbeitete auf Hochtouren und brachte ihn immer wieder zu einem Gedanken zurück: *Kämpfe!*

Er wickelte sich seine treue Krawatte zum Schutz um die Handflächen und stürzte sich auf eines der riesigen Beine des Tyrannoboters. Fisher nutzte seine Kletterkünste, die er sich angeeignet hatte, als er durch die Lüftungsschächte der Wompalog-Schule kriechen musste. Er erklomm den Körper des Tyrannoboters und setzte sich rittlings auf seinen Hals.

Amanda hatte unterdessen hydraulische Rohrleitungen entdeckt, die freigelegt worden waren, als die Falltür sich geöffnet hatte. Mit

zusammengebissenen Zähnen riss sie ein Stück heraus und rannte damit zu Fishers Metallsaurier hinüber.

»Bekommst du das Ding in den Griff?«, rief sie zu ihm hoch.

Fisher blickte hinüber zu Dr. X, der vornübergebeugt von Drei zurück in die Produktionskabine geführt wurde. Sekunden später hatten sie die Tür erreicht und verschanzten sich dahinter. Fisher würde sich später um die beiden kümmern müssen. Denn jetzt wurden sie von dem Heer der Metallmonster umzingelt.

»Ich arbeite daran«, rief Fisher. Er fand die Schaltkreiskonsole am Hinterkopf des Roboters und brach sie auf. Gerade als die Maschine wieder in Gang kam, riss er die Verbindung zwischen dem Hauptprozessor und dem Motorkontrollzentrum heraus. Der Tyrannoboter erstarrte wie ein Museumsexponat

Das war schon mal ein guter Anfang. Jetzt musste Fisher bloß noch herausfinden, wie er ihn wieder zum Laufen brachte – unter seiner Kontrolle.

»Die Maschinen sind schon an der Treppe, Fisher!« Amanda klang aufgeregt.

Nein, wurde Fisher bewusst, nicht aufgeregt – wütend. Amanda wog die behelfsmäßige Waffe in ihren Händen. Es schien, als brenne sie darauf, sie an dem nächstbesten Ding, das ihr in die Quere kam, auszuprobieren. Fisher riskierte noch einen Blick nach unten. Bibi und Dr. Teuflisch taumelten noch immer benommen herum und schüttelten die Köpfe, vermutlich um den schrillen Nachhall von Kaspers Stimme zu vertreiben. Kasper hatte sich zu einer Kugel zusammengerollt und die Arme um die Knie geschlungen.

»Los, Leute!«, rief Amanda. »Kommt her und helft mir!«

Noch immer stöhnend wankten Bibi und Dr. Teuflisch zu Amanda hinüber, als die Maschinen anfingen, sich langsam wieder in Bewegung zu setzen.

Dr. Xs mechanische Handlanger fingen an, die Stufen der Pyramide zu erklimmen. Die Führung übernahmen kleine insektenartige Roboter; hinter ihnen folgten jede Menge menschenförmige Roboter, die mit eingebauten Knüppeln, Stachelketten, Schwertern, Kettensägen, messerscharfen Rotoren und Peitschen bewaffnet waren.

Und dieser Monsterarmee stellten sich am oberen Ende der Treppe entgegen: ein Fernsehmoderator mit perfekter Frisur und makellosen Zähnen, eine Hollywoodagentin, die zum ersten Mal seit sie sich erinnern konnte, keine Sonnenbrille aufhatte, eine preisgekrönte Ringerin aus der siebten Klasse, ein weiterer Siebtklässler, der auf dem Rücken eines Robotersauriers hockte, und ein Teeniepopstar, der sich in Embryohaltung am Boden zusammengerollt hatte und nach seiner Mama rief.

Fisher kämpfte gegen das aufkeimende Gefühl der Hoffnungslosigkeit.

»Jetzt, Amanda!«, rief er.

Amanda erhob das lange, dünne Stahlrohr wie einen Baseballschlä-

ger, und mit einem beherzten Schwung schickte sie den Kopf eines schlaksigen Androiden polternd die Treppe hinunter, wo er zu Füßen seiner Kumpanen landete.

»Guter Schlag«, sagte Fisher und machte sich wieder an die Arbeit. Schweißperlen traten ihm auf die Stirn.

»Wir werden alle sterben«, stellte Dr. Teuflisch nüchtern fest, als die Maschinen ihren rasselnden Angriff fortsetzten.

»Wir arbeiten gerade an einer Alternativlösung«, sagte Amanda und betrachtete die mechanische Menge, die ihnen gegenüberstand. »Alles, was wir tun müssen, ist, sie aufzuhalten, bis Fisher herausgefunden hat, wie man dieses Ding bedient.«

»Was, wenn er es nicht schafft?«, gab Bibi zu bedenken und klopfte ihren Anzug ab – vermutlich auf der Suche nach etwas, das sich als Waffe eignete.

»Er schafft das«, sagte Amanda feierlich. Wenn Fisher nicht gerade so damit beschäftig gewesen wäre, einen riesigen Metalldinosaurier neu zu verkabeln, hätte er Amanda wohl für ihr Vertrauensvotum gedankt.

Plötzlich zuckte Amanda zusammen und sah sich um. »Wo ist eigentlich FF?«

»Oh nein!« Fisher spürte Panik in sich aufsteigen. Aber dann sah er seinen Rucksack, der unberührt neben der Produktionskabine lag, und stieß einen Seufzer der Erleichterung aus. »Er ist im Rucksack. Hoffen wir, er ist sicher, solange er da drin bleibt.« Fisher unterdrückte den Drang, runterzuklettern und sein Hausschweinchen zu holen. Doch wenn er seine Arbeit jetzt unterbräche, dann wären sie alle im Eimer. Er senkte den Kopf und werkelte so schnell es seine müden Hände erlaubten weiter.

»Da kommen sie!«, schrie Amanda.

Die handtellergroßen Insektoboter preschten vor und setzten sich mit unglaublicher Geschwindigkeit von der übrigen Truppe ab. Der Erste erreichte das obere Ende der Treppe und schwirrte auf Amandas Kopf zu. Mit ihrem behelfsmäßigen Knüppel und einem kriegerischen Triumphgeheul holte sie ihn aus der Luft.

Ein anderer wuselte auf Bibi zu, just als diese einen großen Gegenstand aus ihrer Handtasche zog. Sie ließ ihn einfach fallen und zerquetschte ihren Angreifer so mit einem Schlag .

»Gut gemacht!«, rief Amanda über den mittlerweile ohrenbetäubenden Lärm der Maschinen hinweg. Sie drehte sich zu Bibi um und erkundigte sich: »Was *ist* das?«

»Kaspers neuster Vertrag!«, antwortete Bibi Bolitzki und hob den ziegelsteinartigen Papierstapel vom Boden auf.

Fisher spähte gerade hinunter, als Amanda mühelos zwei weitere der kleinen spinnenartigen Arachnobotern zerquetschte. Ein dritter sprang Dr. Teuflisch an, seine acht spitzen Beine zielten direkt auf dessen Brustkorb ab. Instinktiv griff Dr. Teuflisch blitzschnell in die

Gesäßtasche seines Anzugs und ließ danach seinen Arm durch die Luft sausen. Das dünne, glänzende Objekt in seiner Hand zerteilte den winzigen Roboter in zwei Hälften.

»Mein Titankamm«, sagt er und grinste leicht. »Es kostet jede Menge Arbeit, damit diese Frisur so perfekt sitzt.«

Die kleinen Roboter schwärmten immer weiter aus, und Amanda, Bibi Bolitzki und Dr. Teuflisch holten mal nach links, mal nach rechts aus, pendelten von einer Seite zur anderen und kämpften so tapfer sie konnten, um die Maschinen in Schach zu halten.

»Komm schon, komm schon, komm schon«, murmelte Fisher leise. Hastig schloss er zwei Kabel zusammen und der darauf folgende Kurzschluss löste einen Funkenregen aus.

Unter ihm wurde das Kampfgetöse immer lauter.

»Da kommt ein großer!«, rief Bolitzki und zeigte auf einen Humanoboter. An seinen langen flexiblen Gliedern befanden sich Greifhände.

»Der gehört mir!«, rief Amanda. »Haltet mir bloß die kleinen Dinger vom Leib!«

Dr. Teuflisch und Bibi Bolitzki gaben Amanda Deckung, die ihre Stange fallen ließ, als der neue Gegner den oberen Treppenabsatz erreicht hatte. Der Roboter war gut einen Kopf größer als sie und stand ihr breitbeinig gegenüber. Sein einzelnes lilafarbenes Auge musterte sie von oben bis unten. Dann streckte er seinen schlangenartigen Arm aus und wollte sie packen.

Amanda streckte die Arme aus und packte seine Greifhände. Sie stemmte die Füße fest in den Boden und ließ sich nach hinten fallen.

Überrascht von dieser Reaktion geriet der Roboter ins Wanken und verlagerte ebenfalls sein Gewicht, um sie aus der Balance zu bringen.

Aber das war ein Fehler. Es gab Gründe dafür, dass Amanda die Kapitänin des Ringerteams war. Amanda ließ sich auf die Knie zwingen, doch dafür musste sich der Roboter weiter und weiter vorbeugen. Sie passte den Moment genau ab, riss ihre Hände aus seinem Griff und warf sich mit dem ganzen Körper gegen seine Knie. Die Maschine kippte vornüber und landete auf dem Gesicht oder dort, wo das Gesicht des Roboters gewesen wäre, wenn er denn eines gehabt hätte.

Sie setzte sich rittlings auf seinen Rücken, solange er noch benommen war, und rief: »Fisher! Was jetzt?«

»Such nach einem kleinen Kasten in seinem Nacken!«, antwortete Fisher von oben. Schweiß brannte ihm in den Augen. »Ich brauche bloß noch ein paar Minuten!«

»Wir *haben* aber keine paar Minuten mehr!«, schrie Amanda zurück. Sie fand das Türchen und stieß es mit dem Ellenbogen auf. Dann zerrte sie schnell jedes Kabel heraus, das sie zu fassen bekam. Der Roboter zuckte noch ein paar Mal, dann lag er reglos da.

Jetzt wurden sie von der Hauptformation der Truppe angegriffen. Amanda griff wieder nach ihrer Stange und fing an, sie hin und her zu schwenken, aber da waren einfach zu viele Roboter und die drängten sie langsam zurück. Dr. Teuflischs Kamm war zerbrochen worden; Bibi hatte ihren Vertrag *und* ihre Handtasche verloren und sie alle standen vor einer Wand aus beweglichem Stahl.

»Fisher!«, rief Amanda voller Entsetzen, als es einem Humanoboter gelang, ihr den Stab aus der Hand zu reißen und ihn wie einen Zahnstocher zu zerbrechen.

In diesem Moment erinnerte Fisher sich, wie es ihm und Zwo gelungen war, einen Kurzschluss in einem Roboter aus dem *TechX*-Labor auszulösen, indem sie ihn verwirrt hatten.

»Bibi!«, brüllte er. »Widersprüche! Robotergehirne kommen nicht mit unlösbaren Problemen zurecht!«

»Ich arbeite in Hollywood«, sagte Bibi selbstgefällig. »Unlösbare Probleme sind mein Geschäft.« Sie legte die Hände um den Mund wie einen Megafontrichter. »Wir möchten ihnen ein Kapitulationsangebot unterbreiten!«, posaunte sie. »Wir würden es gern zu Papier bringen und unser Einverständnis damit kundtun, indem wir einen schriftlichen Vertrag unterzeichnen. Aber wir können Ihren Bedingungen nicht zustimmen, bevor sie uns nicht den schriftlichen Vertrag vorlegen, der unsere Unterschriften trägt, die unser Einverständnis damit belegen.«

»Sie … Sie werden sich erst einverstanden erklären und unterschreiben … wenn Sie den Beleg für Ihr Einverständnis in Form Ihrer Unterschriften vor sich sehen …«, sagte der Roboter, und ein leises Zischen drang aus seinem Metallkopf. »Wenn Sie unterzeichnet haben, dann sind Sie bereits einverstanden, aber Sie werden sich nicht einverstanden erklären, bevor Sie unterzeichnet haben, und Sie werden nur zustimmen und unterschreiben, wenn Sie unterschrieben haben, aber …«

Die Gliedmaßen des Roboters fingen krampfartig an zu zucken und das Zischen wurde immer lauter und schriller. Bibi trat einen

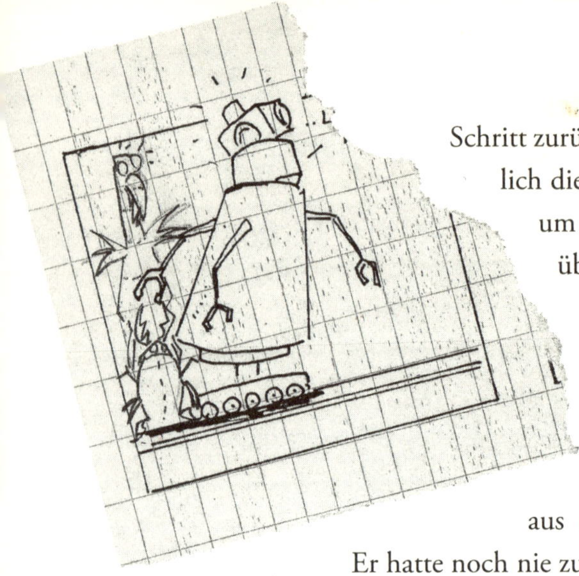

Schritt zurück, als der Roboter schließlich die Kontrolle verlor und wild um sich schlagend im Zickzack über die Plattform stampfte und drei andere Roboter mit sich die Treppe hinunterriss.

Fisher wischte sich mit einer Hand den Schweiß aus den Augen. *Komm schon.* Er hatte noch nie zuvor einen so komplizierten Schaltkreis gesehen. Er stellte sich vor, Zwo wäre an seiner Seite und würde ihm zurufen: *Du schaffst das*!

Fisher atmete tief durch und verband zwei Kabel miteinander. Es funkte und plötzlich spürte er, wie der Tyrannoboter sich unter ihm zu regen und zu rumoren begann. Er erwachte wieder zum Leben.

Stampf. Stampf. Stampf.

Bei jedem Schritt, den der Tyrannoboter machte, schauderte Fisher. »Ruhig, Junge«, flüsterte er. In einer Hand hielt er ein Bündel Kabel und lose Schaltungen. Mit der anderen langte er nach seiner Stretchkrawatte, die er um den Kopf des Scheusals geschlungen hatte wie das Zaumzeug eines Pferdes. »Ruhig.« Adrenalin schoss durch seinen Körper, als zweieinhalb Tonnen harter Kohlenstoffstahl seinem Kommando folgten.

»Fisher!«, schrie Amanda und duckte sich unter dem Schlag eines Doppelpeitschenandroiden weg.

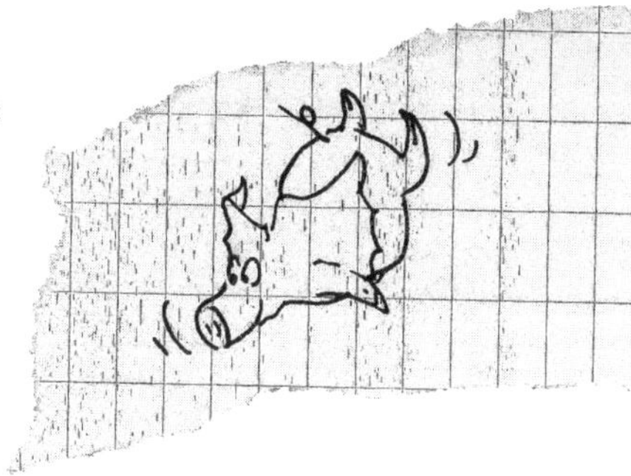

»Angriff!«, brüllte Fisher. Mit Hilfe der notdürftigen Steuerung lenkte Fisher den Tyrannoboter direkt auf den Androiden zu, der Amanda angriff. Er trampelte ihn mit Wucht nieder und hätte Fisher dabei beinahe abgeworfen. Als er seinen riesigen Metallfuß wieder zurückzog, war von dem Androiden nichts mehr übrig als ein Haufen Schrott und eine Rauchwolke.

»Danke«, rief Amanda zittrig zu ihm hoch. Fisher hob den Daumen.

Dann lenkte er den Tyrannoboter in Richtung der Robotertruppe. Fisher spürte einen Stoß, als der Tyrannoboter mit einem Schwanzhieb einen rundlichen Axt-Roboter durch die Luft fliegen und mit zwei anderen zusammenprallen ließ. Alle drei purzelten in einem Funkenregen die Treppe hinunter.

Fisher machte eine leichte Handbewegung und der Schwanz des Tyrannoboters schwenkte herum und zertrümmerte zwei peitschenschwingende Androiden. Die Arachnoboter versuchten, seine Beine hochzukrabbeln, um Fisher von seinem Sitz zu holen, da ertönte ein »Quiiiiiiieeek!«. Wie aus dem Nichts kam FF angeschossen, packte den Arachnoboter mit seinen kräftigen Kiefern und schleuderte ihn zur Seite. Er machte einen kleinen Looping in der Luft und landete auf dem Kopf des Tyrannoboters.

»Schön, dich zu sehen, Kleiner!«, rief Fisher. »Danke für die Unterstützung! Jetzt lass uns die Sache hier zu Ende bringen!«

Fisher blickte sich um und sah Drei mit ein paar Metallkoffern wieder aus der Produktionskabine auftauchen.

Die Roboterarmee zerfiel zusehends. Bibi Bolitzki, Dr. Teuflisch und Amanda hatten alle zu furchterregenden Waffen gegriffen – Klingen und Metallknüppel, die von den kaputten Robotern abgebrochen waren. Nun mähten sie auch noch die paar versprengten Roboter nieder, die Fisher und sein Tyrannoboter ganz gelassen hatten.

»Wir haben's geschafft!«, rief Amanda. »Wir haben gewonnen!«

Fisher jubelte. Er umarmte FF ganz fest und sein Schweinchen quiekte vor Freude.

»WHOOOM.« Fisher wurde von der Wucht eines Aufpralls erschüttert, von dem ihm fast die Augäpfel raussprangen. Das Echo eines Riesenknalls hallte durch den Raum und ein Loch von der Größe einer Salatschüssel prangte im Kopf des Tyrannoboters. Der Roboter geriet ins Wanken und sackte dann auf die Knie. Fisher, der FF fest umklammert hielt, gelang es gerade noch abzuspringen, bevor das Ungetüm komplett zur Seite kippte.

»Habt ihr jemals einen von diesen Filmen gesehen«, ertönte die kalte Stimme von Drei, »in denen der Bösewicht so ein raffiniertes, hochkompliziertes Gerät hat, das die Helden nur mit äußerster List und Entschlossenheit außer Gefecht setzen können?« Drei stand auf dem Balkon vor der Produktionskabine und hielt ein riesiges rauchendes Ding in den Händen.

Drei kniff die Augen zusammen und fuhr fort: »Und habt ihr noch nie gedacht, dass alles viel einfacher wäre, wenn der Bösewicht einfach eine *richtig große Knarre* hätte?«

Er drückte einen Knopf an seiner richtig großen Knarre, richtete sie direkt auf Fisher und grinste: »Tja, ich schon.«

ZWEIUNDZWANZIGSTES KAPITEL

Zeig mir, wo's langgeht, und bete, dass niemand, der dir wichtig ist, dort steht.

Drei, Erste Worte

Fisher wandte den Blick vom enormen Lauf von Dreis Waffe ab und schaute seine Kameraden an. Amanda hatte wild zerzaustes Haar. Einer ihrer Ärmel war fast völlig zerissen und in ihren zerschrammten Händen hielt sie eine sichelförmige Klinge. Dr. Teuflisch hatte einen leichten Schnitt von der Wange bis zum Kinn und er hatte sein Jackett eingebüßt. Doch sein Haar saß noch immer perfekt. Bibis grüner Anzug war übersät von schwarzen Motorölflecken.

Kasper Keels war mal wieder in Ohnmacht gefallen und lag reglos auf dem Rücken.

»Tut mir leid, Amanda«, sagte Fisher. Sein Hals war wie zugeschnürt. »Es tut mir für euch alle leid. Ich bin schuld, dass Dr. X entkommen konnte ...«, Fisher machte eine Kopfbewegung zu Drei hinüber, »... und dass dieses Ding da überhaupt existiert.«

»Reiß dich zusammen, Basley«, nuschelte Bibi. »Mach jetzt bloß nicht schlapp.«

Dabei hatte sie beide Hände erhoben und grinste blöde in Dreis

Richtung, als hoffe sie, ihn mit ihrem Charme davon abhalten zu können, auf sie zu schießen. Ganz offensichtlich hatte sie noch immer nicht verinnerlicht, dass Fisher nicht Basley war.

»Du musst das nicht tun«, sagte Amanda mit einer Stimme, die sie manchmal im Debattierklub benutzte, wenn ein Mitglied der gegnerischen Mannschaft zu emotional wurde.

»Okhams Rasiermesser«, sagte Drei spitz.

»Okhams *was*?«, stammelte Dr. Teuflisch und wich dann zurück, als Drei die Waffe direkt auf ihn richtete.

»Von mehreren möglichen Lösungen desselben Sachverhalts ist die einfachste vermutlich die beste. Und es gibt wenig, was einfacher wäre, als einen Abzug zu betätigen.« Drei grinste und richtete die Waffe auf Fisher.

»Mir würde da schon eine Sache einfallen«, sagte eine Stimme hinter Drei. Der runzelte die Stirn und drehte sich danach um.

Aber nicht schnell genug, um der Faust auszuweichen, die ihn mitten am Kinn traf. Drei machte einen einzigen taumelnden Schritt zurück und ging bewusstlos zu Boden. Hinter ihm tauchte das stolze Gesicht von Zwo auf.

»Zwo!«, rief Amanda. Sie ließ ihre Waffe fallen und rannte auf ihn zu, während er ihr mit großen Schritten vom Balkon aus entgegengeeilt kam.

Sie hätte ihn beinahe umgeworfen, als sie ihn erreichte, und schlang die Arme so fest um ihn, als sei er mit Helium gefüllt und würde wegschweben, wenn sie ihn nicht festhielt. Er ächzte kurz, bevor er ihre Umarmung erwiderte.

TV-UNTERHALTUNG HEUTE

Special Event!!!

KASPER KEELS *und*

DR. TEUFLISCH

– die beiden beliebten Stars –

geben heute früh Autogramme

im STUDIO 44,

dem Ort, an dem

SCI-FI SURVIVOR

aufgezeichnet wird.

Fisher war vollkommen sprachlos. Er versuchte, etwas zu sagen, spürte aber bloß einen schwachen Lufthauch aus seiner Kehle dringen. Während Fisher sich noch unsicher aufrappelte, sauste FF bereits zu Zwo und biss an seinem Knöchel herum. Aber es war eigentlich eher ein liebevolles Knabbern.

»Was …? Wie bist du …? Wie um alles auf der Welt …?«, stammelte Amanda.

»Wir haben doch gesehen, wie du gefressen wurdest!«, posaunte Bibi los.

»Ihr habt gesehen, was ihr sehen wolltet«, sagte Zwo grinsend. »Oder besser, was ich Dr. X sehen lassen wollte. Ich hatte ein Dutzend *Fleckweg*-Probepackungen in der Tasche – mit Erdbeergeschmack. Blutrot. Ich riss sie auf und die Kalamaranhas waren ganz verrückt danach. Ich schätze, sie hatten keine allzu große Lust auf Fleisch.«

»Aber …« Fisher schüttelte verwundert den Kopf. »Du sahst wirklich tot aus!«

»Ich weiß«, sagte Zwo stolz. »Keine schlechte Darbietung, was?«

»Oscarreif!« Dr. Xs Stimme ließ Fisher zusammenzucken. Dr. X war wieder aus der Produktionskabine aufgetaucht, die Augen ganz schmal und hassverzerrt. »Zu schade, dass du nicht mehr da sein wirst, wenn die Nominierungen verkündet werden.« Er hob Dreis Waffe auf und zielte damit auf Fisher.

»Ah-ah-aah«, sagte Zwo und schwenkte den Finger warnend durch die Luft. »Als ich wieder aus dem Wasserbecken kletterte, habe ich einen Sicherheitscomputer gefunden. Ich war so frei und habe auf der Webseite von *TV-Unterhaltung Heute* eine Einladung zu einem Special Event gepostet. Kasper Keels und Dr. Teuflisch – die beiden beliebten Stars – geben heute früh Autogramme im Studio 44, dem Ort, an dem *Sci-Fi Survivor* aufgezeichnet wird. Während wir uns also hier unterhalten, versammeln sich bereits die Fans.« Zwo grinste. »Falls uns jetzt etwas passieren sollte, gäbe es Tausende von Zeugen.«

Wie aufs Stichwort drang plötzlich entferntes Johlen, Klatschen und Kreischen durch die Studiowände herein.

»Ich könnte euch alle töten, bevor sie das Studio betreten«, fauchte Dr. X.

»Schon möglich«, sagte Zwo, »aber dann wäre hier eine Riesensauerei, die sie erst mal erklären müssten. Wenn Berühmtheiten etwas passiert, dann werden von allen Seiten Fragen gestellt. Von den Fans, den Reportern, der Polizei …«

Dr. X schnaubte frustriert. Der Lärm der Menge draußen wurde lauter und sie hörten, wie die Außentüren geöffnet wurden. Stimmen schallten durch die riesige Halle zu ihnen herein. »Kasper? Kasper, wir lieben dich!«

Kasper, der noch immer ohnmächtig am Boden lag, zuckte kurz und murmelte: »Ich liebe euch auch!«

Eine weitere Sekunde, die sich anfühlte wie eine Ewigkeit, zielte Dr. X noch mit der Waffe auf Fishers Kopf.

»Ganz schön clever«, sagte er schließlich und ließ sie sinken. Fisher stieß einen Seufzer aus. Er hatte gar nicht gemerkt, dass er den Atem angehalten hatte. »Aber es wird niemanden kümmern oder auch nur auffallen, wenn *wir* verschwinden«, fuhr Dr. Teuflisch fort. »Ich denke, das ist unser Stichwort.« Er half dem noch ziemlich benommenen Drei auf die Beine und führte ihn zurück in die Produktionskabine, mit einer Hand die Waffe auf Fisher und seine Mitstreiter gerichtet, bis er und Drei durch die Tür verschwunden waren. Man hörte eine Metalltür zuknallen und dann senkte sich die Produktionskabine ab. Wie ein Hochgeschwindigkeitsaufzug verschwand der dreieckige Aufbau in der Pyramide, wo er sie zweifelsohne zu einem geheimen Ausgang führen würde.

Wieder einmal hatte Dr. X alles bedacht.

Fisher ballte die Fäuste. Grampl war schon einmal aus der Asche erstanden und es würde ihm auch diesmal wieder gelingen. Und jetzt hatte er auch noch ein fieses, finsteres Fisher-Duplikat an seiner Seite.

Einen Moment lang herrschte Stille abgesehen von dem anhaltenden Kreischen und dem Stimmengewirr, das vom Parkplatz zu ihnen hereinsickerte. Dr. Teuflisch strich sich mit zitternder Hand die Frisur zurecht. Bibi Bolitzki rieb sich die Augen, als erwarte sie, dass sich dadurch ihr Blick wieder klären und ihr dann eine ganz andere Szenerie bieten würde. Kasper Keels war dank der entschlossenen Hufstöße von FF wieder aus seiner Ohnmacht erwacht.

»Basley«, sagte Bibi zu Fisher, »würdest du mir bitte erklären, was hier los ist?«

»Ich bin nicht Basley«, erwiderte Fisher. Sofort fühlte er sich ein wenig besser, als hätte er mitten im Sommer einen Pelzmantel ausgezogen. »Er ist Basley.« Er zeigte auf Zwo, den Amanda schließlich wieder losgelassen hatte. Keels kam langsam wieder in Bewegung.

»Aber vorhin hast du doch gesagt, dass …«

»Vorhin habe ich *gelogen*!!«, platzte es aus Fisher so laut heraus, dass Bibi zusammenzuckte. »Ich habe gelogen und uns damit alle in Lebensgefahr gebracht. Aber jetzt lüge ich nicht mehr.« Er senkte beschämt den Kopf und ging hinüber zu Zwo. »Die schlichte Wahrheit ist, dass *ich* dich geschaffen habe. Ich wollte, dass jemand anderes mein Leben für mich lebt, weil ich nicht den Mumm hatte, es selbst zu tun. Dafür kann ich mich gar nicht genug entschuldigen.«

»Nein«, sagte Zwo mit grimmigem Gesicht, »ich denke, das kannst du nicht. Ich hatte viel Zeit zum Nachdenken, seit ich aus dem *TechX*-Labor entkommen bin, Fisher. Ziemlich viel. Es ist mir peinlich, dass ich das alles nicht früher durchschaut habe. Aber was soll ich sagen? Ich wollte es eben glauben.«

Fisher zitterte am ganzen Körper. Jeder Muskel in seinem Körper tat ihm weh, und seine Beine schlackerten so, als hätte er keine Kniescheiben mehr. Er hatte so viel Energie darauf verwendet und sich solchem Stress ausgesetzt, um sein Geheimnis zu bewahren. Nun, da alles heraus war, fühlte es sich so an, als wären die Seile, die ihn in alle möglichen Richtungen gezerrt hatten, plötzlich gekappt worden.

»Es gibt da nur noch ein paar weitere Dinge, die ich wissen muss«, erklärte Zwo mit verschränkten Armen. »Die Frau, die ich unsere Mutter genannt habe – sie ist nicht unsere echte Mutter, oder?«

»Nein«, räumte Fisher ein. Sein Gesicht wurde ganz heiß.

»Sie war also bloß … jemand aus dem Fernsehen?«, sagte Zwo ausdruckslos.

»Ja«, gab Fisher zu, der sich fühlte wie jemand, der es zu seinem Beruf gemacht hatte, glücklichen Kindern die Eistüten aus den Händen zu schlagen.

»Und du hast versucht, meine Existenz geheim zu halten«, stellte Zwo fest.

»Ja«, krächzte Fisher

Zwo starrte Fisher mit einem Gesichtsausdruck an, den dieser nicht einordnen konnte. »Wolltest du mich deshalb so dringend wieder zurück nach Palo Alto holen?«

»Ja. Ich meine, zum Teil ist das der Grund.« Fisher schluckte. »Die Folgen des ersten Zwischenfalls mit Grampl haben die Behörde, für die Mama gearbeitet hat, ziemlich nervös gemacht. Dort ist man sehr beunruhigt wegen möglicher Sicherheitslücken. Der unautorisierte Besitz oder die Verwendung des BWH ist strafbar. Man kann dafür Jahre hinter Gitter kommen. Sie haben gemerkt, dass die Probe, die ich benutzt habe, um dich zu schaffen, fehlt und ein Team losgeschickt, das den offiziellen Auftrag hat, die Personen ausfindig zu machen, die an diesem Diebstahl beteiligt sind.«

Zwo sagte nichts. Er starrte Fisher bloß mit zusammengepressten Lippen an.

»Hallo?«, drang da eine Stimme durch das eingetretene Schweigen.

Alle drehten sich um. Da stand ein Mann am oberen Treppenabsatz.

Es war Henry. Der Tonmann von *Wilde Wissenschaft*, der im Nebenjob als DJ arbeitete.

»Was machst du denn hier?«, fragte Fisher völlig verdutzt.

Henry schmunzelte. »Ich wollte euch retten, aber sieht so aus, als braucht ihr meine Hilfe gar nicht mehr.«

DREIUNDZWANZIGSTES KAPITEL

Los Angeles ist eine Stadt, in der alles passieren kann, und für gewöhnlich fragt sie nicht lange, ob man auch bereit dafür ist.

Zwo, *Persönliches Tagebuch*

»Uns retten?«, fragte Fisher. »Aber woher wusstest du … warum hast du …? Er schüttelte den Kopf. »Wer bist du überhaupt?«

»Ich heiße Sid«, sagte der Mann, der sich zuvor Henry genannt hatte. »Geheimagent Sid Mason.« Er klappte eine flache schwarze Brieftasche auf und offenbarte eine FBI-Marke. Fishers Herz schien es müde zu sein, stehen zu bleiben; diesmal versuchte es einfach aus seiner Brust zu hüpfen. Fisher hatte sich gerade einem Heer aus mechanischen Zerstörungsmaschinen entgegengestellt und es überlebt, nur um gleich wieder dem nächsten Verhängnis ins Auge blicken zu müssen.

»FBI?«, sagte Dr. Teuflisch. »Haben Sie … haben Sie meinen Bruder verfolgt?«

»Er war *einer* der Verdächtigen in meinen Ermittlungen«, erklärte Sid und kam auf Fis-

her zu. Fisher wich instinktiv einen Schritt zurück. »Wir waren auf der Suche nach einer extrem gefährlichen chemischen Verbindung, die scheinbar in den Besitz von einem oder mehreren Zivilisten gelangt war.« Er schien Zwo absichtlich nicht anzuschauen. »Wir wussten, dass Dr. X sich irgendwo hier in der Stadt aufhielt, aber wir wussten nicht, wo. Glücklicherweise arbeitete ein Insider für mich – ein Maulwurf, den niemand verdächtigte.«

Fisher war einen Moment lang verwirrt, dann wandte er sich dem noch immer ziemlich benommenen Kasper Keels zu und gaffte ihn an. »*Du??* Du arbeitest für das FBI?«

Sid drehte sich um und starrte Keels ebenfalls an. Dann brach er in brüllendes Gelächter aus.

»Nein, nein«, sagte er noch immer japsend. »Das wäre eine Katastrophe gewesen … Nichts für ungut, Junge.« Kasper nickte bloß verwirrt. »Es war … oh, schaut, da kommt er ja gerade!« Sid deutete auf eine Bodenluke, die sich öffnete, und heraus kam Wally Wombat.

»Wally?«, rief Fisher verblüfft. »Dein Maulwurf war ein *Wombat*?«

»Genau«, antwortete Sid. »Ich hatte vermutet, dass Grampl es auf euch beide abgesehen hat«, erklärte er und zeigte mit dem Kopf auf

Fisher und Bibi Bolitzki, »und dass er euch wahrscheinlich anlocken würde, indem er eure Haustiere in seine Gewalt bringt. Also habe ich Wally mit einem Peilsender ausgerüstet, in der Hoffnung, dass er mit den beiden anderen entführt würde. Apropos ...«

Molly, das Malteserhündchen sprang hinter Wally aus der Öffnung und sauste aufgeregt kläffend zu Bibi Bolitzki hinüber.

»Molly!«, kreischte Bolitzki. »Oh, meine Molly!« Sie drückte den kleinen Hund so fest an sich, dass Fisher Angst um sein Leben bekam.

»Sieht aus, als hätte er was für mich«, sagte Sid, während Wally mit einem kleinen Gegenstand zwischen den Zähnen auf ihn zugewetzt kam. Sid nahm es ihm ab und hielt es zwischen Daumen und Zeigefinger hoch.

Es war ein Probenröhrchen. Fisher hielt den Atem an, als Sid eine kleine Metallbox mit einer Spritze darin aus seiner Hosentasche holte. Er piekste die Spritze in das Röhrchen und betrachtete es konzentriert.

»BWH«, sagte er und betrachtete dann die Messlinien auf der Seite. »Genau ein Zentiliter.« Fisher unterdrückte ein Ächzen. Wally musste Grampls Kopie der Probe gefunden haben.

Sid nickte. »Deshalb war ich hier. Was mich anbelangt, sind die Ermittlungen damit abgeschlossen. Einige meiner Kollegen, so ausgelassen sie auch auf der Tanzfläche sein mögen«, er zwinkerte Fisher zu, »sind schonungslosere Aufklärer. Sie bestehen darauf, dass wir den Fall weiter untersuchen und nicht bloß die Proben der Substanz wiederfinden, sondern auch allen Hinweisen auf ihre Verwendung genau nachgehen.« Endlich sah er Zwo an. »Aber das ist meine Ermittlung, und ich sage, sie ist abgeschlossen.«

Fisher spürte wie langsam und zögernd die Wärme in seinen Körper zurückkehrte.

»Allerdings«, fuhr der Agent fort, »ist Dr. X noch immer auf freiem Fuß, und wir haben keine Ahnung, was er als Nächstes plant oder wo er wieder auftauchen wird. Aber ihr *Zwillinge*«, sagte er und lächelte Fisher und Zwo wissend an, »scheint ja ganz gut gegen ihn anzukommen. Wenn ihr mal wieder mit ihm zu tun bekommen solltet und Unterstützung braucht, ruft mich einfach an.«

Geschickt steckte er Fisher eine Visitenkarte zu. »Also, ich sollte dann mal besser los, bevor die Menschenmenge hier aufläuft. Passt auf euch auf. Komm, Wally.«

Ohne ein weiteres Wort drehte er sich um und stieg die Stufen der Pyramide hinunter, dicht gefolgt von seinem Wombat-Gefährten.

Fisher starrte ihm nach. Das war es also. Da spazierte gerade das letzte seiner Probleme davon ...

Na ja, fast sein letztes. Dr. X war noch immer auf freiem Fuß. Und da war auch noch ein Doppelgänger, der jetzt über alles Bescheid wusste und bestimmt sehr wütend war und mit dem er zu reden hatte. Gerade als ihm dieser Gedanke durch den Kopf ging, kam Zwo auf ihn zu. Er wirkte überraschend ruhig.

»Hör zu, Zwo ...«, sagte Fisher, aber der unterbrach ihn.

»Als Grampl mich das erste Mal entführt hat«, sagte Zwo, »hättest du mich nicht retten müssen. Dr. X hätte mich getötet und du hättest dein Leben einfach weiterleben können. Du hättest mich einfach meinem Schicksal überlassen können.«

»Nein«, widersprach Fisher, »das hätte ich nicht.«

»Ich weiß«, meinte Zwo, und zu Fishers Erstaunen *lächelte* er sogar. »Du magst ja in vielerlei Hinsicht gelogen haben, aber Harold Grampl ist wirklich ein geistesgestörter, heimtückischer Irrer, der davon träumt, die Weltherrschaft an sich zu reißen, und wir werden zusammenarbeiten müssen, wenn wir ihm endgültig das Handwerk legen wollen.«

Zwo streckte die Hand aus. Fisher schaute ihn sprachlos an. Er konnte es nicht fassen, dass der befürchtete Wutausbruch ausblieb.

»Anfangs warst du einfach bloß ein Klon für mich«, sagte Fisher kaum lauter als ein Flüstern. »Aber jetzt … bist du der beste Bruder, den man nur haben kann.« Er blickte flüchtig zur Seite und sah, dass Amandas Augen feucht wurden. Sie wandte sich schnell ab und setzte wieder ein finsteres Gesicht auf. »Und du wirst sehen, dass du auch eine Mutter hast, die dich liebt, auch wenn sie dich jetzt vielleicht noch nicht kennt. Und einen Vater. Ich meine, wahrscheinlich werden sie *mich* umbringen, aber dich werden sie bestimmt lieben. Kannst du mir echt verzeihen?«

Zwos Gesichtsausdruck wurde wieder härter. »Als du mich geschaffen hast, war das total egoistisch von dir und absolut unreif.« Fisher zuckte zusammen; was Zwo da sagte, stimmte, und er wusste, dass er es verdient hatte.

»Du hast an niemanden außer an dich selbst gedacht «, fuhr Zwo fort. »Aber ja, ich verzeihe dir. Sonst wäre ich wohl nicht hier, oder?« Sein ernster Gesichtsausdruck verwandelte sich in ein breites Grinsen. Fisher und Zwo schüttelten sich die Hände.

»Ich versprech dir«, sagte Fisher, »dass du kein Geheimnis mehr sein wirst. Ich weiß, dass du nach Los Angeles gekommen bist, weil du ein eigenständiges Leben als Individuum führen wolltest. Und das wirst du auch.«

Dr. Teuflisch starrte die beiden an, als wüchsen ihnen Opern singende Lianen aus den Nasen. Bibi Bolitzki schüttelte bloß verwirrt den Kopf, und Kasper Keels tastete sich immer wieder ab, als wolle er sich vergewissern, dass noch alles an ihm dran war und er nicht träumte.

Amanda trat mit verschränkten Armen zu Fisher und Zwo.

»Ihr zwei werdet ein bisschen Unterstützung brauchen, wenn ihr Dr. X das Handwerk legen wollt«, sagte sie. »ich denke, ich habe bei diesem kleinen Abenteuer bewiesen, dass ich mich auch wenn's hart auf hart kommt, behaupten kann. Was meint ihr?«

»Ich bin sicher, dass wir dich auf dem Laufenden halten werden«, sagte Fisher. »Oder, Zwo?«

»Absolut«, sagte Zwo und lächelte Amanda an.

»Na dann«, fuhr sie fort, »wenn ich schon mit euch zusammenarbeiten und euch dabei helfen werde, ein böses Superhirn zu besiegen, dann sollte ich wohl erst mal erfahren, mit wem ich es zu tun habe. Fisher, dich kenne ich schon seit Jahren. Was dich betrifft…«, sie sah Zwo stirnrunzelnd an, »bin ich mir da nicht so sicher.«

»Was willst du wissen?«, fragte Zwo, und in seine Stimme hatte sich ein ängstlicher Ton eingeschlichen.

»Da gäbe es ein… eine gewisse Schulveranstaltung demnächst«, sagte Amanda. »Der Herbstball. Ich schätze«, sagte sie und blickte zur Decke, »ich könnte es einen Abend lang mit dir aushalten, falls… falls du mit mir hingehen willst. Dann könnten wir reden und, du weißt schon, Strategien entwerfen.« Einen Augenblick lang schien sie der Mut zu verlassen und sie biss sich auf die Lippe.

»Also …«, setzte Zwo an, räusperte sich und lächelte verlegen, bevor er seinen Gesichtsausdruck wieder unter Kontrolle hatte. »Ich schätze, das wäre okay. Du weißt schon, wenn du meinst, dass das nötig ist.«

Fisher wandte seinen Blick ab und tat so, als wäre er ganz fixiert auf ein verbogenes Metallstück zu seinen Füßen, während Zwo und Amanda sich weiter versonnen ansahen. FF trippelte im Kreis um sie herum und wirkte sehr selbstzufrieden. Fisher kannte FF jetzt schon so lange, dass er wusste, wie ein Schwein aussah, wenn es selbstzufrieden war. Und er musste zugeben, dass es ziemlich niedlich aussah.

»Hey«, sagte Zwo plötzlich, »hört sich so an, als wären unsere Fans und Bewunderer gleich da. Teuflisch, Keels, warum geht ihr beide nicht runter und fangt mit der Begrüßung an? Ich komme gleich nach.«

Dr. Teuflisch fuchtelte mit der Hand vor Keels Gesicht herum, um sicherzugehen, dass er noch bei Bewusstsein war, und half ihm dann die Stufen hinunter.

»Glaubst du, dass wir das nächste Mal auf Dr. X vorbereitet sein werden?«, fragte Fisher und ließ den Blick über die schwelende Trümmerlandschaft schweifen, in die sich die riesige Studiohalle verwandelt hatte.

»Aber klar«, sagte Zwo und schaute erst ihn und dann Amanda an. »Aber er wird nicht auf uns vorbereitet sein.«

EPILOG

Am nächsten Tag stand Fisher vor seinem Schließfach in der Eingangshalle der Wompalog-Schule. Er und Amanda waren gerade noch rechtzeitig zum Wecken ins Hotel zurückgekommen, und Dr. Teuflisch hatte Zwo so geschminkt, dass er und Fisher als Cousins durchgingen. Ein bisschen Haarefärben, eine kleine Schattierung hier, ein wenig Spachtelmasse an Ohren und Nase wirkte wahre Wunder. Bibi Bolitzki hatte ihnen sogar dabei geholfen, ein Schreiben von Fishers Eltern zu fälschen, in dem sie darum baten, dass »Sean« im Bus mit nach Palo Alto fahren könnte.

Fisher hatte versprochen, Zwo sein eigenes Leben zu verschaffen, und er hatte auch vor, sein Versprechen zu halten. Das wusste Zwo auch. Aber vorerst würden sie sich noch unauffällig verhalten und abwechselnd zur Schule gehen oder an Familienessen teilnehmen, und wenn der richtige Augenblick gekommen wäre, würden sie erst ihren Eltern die Wahrheit sagen und anschließend auch in der Schule.

Erstmal hatte Fisher aber noch ein drängendes Anliegen in eigener Sache: Veronica. Wie würde er ihr sein seltsames und unberechenbares Verhalten in letzter Zeit erklären? Wie sollte er ihr überhaupt diese ganze Basley-Sache erklären, seine komischen Stimmungsschwankungen, sein plötzliches Verschwinden in den merkwürdigsten Augen-

blicken? Er wusste nicht, was er ihr dazu sagen sollte. Nur angenommen, sie würde irgendwann einmal wieder mit ihm reden, was vielleicht eine ziemlich unrealistische Erwartung war.

»Fisher?«

Und da war sie. Ihr Haar umspielte luftig ihre Schultern wie Herbstlaub und ihre strahlenden Augen ließen alles um sie herum trüber und grauer wirken. Sie kam wie aus dem Nichts, als hätten seine Gedanken sie herbeigerufen.

»Hi, Veronica«, sagte Fisher und suchte krampfhaft nach einem geschmeidigen Anschlusssatz. Aber ihm wollte einfach nichts einfallen, also stand er bloß da und starrte sie an wie ein Trottel.

Doch dann, zu seiner großen Überraschung, platzte sie heraus: »Ich wollte mich bei dir entschuldigen.« Sie senkte den Blick.

»Du … wofür?«, fragte Fisher. Der letzte Teil war nicht mehr als ein Kieksen.

»Es tut mir leid, wie ich mich in Los Angeles aufgeführt habe. Du weißt schon … dass ich so um Kasper Keels herumscharwenzelt bin«, erklärte sie. »Ich fürchte, das war ziemlich nervig. Ich weiß gar nicht, was in mich gefahren ist. Heute habe ich auf *YouTube* ein Video gesehen … Hast du gewusst, dass er immer bloß Playback gesungen hat? Eigentlich hat er eine ganz schreckliche Stimme.« Sie schüttelte den Kopf. »Was für ein Fake.«

Fisher fühlte sich, als stehe er dort, wo sich ein Dutzend Regenbogen kreuzten.

»Ist schon okay«, sagte er, obwohl er kaum noch sprechen konnte vor Atemnot. »Auf so was fällt man leicht rein.«

»Na ja, ich bin auf jeden Fall froh, dass ich es durchschaut habe«, sagte Veronica. »Und ich dachte mir, ich könnte es vielleicht wiedergutmachen.«

Nein, dachte Fisher. Sie konnte doch wohl nicht. Es war völlig undenkbar, dass sie gleich sagen würde …

»Möchtest du vielleicht mit mir zum Herbstball gehen?«

Fisher antwortete nicht sofort. Er konnte nicht. Er war zu sehr damit beschäftig, sich Sorgen um sein Herz zu machen, das jederzeit explodieren konnte.

»Ob ich möchte? Möchte ich … das heißt, ich möchte, was so viel heißt wie Ja, ja, ich möchte mit dir auf den Herbstball gehen.« Fisher hoffte, dass sie es sich nach diesem Gebrabbel nicht noch anders überlegte.

»Super!«, rief sie und schenkte ihm ein strahlendes Lächeln, das selbst eine Eiszeit in Schach gehalten hätte. »Tja, ich muss jetzt zurück in den Unterricht, aber wir sehen uns.« Und dann, völlig ohne Vorwarnung, zumindest ohne Vorwarnung, für deren Wahrnehmung Fishers soziale Kompetenz ausgereicht hätte, beugte sie sich vor und küsste Fisher auf die Wange, bevor sie sich umdrehte und davonging.

Für Fisher blieb die Zeit stehen, goldene Einhörner umtanzten ihn, aus deren Hörnern Feuerwerk stob, das seine bunten Funken um ihn wirbeln ließ, während sphärische Klänge den Flur durchfluteten.

So viel zu seinen Berechnungen von *K.* Er war noch nie glücklicher darüber gewesen, sich gründlich vertan zu haben.

Fisher wandte sich wieder seinem Schließfach zu. Er hatte vergessen, was er dort eigentlich wollte, also beschloss er, einfach bloß dazustehen und zu lächeln, bis es ihm wieder einfallen würde, und es war ihm auch ziemlich egal, wie lange das dauern würde. Auf jeden Fall würde er sich etwas einfallen lassen müssen, denn nun war es so, dass *er und Zwo* zu dem Ball gehen würden, aber das konnte fürs Erste noch warten.

Jetzt wollte er erst einmal eine Minute lang einfach nur glücklich sein.

An diesem Abend, nachdem sich Zwo zu einem späten Spaziergang mit Amanda rausgeschlichen hatte, packte Fisher seinen Koffer aus und unterhielt sich mit CURTIS.

»Was hätte ich denn bitte tun sollen?«, sagte die Computerintelligenz. »Den armen Jungen verhungern und betteln lassen?«

»Trotzdem hast du hinter meinem Rücken gehandelt«, sagte Fisher streng. CURTIS hatte sich online und per Telefon als Zwos Erziehungsberechtigter ausgegeben, für Basley die Wohnung in Los Angeles angemietet und seine Verträge mit Lulu Logan ausgehandelt.

»Ich habe es doch euch beiden zuliebe getan!«, rechtfertigte sich CURTIS. »Stell dir doch mal vor … ein Filmstar-Alter-Ego, das jeder mit dir verwechselt! Du kannst den Ruhm einheimsen, ohne die Arbeit zu machen! Dich auf wichtige Partys schleichen, große Filmpremieren mit ganz viel leckerem Gratisessen –«

»Schon gut, schon gut«, sagte Fisher und räumte seine Sprungsocken weg. »Lass einfach in Zukunft solche faulen Tricks, okay?«

»Ich kümmere mich immer um dich, Junge. Vergiss das nicht. Und hey, willst du sehen, was ich noch für dich habe?« CURTIS öffnete ein Browser-Fenster und spielte ein Video ab. Es war ein neuer Werbespot, der mit einer Rauferei zwischen Wally und Bibis Hündchen Molly begann. Die beiden umkreisten und balgten sich um eine Sprayflasche des neuen essbaren *Fleckweg*-Putzmittels, als sei sie ein frisch gegrilltes Steak. Offenbar war das Zeug genauso köstlich.

»Jetzt ist's aber gut, ihr zwei«, mischte sich eine liebliche Frauenstimme ein, und die Kamera schwenkte langsam hoch auf Jenny Nichols, die sich hinunterbückte, die Flasche aufhob und damit behutsam den Boden einsprühte. »Das neue *Fleckweg*«, säuselte sie und blickte mit einem strahlenden Lächeln in die Kamera, »schmeckt allen, nur den Flecken nicht.«

Fisher lachte und schaute hinunter zu FF, der den Starauftritt seiner Freunde mit wedelndem Ringelschwänzchen eifrig beobachtete.

»Fisher?«, rief seine Mutter von unten.

»Warte kurz, CURTIS«, sagte Fisher, ging zur Zimmertür und machte sie auf. »Ja, Mama?«, rief er.

»Da ist ein großer, dicker Umschlag mit der Post für dich gekommen«, antwortete seine Mutter. »Da steht drauf: *Champ-Schnüffelschwein-Drehbuch*. Wer um alles auf der Welt ist Bibi Bolitzki?«

M. E. Castle

Mein total genialer Doppelgänger

Band 1, 320 Seiten,
ISBN 978-3-570-15441-0

Band 2, 272 Seiten,
ISBN 978-3-570-15527-1

Band 3, 272 Seiten,
ISBN 978-3-570-15811-1

10276

cbj

www.cbj-verlag.de

Collin McMahon

Lucas & Skotti – Knalltüten im Anmarsch

176 Seiten, ISBN 978-3-570-15646-9

Lucas' Plan fürs neue Schuljahr: Total beliebt und cool zu werden! Blöd nur, dass er durch eine Verkettung dämlicher Umstände in einer Bank mit Hornbrillen-Flo gelandet ist. Gar nicht gut fürs Image! Aber so schnell gibt Lucas nicht auf. Wenn seine genialen Comics erst mal in der Schülerzeitung erscheinen, ist klar, wer hier das Sagen hat. Der Profi-Zeichen-Stift von diesem irgendwie seltsamen Online-Versand kommt ihm da gerade recht. Der Entwurf des Schul-Maskottchens geht ihm da so was von lässig von der Hand ... Nur leider erwacht das kleine Wesen plötzlich zum Leben und Lucas hat auf einmal alle Hände voll damit zu tun, das kleine Skotti wieder einzufangen und die Spur der Verwüstung, die es durch die Schule zieht, zu verwischen.

Knut Krüger

Tatort Oslo

Unehrlich währt am längsten

ca. 256 Seiten, ISBN 978-3-570-15396-3

Eine geheimnisvolle Einbruchserie erschüttert Oslo! Kommissar Ohlsen und sein Team haben alle Hände voll zu tun. Was hingegen kaum einer weiß: Sein Sohn Alexander unterstützt ihn dabei mit seiner guten Beobachtungsgabe und seinem scharfen Verstand. Und der wird gerade doppelt beansprucht, haben ihn doch seine beiden neuen Freunde, Lukas und Franziska, um Hilfe gebeten, den zwielichtigen Freund ihrer Mutter unter die Lupe zu nehmen. Als eben der auf einmal verschwindet und Franziska nicht aufzufinden ist, steht das Ohlsen-Team vor seinem ersten großen Fall.

10225

cbj

www.cbj-verlag.de